Claudia M. Frank
FRANCIS, DER FETTE FEE

www.claudiamarlenfrank.de

CLAUDIA M. FRANK

FRANCIS DER FETTE FEE

Zweite, überarbeite Auflage
Titel der Erstauflage:
Die Abenteuer von Francis, dem Fee
Copyright: © 2015 Claudia-Marlen Frank
Lektorat: Susanne Pavlovic (www.textehexe.com)
Covergestaltung:
Agnes Köhler (www.agneskoehler.com)
Herstellung und Verlag:
BoD – Books on Demand, Norderstedt
ISBN: 978-3-7392-0123-8

Mehr über die Autorin unter:
www.claudiamarlenfrank.de

Für alle Träumer

1

Francis lugte durch das Schlüsselloch. Ordentlich aufgereihte Schühchen standen da, schick und modern, so wie es die hippen Feenmädchen heute trugen. Dann versperrte ihm eine Wand den Blick. Er wusste genau, dass der Flur nach links abbog, und in ihre Wohnstube mündete. Ach, wie sehr wünschte er sich dorthin, zum Duft der Sonnenblumen, zu der blauen Couch, auf der er schon so oft neben ihr gesessen hatte. Sie, die Beine angezogen, die Arme darum geschlungen, so gelassen lachend, dass ihre Flügel tanzten. Diese Flügel, die auf so wunderbare Weise das Licht brachen und in allen Farben schillerten. Francis schloss die Augen und lächelte bei der Vorstellung. Dann richtete er sich auf, strich das Jackett glatt, das er sich extra für den Anlass von seinem Onkel geliehen hatte, warf einen Blick auf den Strauß Wiesenblumen in seiner Linken – nicht dass diese schon die Köpfe hängen ließen – und klopfte. Nichts. Er klopfte noch einmal, lauter diesmal, dann legte er sein Ohr an die Tür und horchte. Nichts. Enttäuscht und gleichzeitig ein klein wenig erleichtert, dass er heute nicht mutig sein musste, ließ er die Blumen sinken und wandte sich zum Gehen.

»Hey, Fetti! Kein Glück heute?«

Francis erschrak, trat ins Leere, zappelte ein paarmal mit den Flügeln, die ihm aber nicht so schnell aus der Patsche helfen konnten, und purzelte die Stufen hinunter. Kling, klong, kling. Da lag er also im Dreck, vor Djamila und ihren Freunden. Umgeben von den Blumen, die ihm beim Fallen aus der Hand geglitten waren. Und hatte er tatsächlich gerade gesehen, wie Djamila Jonas' Hand hielt? Ihre Freunde krümmten sich vor Lachen, fächerten sich Luft zu und zeigten auf ihn. Das Blut schoss ihm in die Wangen. Schnell rappelte er sich auf und wischte sich den Staub aus dem Gesicht.

»Hast du dir weh getan?«, hörte er Djamila fragen. Sie war einen Schritt auf ihn zugetreten und legte die Hand auf seine Schulter. Francis schüttelte mit gesenkten Augen den Kopf und wandte sich ab. Er wollte nicht, dass sie die Tränen sah, die ihm in die Augen traten.

»Ich muss los. Hab es etwas eilig«, brachte er noch hervor, dann stapfte er los, bemüht lässig, während er in den Hosentaschen die Hände zu Fäusten ballte und sich vorstellte, Jonas eine zu verpassen.

Jonas also. Ein Bild der beiden, eng umschlungen, schlich sich in seinen Kopf, während er ziellos durch das Dorf lief. Wahrscheinlich war er selbst der Letzte, der davon etwas mitbekommen hatte. Wie hatte er sich nur einbilden können, eine Chance bei Djamila zu haben? Jonas und Djamila passten einwandfrei zusammen. Sie war schön, er stark und attraktiv. Die meisten Mädchen fingen an zu tuscheln, wenn dieser Adonis vorbei schwebte. Francis selbst dagegen, nun ja, er konnte nicht einmal seine Fußspitzen sehen, wenn er im Stehen an sich herunterblickte. Auch nicht, wenn er den Bauch einzog. Aber das musste sich ändern, das würde sich ändern.

Der kleine Fee atmete tief ein, schob die Schultern nach hinten und blickte sich um. Wie von selbst hatten seine Schritte ihn hierher geführt. Rasch schlüpfte er zwischen zwei Holzplanken hindurch in die Hütte am Straßenrand. Normalerweise achtete er darauf, dass niemand in der Nähe war, wenn er sein Versteck betrat, und spähte meist sogar noch einmal hinaus, um sich zu vergewissern, dass ihn auch wirklich niemand gesehen hatte. Doch heute war es ihm egal. Mit wenigen Flügelschlägen durchquerte er das Zimmer und landete hinter einem ausrangierten Sessel. Sonnenstrahlen fielen durch ein Loch im Dach und ließen die Staubschicht glitzern, die sich über rostige Gerätschaften und alte Möbelstücke zog. Eine neue Spur führte darüber hinweg, Fußabdrücke, die im Zickzack verliefen und von der Suche ihres Besitzers nach Essbarem erzählten. Sie führten zu Francis' geheimem Honigvorrat. Sollten sie doch. Er würde ihn nicht mehr brauchen.

Mit geübten Griffen zog Francis die Holzkiste unter dem Sessel hervor und öffnete das Vorhängeschloss. Er seufzte. Dann nahm er das Buch heraus und setzte sich auf den Boden. Seine Finger strichen über den Einband, fuhren zwischen die Seiten und schlugen es auf. Es kam ihm vor, als verblasste die Tinte jedes Mal ein Stückchen mehr, wenn er sich anschickte, die krakelige Handschrift zu entziffern, als lösten sich die Seiten unaufhaltsam unter seinen Händen auf. Einmal mehr versank er in den Buchstaben, die lange vor seiner Geburt geschrieben worden waren und die Sehnsüchte eines anderen dicken Jungen beschrieben. Seine ganze Kindheit lang hatte er seinen Vater gehasst. Mit Leidenschaft. Weil er sie verlassen hatte. Und weil er ihm diesen dicken Bauch vererbt hatte. Zumindest hatte das sein Onkel so erzählt, um ihn aufzumuntern, als ihm mal wieder die Spottverse der anderen Feenkinder nachhallten. Er hatte die ausladende Wölbung um seine Körpermitte als »gemütlichen Bauch« bezeichnet, um es besser klingen zu lassen. Aber Francis war klar, dass die meisten Feen ihn abschätzig betrachteten, denn Feen waren nicht dick. Er war anders, gehörte nicht dazu. Der Reim hing ihm noch immer im Kopf:

Francis, der fette Fee,
da tut das Anschauen weh,
Francis, mit dem dicken Bauch,
den Berg hinab, da rollt er auch.

Dafür und für alles Schlechte hatte er seinen Vater verantwortlich gemacht. Doch dann hatte er eines

Tages nach dem Tod seiner Mutter auf dem Speicher das Tagebuch entdeckt. Und das erste Mal in seinem Leben hatte er eine tiefe Verbundenheit empfunden. Was er auf den Seiten las, waren niedergeschriebene Gedanken, die fast genauso schon hundertfach durch seinen eigenen Kopf gewandert waren. Wie konnte er jemanden hassen, der war wie er selbst? Den Einzigen, der war wie er selbst? Francis schüttelte den Gedanken ab und steckte das Tagebuch seines Vaters in die Brusttasche seiner Latzhose. Das dämliche Jackett seines Onkels zog er aus und warf es achtlos auf den Sessel. Er würde das Feenreich verlassen, so wie er es sich schon tausendmal vorgenommen hatte. Diesmal würde er es tun. Er würde auf den Spuren seines Vaters wandeln, die Welt erkunden und irgendwann als großer Abenteurer mit gestählten Feenmuskeln zurückkehren. Vielleicht würde Djamila dann endlich mehr in ihm sehen als den trotteligen, dicken Nachbarsjungen.

**

»Wo ist er hin?« Die Folfin Fabila blickte von den Fußabdrücken ihres Verlobten, die sich klar und deutlich im festen Sand abzeichneten, zu ihrem Kameraden Bulu. Dieser starrte mit offenem Mund zu der leeren Stelle an der Seite der Folfin. Die Szenerie war in ein merkwürdig helles Licht getaucht, das jedoch sogleich wieder verblasste und den Strand der Dunkelheit zurückgab. Als wäre eine Sternschnuppe direkt über ihren Köpfen vorbeigezogen, anstatt in Milliarden von Lichtjahren Entfernung.

»Genau da war er eben noch«, murmelte der Folf und zeigte mit dem Finger auf den Boden.

»Aber wo ist er jetzt?« In Fabilas Stimme mischte sich ein Hauch von Panik. »Spielt ihr mir einen Streich?« Sie drehte sich einmal um ihre Achse und tastete ihre Umgebung mit den Augen ab. Sie sah dunkles Wasser, den schmalen Sandstrand, an dem sie standen, die breithüftige Gestalt ihre Freundes Bulu und dahinter das steil in den Himmel ragende Kliff und den Pfad, den sie hinabgeklettert waren.

»Bulu, was ist hier gerade passiert?« Sie suchte den Blick des Freundes. Der Wind blies ihr das blaue Fell in die Augen. Vergeblich versuchte sie, es hinter die großen, spitzen Ohren zu schieben und so zu bändigen. Bulu hatte sich nun aus seiner Schockstarre gelöst und sah sich ebenfalls in der Bucht um. Dann blieb sein Blick an den ruhig einlaufenden Wellen hängen.

»Das Meer. Es muss etwas aus dem Wasser gekommen sein und ihn geholt haben. Wir müssen hier weg! Sonst sind wir bestimmt die Nächsten!« Bulu lief landeinwärts, stolperte, richtete sich auf und kletterte hastig den Pfad hinauf. Nach ein paar Metern drehte er sich um: »Los, Fabila!«

Fabila stand fassungslos auf der Stelle und sah zu, wie eine Welle die Fußspuren ihres Verlobten überspülte und sie zu unförmigen Sandlöchern werden ließ.

»Was kommt uns holen?«

»Ich weiß es doch nicht. Aber was auch immer es war, es kann doch nur aus dem Wasser gesprungen sein und ihn hineingezerrt haben. Jetzt geh schon da weg!«

»Ohne Kärlchen gehe ich nirgendwohin. Wenn es ihn hat, soll es mich auch haben!« Mit diesen Worten machte Fabila einen Schritt in Richtung des Wassers und steckte ihren großen Zeh hinein.

»Nein. Tu das nicht!«, schrie Bulu und rannte zurück, um sie aufzuhalten. Doch ehe er sie erreichte, schloss Fabila die Augen, hielt sich die Nase zu und machte einen Satz nach vorne. Verwundert stellte sie fest, dass sie nur bis zu den Knien im Wasser stand. Sie tastete um sich, als könnte sie ihren Freund so finden, doch ihr wurde schnell klar, dass er sich kaum im seichten Wasser versteckte.

»Bulu, hier ist nichts.«

»Kannst du bitte trotzdem wieder rauskommen?« Der grüne Folf streckte ihr mit gerunzelter Stirn den Arm entgegen. Zögernd ergriff sie seine Hand, und ließ sich von ihm wegziehen.

***

13

Francis zog viele Tage durch das Feenreich. Wenn seine Beine müde wurden, flog er, wenn seine Flügel müde wurden, lief er wieder. So musste er nur rasten, um zu schlafen. Er genoss die frische Luft, den blauen Himmel, die sanften grünen Hügel und die Blumenwiesen am Wegesrand. Des Öfteren kam er an einer Feensiedlung vorbei und überlegte sich, dort vorstellig zu werden. Feen waren generell sehr gastfreundliche Wesen, und sie hätten bestimmt gerne das Brot mit ihm gebrochen. Aber er wollte abnehmen und so aß er, was er in den Wiesen fand. Beeren, Nüsse, Äpfel gab es im Feenreich das ganze Jahr über reichlich. Gelegentlich kam er an einem Bienenstock vorbei und widerstand der Versuchung, doch genauso oft fand er sich honigverschmiert, mit einem zufriedenen Lächeln und deutlich gewölbtem Bauch am Boden wieder.

An einem dieser Tage ruhte er sich gerade von einer Mahlzeit aus und träumte vom Antlitz der wunderschönen Djamila, als er sich plötzlich einer dunklen, feuchten Schnauze gegenüber sah. Von einem starken Sog ergriffen, flog er in Richtung eines schwarzen Lochs, an dessen Rand er aber wegen seiner Leibesfülle abprallte, um nur Zehntelsekunden später nach hinten ins Gras geschleudert zu werden. Aus der Distanz konnte er das Gesicht eines jungen Bären erkennen, der eifrig nach Honig schnüffelte und alles ableckte, was mit dem süßen Gold in Berührung gekommen war. Sofort setzte Francis seine

14

Flügel in Bewegung, um sich davon zu machen, ehe er dem Hunger des Bären zum Opfer fiel, doch er kam nicht vom Fleck. Eine Kralle hielt ihn an den Füßen auf den Boden gedrückt, und ein überdimensionales Auge musterte ihn neugierig.

»Ein Fee. Na sowas. Schon lange keinen von euch mehr gesehen.«

Francis zitterte. Noch mehr Bären!

»Äh – hallo.«

»Du solltest vorsichtiger sein.«

»Ja, das stimmt wohl. Könntest du mich loslassen?«

»Oh. Na klar.«

Die Bärin lachte und setzte sich auf ihre dicken Hinterbacken. Dann rief sie nach einem anderen Bären, der gerade die Nase in die Luft streckte und witterte.

»Fred, guck mal, wen ich hier gefunden hab. Ist der nicht knuffig?«

Der Bär drehte sich um, sein Blick irrte an der leeren Seite der Bärin entlang.

»Wo denn, Tedda?«

»Na hier!« Tedda zeigte mit ihrer Pranke auf den kleinen Fee.

Fred brach in lautes Lachen aus. Er ließ sich auf den Boden fallen und hielt sich mit beiden Tatzen den heftig vibrierenden Bauch. Francis war zutiefst verwirrt.

»Was ist jetzt an mir so lustig?«

Fred japste nach Luft.

»Du bist dick. Ich habe noch nie einen dicken Fee gesehen. Das sind doch immer so Hungerhaken.«

»Gell, er ist richtig hübsch. Der würde sogar einen Winterschlaf überleben.« Die Bärin grinste zufrieden vor sich hin und strich mit der Kralle ihrer Pfote über Francis' Bauch.

»Lass das.« Francis wich zurück. »Das ist außerdem nicht witzig.« Er verschränkte die Arme.

»Ach komm schon, lass uns ein bisschen unseren Spaß.« Tedda machte eine Bärenschnute und blickte den Fee aus großen Augen an. »Was machst du eigentlich hier? Ihr versteckt euch doch meistens in eurem verzauberten Feenreich, oder?«

»Ich bin ein Abenteurer. Ich hab keine Angst.« Francis zog die Schultern straff und blickte die Bärin herausfordernd an.

»Aha. Du weißt aber schon, dass es hier draußen gefährlich ist? Im Moment treiben sich hier so stinkende Vampire herum. Deshalb reisen wir auch in der Gruppe, damit nachts einer Wache schieben kann. Fred versucht schon die ganze Zeit zu erschnüffeln, wo sie sind.«

»Was sind denn Wampiere? Sind das dicke Bären, die ihr nicht leiden könnt?«

»Oh – du bist ja bestens vorbereitet auf das Leben hier draußen.«

»Ich bin wohl etwas überstürzt aufgebrochen.«

»Na gut, dann geb ich dir mal Nachhilfe. Vampire sind Bluttrinker.«

Dem kleinen Fee lief es kalt den Rücken hinunter.

»Die meisten von ihnen sind harmlos. Sie ziehen mit Herden von Kreuznasern herum, lassen deren Blut ab und trinken es. Sie haben sich vor langer Zeit mit uns und anderen Wesen geeinigt, dass sie uns nicht behelligen. Aber anscheinend werden sie krank, wenn sie nur deren Blut trinken, sie brauchen eine ausgewogene Ernährung. Deshalb betteln sie manchmal, dass wir sie unser Blut trinken lassen. Dann machen sie Musik als Bezahlung, das können sie wirklich gut. Ich habe auch schon mal einen von mir trinken lassen, der hat so wunderschön Flöte gespielt. Aber es hat sich wirklich seltsam angefühlt. Der wollte an meinen Hals, aber Pustekuchen, ich bin doch nicht doof. An meinem Arm hat er dann gesaugt, guck, da sieht man noch die Narbe.«

»Das will ich nicht sehen.« Francis schüttelte sich. Die Bärin lachte.

»Na gut. Jedenfalls halten sich nicht mehr alle Vampire an diese uralte Abmachung. Es gibt ein paar Gruppen, die ziehen durch die Gegend und überfallen jeden, den sie zu fassen kriegen. Der Rest ihrer Gemeinschaft hat sie ausgestoßen, und sie haben noch nicht mal Kreuznaser zum Trinken. Sie sind hungrig und müssen sich auch vom kleinsten Getier ernähren, das sie finden können, manchmal versuchen sie sogar noch Aas auszusaugen. Deshalb stinken sie so. Aber sie sind schnell und gute Jäger. Wir müssen auf der Hut sein, vor allem wegen der Kleinen.« Sie zeigte auf die Bärenjungen, die sich um eine Bienenwabe balgten.

»Das ist ja schrecklich!«, brachte Francis hervor.

»Ach, irgendeiner trachtet einem doch immer nach dem Leben. Willst du mit uns kommen? Wir können dich beschützen.«

So blieb Francis zunächst bei den Bären. Als sie weiterzogen, kuschelte er sich in Teddas Fell, streckte die Füße von sich und ließ sich tragen. Er hatte überall Muskelkater. Seine Beine taten weh vom Laufen, seine Flügel vom Fliegen. So lange Strecken hatte er noch nie zuvor zurückgelegt. Und erst recht nicht in diesem Tempo, er wollte schließlich nicht, dass ihn jemand einholte. Falls es irgendjemanden interessierte, dass er weg war. Er wischte den Gedanken beiseite. Er hatte es schließlich geschafft, die weite Welt lag vor ihm. Mit unzähligen Möglichkeiten. Vielleicht würde er Freunde finden, Abenteuer erleben, vielleicht sogar verstehen, was seinen Vater am Zurückkommen gehindert hatte. Jedenfalls würde er kein Außenseiter mehr sein, der von den anderen Feen verspottet wurde. Nur Djamila fehlte ihm schon jetzt. Mit einem Bild von ihr vor Augen gab er sich der Erschöpfung hin und fiel in einen tiefen Schlaf.

Als er erwachte, war es dunkel, er hörte aufgeregte Schreie, die sein schläfriges Hirn zunächst nicht richtig zuordnen konnte. Francis stellte fest, dass er sich auf einem Bärenrücken befand, doch ehe er dazu kam, sich festzuhalten, wurde er schon durch eine plötzliche Bewegung hinunter geschleudert und knallte auf den Boden. Der Fee spürte noch, dass sein Kopf auf einem Stein landete, dann wurde es um ihn herum schwarz.

***

»Erna, wir müssen aufbrechen. Wir müssen Francis auch außerhalb des Feenreichs suchen. Stell dir vor, ihm passiert etwas. Ich könnte mir das nicht verzeihen. Ich habe auch immer bereut, dass wir meinen Bruder nicht richtig gesucht haben. Ich will den gleichen Fehler einfach nicht noch einmal machen.« Jacob hielt seine schluchzende Frau an den Schultern und suchte ihren Blick.

»Verstehst du das, Liebes? Ich kann mich nicht noch ein halbes Leben lang damit quälen, dass ich zu feige gewesen bin, das Feenreich zu verlassen. Ich bin es Joe schuldig, dass ich wenigstens nach seinem Sohn suche.«

»Das ist doch viel zu gefährlich! Francis kommt doch bestimmt bald wieder. Vielleicht versteckt er sich nur irgendwo im Feenreich, und wir haben ihn bisher noch nicht gefunden. Das ist doch normal, dass Teenager mal abhauen. Vor allem, wenn man bedenkt, was er schon alles durchgemacht hat. Und Joe

19

ist doch damals weggegangen, weil er sich mit Mayra gestritten hatte. Er wollte doch weg. Ihn zu suchen hätte doch gar nichts gebracht.« Erna schluchzte weiter und senkte den Kopf.

»Glaubst du das wirklich, Liebes? Ich glaube das inzwischen nicht mehr. Ich habe viel darüber nachgedacht. Dass Joe überstürzt weggelaufen ist nach dem Streit, kann ich mir vorstellen. Aber dass er nie zurückgekommen ist? Mayra und er hatten zwar Probleme, aber es gab etwas, das sie verband, und sie haben sich immer wieder zusammengerauft. Und Joe hat Francis geliebt. Er hätte ihn nicht so einfach im Stich gelassen. Du hast Joe doch gesehen, als Francis anfing zu krabbeln, und als er das erste Mal Papa gesagt hat. Er ist übergelaufen vor Stolz. Ich kann einfach nicht glauben, dass er irgendwo da draußen ist und ein beschauliches Leben mit einer anderen Fee und neuen Kindern führt. Egal, was die Leute sagen. Ihm muss etwas passiert sein. Ich kann es mir nicht anders erklären.« Jacob ließ sich mit hängenden Schultern auf einen Stuhl plumpsen.

»Aber Mayra hat es doch auch geglaubt.« Erna flüsterte mehr, als dass sie sprach.

»Mayra war eine dumme Nuss! Ich kann nicht fassen, dass sie sich so in ihrem Selbstmitleid gesuhlt und Francis einfach sich selbst überlassen hat.«

»Bitte sprich nicht so von den Toten.«

»Entschuldige.« Jacob seufzte.

»Denkst du manchmal noch an diese seltsame Sternschnuppe, die wir in der Nacht gesehen haben, als Joe verschwunden ist?« Er blickte zu Erna auf. Sie nickte. »Sie war sehr schön, nicht wahr?«

Wieder nickte sie. Sie schwiegen.

»Erna, Francis ist jetzt schon zu lange weg. Das läuft nicht mehr unter einem kleinen Abenteuer, für das man ihm die Freiheit lassen muss. Es ist gefährlich da draußen. Du liebst ihn doch auch. Ist er nicht inzwischen auch dein Sohn? Willst du ihn nicht wieder hier sehen? Lebendig?«

Erna holte tief Luft.

»Natürlich. Nur –«, ihre Stimme erstickte in ihrem Schluchzen: »Ich habe Angst, dass auch unsere anderen Kinder zu Waisen werden. Können wir nicht noch ein bisschen warten? Nur ein paar Tage. Vielleicht kommt er ja wieder.«

Jacob zog seine Frau auf seinen Schoß und hielt sie, bis die Tränen langsamer flossen und die Schultern aufhörten zu beben. Dann murmelte er in ihr Haar.

»Eine Woche. Aber wenn er bis dann nicht da ist, muss zumindest ich gehen. Ich muss einfach.«

***

Als Francis aufwachte, dröhnte sein Schädel, ansonsten war es so still, dass er den Wind in den Gräsern hören konnte. Die Grillen waren verstummt, kein Waldkauz rief in die Nacht hinein. Seine Bärentruppe war weit und breit nicht zu sehen. Dafür brannte in der Ferne ein Feuer. Er biss die Zähne zusammen und flog näher heran, bis er die Gestalten gut erkennen konnte, die um die Feuerstelle herumsaßen. Sie waren fast so groß wie die Bären, sahen aber keineswegs so friedlich aus. Abgewetzte Kleidung, vor Dreck starrend, hing an ihnen herunter. Die Haut, die nicht von Kleidung bedeckt war, schimmerte weiß durch eine Dreckschicht hindurch, und das Haar, das sie ausschließlich auf dem Kopf trugen, fiel ihnen fettig auf die Schultern. Sie wirkten ausgemergelt und stierten mit tief in den Höhlen sitzenden Augen deprimiert vor sich hin. Das mussten Vampire sein!

Einer setzte an zu sprechen. Dann fiel er wieder in sich zusammen, um kurz darauf erschöpft einen neuen Versuch zu wagen.

»Schon wieder! Wir hätten diese Bären sowas von erwischt, wäre Lothar nicht verschwunden. Was ist da nur los?«

Hieß das, die Bären waren gesund und munter davongekommen? Francis blieb mucksmäuschenstill am Boden liegen und lauschte.

Ein anderer Vampir, dessen linke Gesichtshälfte von einer wulstigen Narbe entstellt war, fiel ein:

»Erst Viktoria und jetzt Lothar. Das kann doch nicht sein, dass sie sich einfach in Luft auflösen. Das ist jetzt schon der Zweite aus unserer Gruppe in nur zwei Wochen!«

»Und beide Male diese verdammten Sternschnuppen. Ich hatte voll Angst, dass ich mich in der Zeit verschätzt habe und gerade die Sonne aufgeht«, sagte ein Vampir, dessen Gesichtszüge merkwürdig aufgeschwemmt aussahen und ihn wie einen pausbäckigen Jüngling wirken ließen.

»Du bist aber auch echt dumm. Wie kann man nur eine Sternschnuppe mit der Sonne verwechseln«, entgegnete das Narbengesicht.

Das ließ sich der Milchbubi nicht gefallen und stürzte sich auf den anderen. Doch schon nach wenigen Sekunden hielten beide erschöpft inne.

»Ich bin sogar zu hungrig zum Streiten. Scheiße, was machen wir denn jetzt nur ohne die beiden? Wir sind zu wenige, um ordentlich zu jagen. Wie sollen wir denn jetzt unsere Beute einkreisen?«

»Na, vielleicht kommen sie ja bald wieder. Als Viktoria zum ersten Mal verschwunden ist, hat es nur ein paar Wochen gedauert, dann war sie schon wieder da.«

»Und außerdem müssen wir erst einmal neue Beute finden. Die Bären sind jetzt schon längst über alle Berge«, ergriff ein hünenhaft wirkender Vampir mit blondem Haar das Wort. »Ich schicke mal die Moskitos auf Spähmission.«

Er schnipste mit den Fingern, und schon erhob sich ein Schwarm Mücken, teilte sich auf und flog in alle Richtungen davon. Ein paar von ihnen hielten geradewegs auf Francis zu. Der Fee überlegte fieberhaft – verstecken oder losfliegen? Der Fluchtimpuls siegte. So schnell er konnte, bewegte er seine Flügel. Ein paar der biestigen Viecher nahmen die Verfolgung auf, doch Francis hatte wohl ausreichend Vorsprung. Als er das nächste Mal einen Blick zurückwarf, sah er hinter sich nur noch die Vampire und ihr Feuer winzig klein in der Ferne. Er flog, so lange ihn seine Flügel trugen, dann landete er, um einen kurzen Moment zu rasten, und schlief ein.

Francis schlief so fest, dass er beim Aufwachen einige Momente brauchte, bis er sich orientiert hatte. Und feststellte, dass er garantiert nicht dort eingeschlafen war, wo er sich jetzt befand! Der Boden unter seinen Füßen schaukelte leicht, die Wände um ihn herum hatten nur kleine Löcher, die Luft und Licht hereinließen. Hatten die Vampire ihn also doch gefangen? Er sprang auf, stolperte über seine müden Füße und kullerte über den mit Stroh ausgelegten Boden. Das Blut pochte ihm in den Ohren, so schnell schlug sein Herz. Er musste die Tränen zurückhalten, vermeiden, dass er die Nerven verlor. Langsam atmete er ein und aus, dreimal. Dann stemmte er sich hoch, setzte die Flügel in Gang und presste sein Auge an eines der Atemlöcher. Grüne Wiesen voller bunter Blumen zogen an ihm vorbei. Also waren sie unterwegs. Nur wohin? Und warum?

Nach einiger Zeit vernahm er Stimmen. Sie klangen wärmer als die der Vampire, fingen sogar an zu singen. Fröhliche Wanderlieder, die er noch nie gehört hatte. Der Gesang war aber auch ganz anders als das Singen der Feen, nicht so lieblich und rein, sondern rau und durchaus mit einigen schiefen Tönen. Schließlich lief ein gedrungener Mann mit langem, grauem Bart an seiner Box vorbei, ein Zwerg. Francis schickte ein Dankesgebet zum Himmel. Er war unendlich froh, nicht den Vampiren in die Klauen gefallen zu sein. Vielleicht wollten die Zwerge ihn schützen, vielleicht wussten sie, dass die Gegend, in der sie ihn aufgegabelt hatten, gefährlich war. Francis versuchte auf sich aufmerksam zu machen, doch seine Stimme ging im Gesang unter. Erst später konnte er ein paar Gesprächsfetzen der Zwerge vernehmen.

»… meine Tochter wird sich bestimmt freuen …«

»… immer gut, wenn man etwas mitbringt, wenn man vom Berg zurück kommt …«

»… so lange nicht gesehen, sie ist jetzt bestimmt schon ganz groß …«

Er rief erneut, um Aufmerksamkeit zu erregen, doch die Kiste warf seine Stimme nur zu ihm zurück, so dass er letztendlich aufgab.

»Was soll das denn sein? Ich will lieber einen Singvogel! Mit bunten Federn.« Das Mädchen stampfte mit dem Fuß auf und rannte aus dem Raum. Die Mutter seufzte.

»Sie ist so, seit du weggegangen bist. Ich habe gehofft, es wird besser, wenn du wiederkommst.« Sie setzte sich an den dunklen Holztisch. Das Feuer, über dem ein Eisentopf hing, war fast erloschen. Die Holzscheite in der Ecke des Raumes lagen bereit, doch der stämmigen Frau, die aussah, als hätte sie kein Problem damit, den ganzen Tisch in die Höhe zu stemmen, fehlte wohl der Antrieb, das Feuer wieder anzufachen. Ihr Mann stand nahe des Eingangs, als spiele er ob der misslungenen Begrüßung mit dem Gedanken, gleich wieder aufzubrechen. Auf dem Küchentisch, inmitten des Zwergenheims, saß Francis in seiner Kiste, im Schneidersitz, die Arme verschränkt. Er hatte es aufgegeben, mit den Zwergen zu sprechen, denn sie schienen ihn nicht zu hören. Oder sie wollten nicht.

»Sing, du doofes Ding!«

»Ich mag nicht singen!«

»Sing jetzt!«

»Warum sollte ich?«

»Du bist mein Haustier, du musst tun, was ich dir sage.«

»Ich bin ein Fee, kein Haustier, und ich werde nicht singen.«

Das Mädchen war gemein. Sie stand vor seinem Käfig, presste den Mund unter der knolligen Nase zu einem Strich zusammen und stupste ihn durch die Gitterstäbe hinweg mit einem Stock an. Francis hüpfte und flatterte durch den Käfig und hoffte, es würde ihr bald langweilig werden, doch sie harrte mit sturer Boshaftigkeit aus.

»Stell dir doch mal vor, jemand würde dich in einen Käfig sperren. Würde dir das gefallen?«

»Sing jetzt.«

»Stell dir vor, jemand würde die ganze Zeit mit einem Stock nach dir schlagen, hättest du dann Lust zu singen?«

»Sing.«

»Nein.«

»Wenn du nicht singst, reiße ich dir einen Flügel aus.«

Francis erstarrte, so dass ihn der Stock direkt in den Magen traf und er auf den Rücken geworfen wurde. Er ächzte vor Schmerz. Würde sie das wirklich tun? Ganz kurz hatte sie ihm zu Anfang leid getan, er konnte nur zu gut verstehen, dass es nicht schön war, ohne einen Vater aufzuwachsen. Doch wie hartherzig konnte man eigentlich sein? Sie öffnete die Käfigtür und streckte ihre Hand nach ihm aus. Mit einer Wendigkeit, die er sich selbst nicht zugetraut hätte, stieß er sich vom Boden ab, entwischte ihren Fingern um Haaresbreite und flog an ihrem Arm entlang ins Freie. Eine Zehntelsekunde lang stand er in der Luft vor ihrem wütend verzerrten Gesicht, dann schnellte seine Faust wie von selbst voran und hieb ihr mit aller Kraft auf die Knollennase.

»Au!«, schrie sie empört und klatschte mit den Händen nach ihm, als versuche sie, ein lästiges Insekt zu töten. Doch Francis wich aus und flog zum Fenster. Vom Sims aus drehte er sich noch einmal um und blickte das Mädchen an, das sich die Nase hielt und weinte.

»Das hast du nun davon. Vielleicht lernst du ja jetzt, andere ordentlich zu behandeln. Vor allem die Schwachen. Manchmal sind sie stärker, als du denkst.«

Dann setzte er seine Flügel in Bewegung und flog davon. Im Flug begutachtete er seine schmerzende Hand, spreizte die Finger. Sie taten zwar weh, schienen aber nicht wirklich verletzt zu sein. Das hatte gut getan. Still lächelte er in sich hinein. Er war mutiger und stärker, als er gedacht hatte, das würde Djamila sicher gefallen. Doch noch war es zu früh um umzukehren. Er musste weiter, irgendwohin, wo es keine blutrünstigen Vampire und keine gemeinen Zwerge gab. So weit fort wie möglich. Kurz bevor ihn seine Flügel im Stich ließen, kreuzte er die Bahn eines großen, schwarzen Vogels mit leuchtend weißem Hals und weißen Flügeln und schaffte es, sich unbemerkt an einer Schwanzfeder festzuhalten. Er krabbelte langsam den Schwanz entlang, bis er den Rücken erreicht hatte. Dort ließ er sich ins weiche Federbett fallen und schloss die Augen. Im Traum erschien es ihm, als habe er in der Ferne eine Sternschnuppe gesehen.

2

»Sie ist da schon seit Tagen nicht mehr rausgekommen, sagst du?« Hallibert, der dorfälteste Folf, wies mit seinem Stock auf eine liebevoll dekorierte Villa. Bulu hatte ihn noch nie ohne diesen Stock gesehen, obgleich er sich niemals darauf stützte. Auch heute nicht. Der Dorfälteste humpelte den Kiesweg entlang, der durch leuchtend grünes Gras zu einer steinernen Treppe führte. Über der Treppe thronte eine schwere Holztür, verziert mit einem Eisenring, der die Gesichter der Bewohner trug. So, wie es bei den Folfen Tradition war. Hinter den fast bis zum Boden reichenden Fenstern wehten verwelkte Blütenblätter über den dunklen Parkettboden, von einem durch einen Fensterschlitz dringenden Luftzug zum Tanzen verdonnert. Vertrocknete Blumenstängel ragten kahl aus ihren Vasen und sangen ein Lied von Einsamkeit. Hallibert klopfte.

»Sie wird nicht aufmachen. Sie ist richtig böse auf mich.« Bulu blickte zu Boden. »Dabei möchte ich Kärlchen doch auch unbedingt finden.«

Seine behaarten Hände ballten sich zu Fäusten. Er hasste es, dass er nichts, aber auch gar nichts tun konnte, um seinen besten Freund zurückzubringen.

Kärlchen war wie vom Erdboden verschluckt. Sie hatten unermüdlich jeden Winkel der Insel durchkämmt. Fabila trieb sich und ihre Helfer an, gönnte ihnen keine Pause, keinen Schlaf. Nach und nach erklärten ihre Freunde die Suche für hoffnungslos und gingen zu ihrem normalen Tagesablauf über, nur Fabila und Bulu liefen weiterhin so oft wie möglich hinab zum Strand und klapperten Kärlchens Lieblingsorte ab. Doch sie kehrten immer wieder ergebnislos ins Dorf zurück. Bis auch Bulu Fabila gestand, dass er keinen Zweck mehr in der Suche sah. Er konnte sich Kärlchens Verschwinden nach wie vor nur erklären, indem er einem Ungeheuer aus dem Meer die Schuld gab. Und dann half auch kein Suchen.

Noch immer sah er sie vor sich, mit hängenden Schultern und diesem fassungslosen Blick, als sie nicht glauben wollte, dass nun auch Bulu, ihr letzter Verbündeter, sie im Stich ließ. Ihren Wutausbruch danach hatte er verkraften können, daran war er gewöhnt, doch die Enttäuschung in ihren Augen hatte sich in sein Gedächtnis gebrannt. Wie so oft hatte sie ihm schimpfend die Tür vor der Nase zugeknallt, doch normalerweise kam sie nach zwei Stunden mit einer kreativen und aufheiternden Entschuldigung zu ihm, und alles war wieder in Ordnung. Dieses Mal jedoch weigerte sie sich, auch nur mit ihm zu sprechen. Wollte er sie besuchen, blieb sein Klopfen unbeantwortet. So auch heute. Doch als Bulu sich gerade abwenden wollte, hörte er ein lautes Klirren. Er hielt inne und beobachtete, wie Hallibert seinen Gehstock aus dem Fenster zog, die Sicherung löste und hineinkletterte. Nur Sekunden später öffnete er die Tür und zog Bulu ins Innere. Die beiden eilten die Wendeltreppe hinauf, um vor der geschlossenen Schlafzimmertür zu zögern. Folfe drangen normalerweise nicht einfach so in die Villen ihrer Nachbarn ein, geschweige denn in deren Schlafzimmer. Aber was blieb ihnen schon übrig? Man ließ seine Freunde schließlich nicht verhungern, selbst wenn das freiwillig geschah. Bulu klopfte.

»Fabila?« Er wartete ein paar Sekunden, doch der Nachhall seiner Stimme dehnte sich nur weiter aus, nahm den ganzen Flur in Anspruch. »Fabila, ich komme jetzt rein.«

Die Tür quietschte leise in den Angeln, als wollte sie widersprechen und den Eindringlingen den Blick in das Herz des Hauses verwehren. Der Besuch weckte keinerlei Reaktion bei dem Folfmädchen, das bis zur Nasenspitze unter Decken vergraben im Bett lag. Dass es sich hier um das gleiche Mädchen handelte wie auf dem Bild neben dem Bett, wo es mit einem jungen Folf mit ebenmäßigen Zügen um die Wette strahlte, mochte man kaum glauben. Aber wie sollte man auch reagieren, wenn sich der zukünftige Ehemann vor den eigenen Augen in Luft auflöste? Alles war schon bereit gewesen für die Hochzeit, die Bewohner der Insel fieberten dem Fest schon seit Wo-

chen entgegen, am meisten natürlich Fabila und Kärlchen. Sie hatten sich das Eheversprechen – nur im
Beisein ihres Trauzeugen Bulu – schon eine Nacht
vorher geben wollen, um ihre Hochzeitsnacht ganz
für sich zu haben und in der Nacht des großen Fests
bis zum Morgengrauen durchtanzen zu können. Doch
stattdessen standen nun Unmengen der erlesensten
Delikatessen in der Speisekammer und gammelten
vor sich hin, das Festzelt hing schief im Wind und die
große Wiese, auf der die Feier hätte stattfinden sollen,
wurde selbst von den Grillen gemieden, als bringe sie
Unglück. Ein paar Löffel der Suppe, die sie mitgebracht hatten, konnte Hallibert Fabila einflößen, dann
ließen sie sie weiterschlafen und machten sich daran,
das Essen zu entsorgen und das Mahnmal des verlo-
renen Glücks abzubauen.

***

Als Francis aufwachte und vom Rücken des Vogels
hinunter spähte, sah er ein unwirtliches Gebirge unter
sich liegen. Weiß glitzernde Spitzen wechselten sich
mit kahlen Felsen ab, die steil in die Tiefe fielen, ein
Berggipfel neben dem anderen, so weit er sehen
konnte. Kalter Wind wehte ihm um die Nasenspitze
und ließ seine Augen tränen. Er konnte nicht einmal
feststellen, in welche Richtung er sich wenden musste, um den Weg aus dem Gebirge herauszufinden.

Und unter sich sah er keine Bewegung, keine Hütten oder sonstigen Behausungen. Die Gegend erschien ihm komplett verlassen. Der Fee schauderte. Hier wollte er nicht landen. Und so entschloss er sich, weiter mit dem Vogel zu reisen. Wenn dieser landete, um Futter zu suchen, blieb Francis entweder in den Federn versteckt sitzen oder flog auch kurz weg, um für seine eigene Ernährung zu sorgen. Glücklicherweise führte der Vogel immer ein Ritual durch, bevor er wieder abhob. Er krächzte dreimal laut, drehte sich dann dreimal im Kreis und scharrte dreimal mit den Klauen. So war Francis immer rechtzeitig zur Stelle und abreisebereit. Leider hatte er nicht die kleinste Ahnung, wo es hinging. Er rang oft mit sich, und überlegte, ob er sich dem Vogel vorstellen und ihn fragen sollte. Das gehörte sich ja eigentlich schon so, wenn man mit jemandem reiste. Aber er hatte doch zu viel Sorge, dass der Vogel wütend werden und ihn einfach hierlassen würde. Und dann wäre er schon ziemlich aufgeschmissen in den unbewohnten Gegenden, die sie überflogen. Also blieb er lieber im Verborgenen.

Doch die Landschaft wurde nicht ansprechender. Eines Morgens erwachte er und sah unter sich eine endlos blaue Wasserwüste. Tag für Tag flogen sie, ohne dass sich die Aussicht änderte. Zum ersten Mal in seinem Leben war Francis dankbar für seine eingebaute Vorratskammer.

Dann endlich war Land in Sicht. Sobald es für ihn in Reichweite war, schwirrte der kleine Fee davon und machte sich auf die Suche nach Essbarem. Bald kam er zu einem Dorf mit wunderschönen, steinernen Häusern, verziert mit Säulen, Giebeln und in Stein gemeißelten Statuen, die wohl den Bewohnern des Dorfes nachempfunden waren. Neugierig schwirrte Francis zwischen den Häusern hindurch. Nach der Begegnung mit den Vampiren war er misstrauisch gegenüber Fremden und bedacht darauf, sich möglichst unauffällig zu verhalten. Er hielt sich im Schatten der Gebäude, blieb den Fenstern fern und ging in Deckung, wenn er Stimmen vernahm. Doch als der Duft von Käse an seine Nase drang, war jede Vorsicht wie weggeblasen. Sein Hunger war stärker als jede Vernunft. Schnurstracks folgte er dem Geruch zu einem kleinen Wagen, landete direkt auf einem dicken Stück Käse und biss ein herzhaftes Stück von der Kante ab. Was für ein Genuss! Heißhungrig futterte er ein Loch in den Käse, das fast so groß war wie sein Kopf. Erst dann ließ er von seiner Mahlzeit ab und blickte sich um. Er war im Paradies! Eine Käsesorte lag ordentlich aufgereiht neben der anderen. Er testete noch ein paar andere Sorten, dann nahm er seine Umgebung genauer in Augenschein. Er war mitten auf einem Markt gelandet. Im Wagen nebenan wurde frisches Gemüse angepriesen, daneben gab es Obst, frisches Brot, Wein, alles, was das Herz begehrte. Am Rand des Marktplatzes waren Bänke und Tische aufgebaut, an denen bunte, behaarte Gestalten saßen und von den frischen Köstlichkeiten aßen. Francis hatte noch nie solche Wesen gesehen oder von ihnen gehört. Die Neugierde trieb ihn näher. Sie sahen freundlich aus, unterhielten sich angeregt und tranken Wein aus Metallkelchen. Über und über behaart, trugen sie keine Kleidung, schienen aber großen Wert auf das Aussehen ihres Fells zu legen. Rot, gelb, blau, grün, gepunktet, gestreift – Francis hatte noch nie so eine Farbenpracht an Lebewesen gesehen. Viele hatten ihr Fell oder Haupthaar zu merkwürdigen Formen gestylt. Einer trug sein Haar in Stacheln wie Sonnenstrahlen um seinen Kopf, wobei er die großen, spitzen Ohren geschickt einbezogen hatte, ein Zweiter hatte es zu einem großen Kegel geformt, eine Dritte bildete damit eine Art Krone nach. Sie hatten breite Gesichter mit schwarzen Kulleraugen und ausladende Hüften. Halb so groß wie die Vampire erschienen sie ihm noch immer wie Riesen. Aber wie freundliche Riesen. Wie schön es doch wäre, Freunde zu finden, ging es ihm durch den Kopf. Und so ließ er alle Vorsicht außer Acht:

»Entschuldigung. Könnte ich wohl einen Schluck Wein haben?«

Weinbecher hielten in der Bewegung inne, Augenpaare richteten sich auf ihn, ein Teller klirrte.

»Bist du Kärlchens Geist?«, fragte eine zitternde Stimme.

»Wer ist Kärlchen? Ich bin Francis, ein Fee, und habe mich verirrt. Ich fände es ganz wunderbar, wenn ich heute etwas mit euch essen und trinken dürfte, und ihr mir dann vielleicht morgen den Weg ins Feenreich zeigen könntet?«

»Ein Fee? Was ist ein Fee?«

Ein Durcheinander an Stimmen ertönte.

»Wenn er nicht Kärlchen ist, vielleicht hat er dann etwas mit seinem Verschwinden zu tun?«

»Wie soll denn so ein kleines Etwas einen Folf verschwinden lassen? Er kann ihn wohl kaum gefressen haben!«

»Gebt dem Fee Wein.«

Francis sah zu, wie ein Wesen mit samtig grünem Fell sich anschickte, einen Becher mit Wein voll zu schenken, zögerte und dann stattdessen den Deckel der Flasche füllte und vor ihm abstellte. Gerade als er seine Arme danach ausstreckte, wurde er von den Füßen gerissen.

»Ich glaube nicht, dass du nur zufällig gerade jetzt hier vorbei gekommen bist. Ich nehme dich mit zu Fabila.«

Francis protestierte und zappelte, doch er war dem festen Griff des Fremden ausgeliefert, und so ergab er sich schließlich und wartete, wohin ihn diese verrückte Welt als nächstes verschlagen würde.

***

Jacob und Erna saßen, wie so oft in den letzten Tagen, auf der Veranda ihres Hauses in ihren Schaukelstühlen, hatten dicke Wälzer aufgeschlagen und diskutierten über die Suche nach Francis. Mal wieder rollten dicke Tränen über Ernas Wangen.

»Aber Schatz, ich kann nicht mehr länger warten«, sagte Jacob verzweifelt. Er hasste es, wenn sie weinte. Es ließ ihn fast immer nachgeben, so wie damals, als er hatte aufbrechen wollen, um Joe zu suchen, und dann doch an ihrer Seite im sicheren Feenreich geblieben war. Aber damals war sie auch schwanger gewesen. Diesmal hatte er sich fest vorgenommen, sich durchzusetzen.

»Du hast versprochen, erst zu gehen, wenn du den Schutzzauber entdeckt hast.« Ein Schluchzer entschlüpfte ihrer Kehle. »Deine Kinder sind noch zu jung, um ohne Vater aufzuwachsen.«

»Francis ist auch mein Sohn. Und ich bin noch zu jung, um jeden Tag in dem Wissen zu erleben, dass ich meine Kinder nicht richtig beschütze.«

»Aber vielleicht finden wir bald einen Hinweis auf die Zaubersprüche. Ich bin mir sicher, dass es sie gibt. Und dann lasse ich dich auch ziehen, versprochen.«

»Wir suchen aber doch schon seit Tagen. Und ich stelle mir vor, dass Francis von einer Gefahr in die nächste rennt, während ich meine Nase in einem Buch versenke.«

»Und deshalb willst du dich selbst auch gefährden? Ohne einen Plan, wie du ihm helfen kannst? Du weißt doch noch nicht einmal, wo du suchen sollst.«

Jacob seufzte. Damit zumindest hatte sie Recht. Er hatte keinen Ansatzpunkt. Das Feenreich hatten sie schon abgesucht, von Dorf zu Dorf waren sie gezogen, und hatten jeden gefragt, der ihnen über den Weg lief. Doch niemand war Francis begegnet. Genau wie Joe war er spurlos verschwunden. Francis musste das Feenreich tatsächlich verlassen haben. Jacob gruselte es. Durch den Zauber, der verhinderte, dass andere Wesen eindrangen, hatten viele Feen nie gelernt, sich selbst zu schützen. Seine Familie gehörte dazu. Seit Generationen hatte keiner sich mehr getraut fortzugehen. Zu viele Feen waren zuvor davongezogen und nie wiedergekehrt. Glücklicherweise hatte Erna bei den Vorbereitungen auf die Reise von alten Überlieferungen gehört, die besagten, dass Feen magische Schutzkräfte besaßen. Erna hatte Jacob sofort das Versprechen abgenommen, erst aufzubrechen, wenn er diese Schutzzauber gelernt hatte. Seit Tagen saßen sie nun tagsüber an einem Pult in der alten Feenbibliothek, zwischen Wänden, an denen sich bis zur Decke tausende schwere Bücher in Ledereinbänden stapelten, und suchten nach Zaubersprüchen und Rezepturen für Zaubertränke, bis ihnen die Buchstaben vor den Augen verschwammen. Doch obwohl die Geschichten immer wieder die Fähigkeiten der Feen priesen, konnten Erna und Jacob keinerlei Hinweise finden, wie sie sich diese Fähigkeiten aneignen konnten, und ihnen schwand der Mut.

Heute hatten sie wieder zwei Bücher mit sich hinausgeschmuggelt, um zu Hause weiterzulesen. Doch deprimiert von ihrer bislang erfolglosen Suche fanden sie sich gerade in einer heftigen Diskussion darüber wieder, ob sie jetzt einfach ohne dieses Wissen aufbrechen oder noch mehr Zeit durch sinnloses Recherchieren vergeuden sollten. Da stand plötzlich Djamila vor ihnen. Die Sorge spiegelte sich in ihrem hübschen Gesicht.

»Ist Francis immer noch nicht wieder aufgetaucht?«

Erna schüttelte den Kopf.

»Die Suche im Feenreich hat leider nichts gebracht. Außer, dass wir uns sicher sind, dass er nicht hier ist«, seufzte Jacob.

»Und geht ihr ihn denn auch außerhalb des Feenreichs suchen?«

»Vielleicht«, brummte Erna, während Jacob zeitgleich ein entschlossenes »Ja« hören ließ.

»Nun ja«, fügte Jacob hinzu und zuckte mit den Schultern, »ich habe Erna versprochen, dass ich erst losgehe, wenn ich genug über unsere Schutzzauber weiß, aber ich bin es langsam leid, so viel Zeit in der Bibliothek zu verschwenden, während Francis vielleicht in Gefahr ist.«

»Und wenn du einfach gehst, bist du dann vielleicht in Gefahr und deine anderen fünf Kinder werden zu Halbwaisen.«

Jacob seufzte. »Wir drehen uns im Kreis.« Abgelenkt zupften seine Finger an den dunklen Haaren seines Bärtchens, dann schlug er in einem plötzlichen Ausbruch von angestauter Enttäuschung auf das Buch, das auf seinem Schoß lag. »Wir finden einfach nichts. Seit Tagen lesen wir diese dämlichen Bücher. Kein einziger Zauberspruch steht da drin.«

Djamila las den Titel, der in goldenen Buchstaben den Einband zierte.

»Feenzauber – das hatte mein Großvater auch! Wartet mal.« Sie sprang mit dem Buch in der Hand von der Veranda und stellte sich so ins Gras, dass die Buchstaben vom fahlen Mondlicht beschienen wurden. Mit feierlicher Stimme las sie vor: »Die Luft ganz klar, Fee unsichtbar.«

»Was machst du da, Djamila?«, fragte Erna.

»Seht ihr nicht?« Djamila schwang sich wieder auf die Veranda und streckte ihnen den Arm entgegen. »Ich bin jetzt unsichtbar.«

»Aber wir sehen dich doch.«

»Ihr seid ja auch Feen. Bei Feen wirken keine Feenzauber. Aber seht ihr denn nicht, dass ihr durch mich hindurch sehen könnt – obwohl ihr mich noch seht?«

Jacob griff nach Djamilas Arm, die Stirn in Falten gelegt. Dann lachte er tief und befreit.

»Es stimmt. Siehst du es auch, Erna? Die Luft ganz klar, Fee unsichtbar«, brummte nun auch er in feierlichem Tonfall. Dann begutachtete er seinen eigenen Arm und spürte einen Glücksrausch seine Adern durchströmen. »Ich bin auch durchsichtig. Erna, jetzt kannst du nichts mehr sagen. Jetzt kann ich aufbrechen und meinen Sohn retten!« Tief sog er die auf einmal herrlich frische Luft ein, schloss die Augen und spürte, wie seine Mundwinkel sich kräuselten, während Erna zweifelnd das Buch ergriff und auf der aufgeschlagenen Seite nach dem Satz suchte.

»Da steht das doch gar nicht«, brummte sie. »Hier ist nur wieder die Rede von einem Fee, der sich unsichtbar macht und dadurch fliehen kann. Kein Zauberspruch.«

»Ach was, schau«, sagte Djamila und schnappte sich mit der einen Hand das Buch und zog die ältere Fee mit der anderen Hand von der Veranda. »Man muss im Mondlicht stehen, um die Zaubersprüche zu sehen. Sonst könnte sie ja jeder lesen. Mein Großvater hat mir früher oft von seinen Reisen in die weite Welt erzählt, deshalb kenne ich die ganzen Tricks.« Sie lachte stolz. »Er hat mich gut vorbereitet auf die Welt da draußen. Wenn ihr nichts dagegen habt, komme ich mit auf die Suche.«

***

41

In Fabila war ein Hoffnungsfunke erwacht. Das kleine Wesen, das Bulu zu ihr gebracht hatte, faselte etwas von Entführungen, von anderen Fällen plötzlichen Verschwindens. Sie war sich nicht sicher, ob sie richtig verstand, aber es schien eine Spur zu sein und somit eine Chance, Kärlchen wieder zurückzubringen.

»Also, du sagst, du kommst vom Land hinter dem Meer und dort gibt es noch andere Wesen?«

»Ja, sogar viele.«

»Warum wissen wir dann nichts davon?« Sie warf Hallibert einen fragenden Blick zu, doch der zuckte nur mit den Schultern. Francis indes antwortete nervös, war er jetzt doch schon seit geraumer Zeit in der Hand des grauen Folfs gefangen wie in einem Schraubstock und fühlte sich zunehmend unwohl.

»Das weiß ich nicht, aber wusstet ihr, dass es Feen wie mich gibt?«

Fabila blickte erneut von Bulu zu Hallibert, die beide kopfschüttelnd verneinten.

»Und warum sollen wir dir glauben, dass nicht du mit irgendwelchen Zauberkräften Kärlchen entführt hast? Du bist der einzige Fremde, der hier seit Jahren aufgetaucht ist.«

»Wieso hätte ich dann zu euch kommen und um Essen bitten sollen? Hätte ich mich damit nicht unnötig in Gefahr gebracht? Ich wusste nichts vom Verschwinden deines Verlobten. Außerdem ist mir zu vertrauen wohl deine einzige Chance, ihn wieder zu

42

bekommen. Er hat sich ja sozusagen vor deinen Augen in Luft aufgelöst. So wie die Vampire. Das ist doch ein seltsamer Zufall. Ich kann nicht versprechen, dass ich helfen kann, ich habe ja schließlich nur ein Gespräch mitgehört. Aber wenn ihr mich frei lasst, werde ich es gerne versuchen.«

Das Mädchen tat Francis leid. Schwarz vor Trauer hatten sie sie zusammengesunken auf dem Sofa angetroffen, in der einen Hand eine kalte Tasse Tee, in der anderen ein falsch herum gehaltenes Buch. Er konnte sie gut verstehen. Wenn er sich vorstellte, dass jemand Djamila entführt hätte, es würde ihn auch umhauen. Da kam ihm ein Gedanke: Was, wenn auch sein Vater damals entführt worden war? Wenn er seine Familie gar nicht verlassen hatte? Wenn Entführungen bei Vampiren und Folfen vorkamen, wieso dann nicht auch bei Feen?

»Was würdest du denn tun? Wie können wir ihn finden?« Fabilas Stimme unterbrach seine Überlegungen. Francis blickte auf, öffnete den Mund, schloss ihn wieder, holte Luft. Das würde alles verändern, sein Leben in einem ganz anderen Licht darstellen. Vielleicht hatte das Schicksal ihn mit gutem Grund genau heute genau hierhin geführt. Er sammelte sich.

»Bisher weiß ich nur von den Vampiren, dass aus ihrer Mitte jemand entführt wurde, der wieder zurückkam. Aber die können wir nicht fragen, das wäre viel zu gefährlich. Vielleicht ist das ja auch bei anderen, freundlicheren Wesen geschehen. Wir könnten übers Meer reisen, wo ich hergekommen bin, und nach anderen Betroffenen suchen. Vielleicht wissen die mehr und können uns helfen, Kärlchen zu finden.« Und vielleicht kann ich so etwas über das Verschwinden meines Vaters herausfinden, fügte er im Stillen hinzu.

»Übers Meer?«, schaltete sich Hallibert ein. »Das ist viel zu gefährlich. Kein Folf, der es gewagt hat, die Insel zu verlassen, kam je zurück! Eine uralte Überlieferung verbietet uns sogar, es zu versuchen. Es heißt, jenseits des Meeres gebe es nur ödes Land und Krieg, es sei kein Platz für Folfe. Selbst wenn der Fee nicht lügt und es dort inzwischen anders aussieht, kann ich nicht zulassen, dass wir dich auch noch verlieren, Fabila. Außerdem – was, wenn das irgendein Komplott ist, um uns von der Insel zu locken? Nein, das kann ich nicht erlauben. Bulu, nimm den Fee mit, wir werden ihn einsperren, bis er uns die Wahrheit sagt.« Entschlossen klopfte er mit seinem Gehstock auf den Boden und stand auf, um das Gespräch zu beenden. Doch Fabila sprang auf und griff seinen Arm.

»Warte, nicht so schnell. Es ist meine einzige Chance, Kärlchen wiederzufinden. Lasst uns die Schwarz-Weiß-Vögel fragen. Ich habe sie schon oft von der Insel aufs Meer hinaus fliegen sehen. Sie wissen bestimmt, was dort ist und –«

»Schwarz-Weiß-Vögel?«, unterbrach Francis sie. »Auf dem Rücken eines solchen Vogels bin ich hierher geflogen. Er kann euch auf jeden Fall sagen, dass auf der anderen Seite des Meeres bewohntes Land ist.«

Fabila blickte Hallibert mit großen Augen an.

»Wo ist der Vogel, mit dem du hergeflogen bist?«, fragte dieser.

»Das weiß ich nicht, ich bin selbst weitergeflogen, als ich Land gesehen habe. Und ehrlich gesagt, weiß der Vogel auch nicht, dass ich mit ihm geflogen bin. Ich bin als blinder Passagier auf seinem Rücken gereist«, gestand Francis. Die in ihm aufgestiegene Hoffnung sank lautlos wieder in sich zusammen.

»Also wieder nur eine Geschichte, die du nicht nachweisen kannst. Alles Lügen!«, sagte Hallibert schroff und wandte sich zum Gehen. Doch sein Herz wurde weich, als er das Flehen in Fabilas Stimme hörte, die ihm leise hinterher flüsterte: »Bitte, lasst uns einfach die Vögel besuchen.«

So beschlossen sie, die Vögel um Rat zu fragen. Diese flogen zwar ab und zu über das Dorf hinweg, doch ihre Brutstätte war ein Stückchen entfernt auf dem großen Berg der Insel. Um dorthin zu kommen, musste man, wenn man nicht fliegen konnte, über unwegsames Terrain steil bergauf klettern – für Folfe ein beschwerlicher Weg, waren sie doch Wesen, die gerne gemeinsam tranken und aßen und für körperliche

Ertüchtigung überhaupt nichts übrig hatten. Sie packten dicke Bündel mit belegten Broten und frischem Obst, um für die Wanderung gut ausgerüstet zu sein. Dann machten sie sich schließlich auf den Weg. Francis flatterte aufgeregt um die drei Folfe herum. Er war wieder frei. Und nicht mehr allein. Noch dazu drauf und dran, ein großes Abenteuer zu erleben. Ein echtes Abenteuer, von dem er Djamila erzählen könnte. Er sah ihr Gesicht vor sich, träumte davon, wie sie ihm ehrfürchtig lauschte.

»Aufpassen!«

Fabila hielt sich den Fee dicht vor die Augen.

»Du bist runtergesackt wie ein Stein. Ist alles okay? Oder ist was mit deinen Flügeln?«

Francis blickte sich kurz um und schüttelte sich. Der Gedanke an Djamila hatte ihn mal wieder total durcheinander gebracht.

»Alles in bester Ordnung.« Mit gehobenem Kinn und vorgereckter Brust stieß er sich von Fabilas Handfläche ab und flatterte weiter.

»Komm, du kannst dich auch einfach auf meine Schulter setzen. Erzähl uns aus dem Feenreich. Wie ist es da?«

Francis zögerte. Ließen große Abenteurer sich tragen? Aber das Angebot war zu verlockend. Er legte sich bäuchlings in das weiche Fell auf Fabilas Schulter und stützte sich auf die Ellbogen.

»Ach, toll ist es da. Die Sonne scheint immer wunderbar warm. Und es gibt ganz viele Bienen, die den leckersten Honig der Welt machen. Der zergeht einem zuckersüß auf der Zunge. Hast du schon mal Honig gegessen?«

»Klar. Den gibt's hier auch.«

»Hier gibt es Honig? Ich hab ja so Hunger!«

Fabila zog ein Brot sowie einen kleinen Honigtopf aus ihrem Bündel und brach Francis ein Stück ab. Gierig machte er sich darüber her.

»Der Honig im Feenreich ist noch besser. Aber das ist auch schon unglaublich lecker.« Immer noch kauend sprach er weiter: »Und überall sind Blumen. In allen Farben. Rot, weiß, blau, gelb, lila. Und satte grüne Wiesen. Tulpen sind meine Lieblingsblumen. Kennt ihr die auch? Darin kann man sich wunderschön verstecken und ein Weilchen schlummern. Die meisten anderen Feen stehen aber mehr auf Rosen. Auf denen kann man Trampolin springen und tanzen und die anderen Feen beobachten. Man muss nur ein bisschen aufpassen, an den Stängeln kann man nicht so gut runterrutschen wie an den Stängeln von anderen Blumen. An den Dornen haben sich schon viele Feen ganz übel verletzt. Deswegen mag ich die Rosen nicht so gerne. Und ich gehe auch nicht so gern auf Rosenpartys. Obwohl da immer die schönsten Mädchen sind.« Er schwieg und spielte mit Fabilas Fell.

»Hey, das kitzelt.« Fabila verpasste ihm einen freundlichen Stupser. »Und wie seid ihr so, ihr Feen?«

»Nett. Wir sperren niemanden ein, wir fressen niemanden auf, kurzum, wir tun niemandem etwas zuleide. Außerdem sind wir immer gastfreundlich. Obwohl – vielleicht nur gegenüber anderen Feen. Das Feenreich kann niemand uneingeladen betreten.« Francis dachte kurz nach. »Ich weiß gar nicht, wie wir das machen. Meinst du, wir können zaubern?« Aufgeregt sprang er auf, fixierte Bulu mit seinem Blick und sprach: »Werde pink!«

Und Bulu lief mit pinkem Fell vor ihnen her, als wäre nichts passiert. Francis war total aus dem Häuschen. Er richtete seine Augen auf Steine am Wegrand, auf Bäume, auf Blumen – doch bei ihnen schien seine Zauberkraft nicht zu wirken.

»Das ist doch zum Verrücktwerden. Gerade ging es doch noch. Meint ihr, ich habe nur einen Wunsch frei? Einen Zauberspruch pro Tag vielleicht?« Hoffnungsvoll blickte er Fabila an, die sich nicht mehr länger halten konnte und losprustete.

»Bulu, sei nicht so gemein!«

Bulu drehte sich um und grinste, während er sich von pink zu blau umfärbte.

»Kleiner Mann, wir sind Farbwandler. Wir können unsere Fellfarbe jederzeit ändern. Wir können uns sogar der Umgebung anpassen. Sieh her«, sagte er und wurde fast unsichtbar. Halb gefärbt wie ein Fels, halb wie der Pfad, freute er sich über den kleinen Streich, den er Francis gespielt hatte. Der saß nun auf Fabilas Schulter, presste die Lippen aufeinander und spielte mit einigen Brotkrümeln, die sein Appetit verschont hatte.

»Ihr werdet schon sehen«, flüsterte er leise vor sich hin, mehr als Versprechen an sich selbst als an die Folfe.

Die Gespräche wurden seltener, je steiler der Pfad wurde. Angestrengt schlurften die Folfe voran. Bei Sonnenuntergang schließlich lag der Gipfel des Berges in orangefarbenes Licht getaucht vor ihnen. Er war umgeben von flinken Schatten, die sich schnell verflüchtigten und sich, als sie näher kamen, als Dutzende großer Vögel entpuppten. Wie von Zauberhand geführt, formte der Vogelschwarm sich zu einem Kreis, stob wieder auseinander und setzte sich neu zusammen. Nun meinte Francis, einen Folf erkennen zu können – und da, sollte das einen Fee darstellen? Doch schon hatte sich die Formation gewandelt und flog jetzt in Spiralen um die Bergspitze herum. Ein letzter, steiler Anstieg stand der Truppe noch bevor. Aus der Ferne hatte es so ausgesehen, als wäre der Gipfel voller Geröll, doch jetzt erkannten sie, dass das, was sie für Felsbrocken gehalten hatten, in Wahrheit Vögel waren. Sie waren unterschiedlich groß, einige fast so groß wie die Folfe, andere nur wenig größer als eine Amsel. Starr saßen sie da und beobachteten die Folfe, ohne Anstalten zu machen, ihnen aus dem Weg zu gehen. Hallibert atmete tief durch und schritt voran, im Slalom zwischen den Vögeln hindurch. Mit einem Winken bedeutete er den anderen, ihm zu folgen. Francis' Herz schlug schneller. Dieser Ort war ihm unheimlich, zu gerne hätte er einfach seine Flügel in Bewegung gesetzt und wäre weit weggeflogen. Stattdessen verkroch er sich tiefer in Fabilas Fell und kämmte ein paar Haarsträhnen über seinen Körper. Doch einem wachsamen Auge würde er trotzdem nicht entgehen. Und er fühlte viele wachsame Augen auf sich gerichtet. Der Fee konnte auch Fabilas Unruhe spüren, ihre Muskeln waren unter dem weichen Fell gespannt und sprungbereit. Hallibert hingegen stapfte nun munter voran und blieb erst stehen, als sie an einem mit glitzerndem Schmuck verzierten Vogelnest ankamen, das in eine Kuhle direkt unter dem Gipfel eingebettet war.

»In alter Freundschaft sind wir gekommen, Eurem Volke wohl gesonnen, auf der Suche nach gutem Rat, auf dem Wege zur guten Tat«, deklamierte Hallibert.

Eine halbe Ewigkeit verging. Dann erschien ein winziger Vogel am Rande des Nestes, deutlich kleiner als die kleinsten der anderen Vögel, die ihn alle gebannt anblickten.

»Meine Folfe, ihr seid willkommen, auch wir sind euch wohl gesonnen, geben euch gerne unsern Rat, wünschen euch Glück bei der guten Tat. Wir sahen euch aus der Ferne schon, und wissen, es fehlt euch euer Sohn, Kärlchen genannt, Fabila zur Hand, nicht zu finden im ganzen Land.«

»Das heißt, ihr habt ihn nicht gesehen? Nicht unter den Linden, nicht hinter den Seen?«

»Wie ich schon sagte, er ist fort, nicht zu finden an diesem Ort.«

»Herr Vogel, wo kann er denn dann sein?«, fragte Fabila. »Ist er vielleicht hinter dem Meer? Dieser Fee hier« – sie zeigte auf Francis – »sagt, hinter dem Meer geht die Welt weiter und dort leben andere Wesen. Vielleicht hat ihn jemand entführt und –«

Hallibert unterbrach sie.

»Die Vögel verstehen nur Reime. Sie sprechen unsere Sprache eigentlich nicht, aber durch einen alten Zauber können wir mit ihnen in Reimen kommunizieren. Allerdings können das nur die kleinsten von ihnen richtig gut, das sind nämlich die Weisesten. Die Schwarz-Weiß-Vögel schrumpfen mit dem Alter, da sie Weisheit ansammeln und nicht mehr viel Kraft benötigen.«

»Das hättest du uns ja auch schon auf dem Weg hierher sagen können«, murrte die Folfin und schwieg, um ihre Worte zu sammeln. Francis flatterte derweil aus seinem Versteck und versuchte sein Glück:

»Über das Wasser kam ich her, das Meer war weit, die Überfahrt schwer, dort leben Vampire und Zwerge, dort gibt es andere Blumen, andere Berge, die Folfe glauben mir das nicht, sie denken, ich sei ein lügender Wicht. Bitte sagt, dass der Fee nicht lügt, ein Wort von euch den Folfen genügt.«

Der Vogel blickte den kleinen Fee interessiert an.

»So etwas wie dich hab ich nie gesehen, doch gehört habe ich von euch Feen, ihr seid gerechte Genossen, freundlich, ehrlich, unverdrossen.«

»Was ist hinter'm Wasser, wieso denken wir, wir können nicht rüber, es gibt nur das Hier?«

»Warum auch immer, Fabila, hinter dem Meer lauert große Gefahr. Sei nicht wütend, sei bedacht, Wissen ist eine gefährliche Macht.«

»Muss ich, um Kärlchen zu finden, das große Meer überwinden?«

»Du musst tun, was dein Herz dir sagt, wenn es den Liebsten so beklagt. Doch ist er vielleicht unterm Himmelszelt, kein Vogel hat ihn gesehen auf dieser Welt.«

»Das heißt, wir sollen ihn suchen gehen, nicht wahr?« Francis flatterte aufgeregt hin und her. »Fabila, wenn wir jemanden treffen, der das Verschwinden versteht, können wir Kärlchen bestimmt wiederfinden, und stell dir mal vor, was er uns dann alles erzählen kann.«

»Ja, wenn er nicht tot ist.«

»Ups.« Betreten setzte der Fee sich wieder auf ihre Schulter. Doch Fabila griff den Gedanken auf.

»Ich muss nach ihm suchen, ich muss es wagen, kann nicht warten und bangen, mag nicht verzagen. Könnt Ihr uns helfen, dorthin zu gelangen?«

»Ich persönlich kann es nicht, die Weisheit machte aus mir einen Wicht, doch die anderen sind stark, ihre

Flügel geübt, sie könnten euch tragen, seid ihr hier zu betrübt.«

»Oh liebe Vögel, habt vielen Dank, Ihr seid meine Rettung, ich bin vor Trauer fast krank. Wann immer Ihr los wollt, ich bin bereit, ich komme mit Euch, zu jeder Zeit.«

Hallibert unterbrach, bevor der kleine Vogel antworten konnte.

»Ist es nicht Wahnsinn, hier fortzugehen? Warum will das außer mir nur keiner sehen? Die Insel beschützt uns vor Sorge und Leid. Diese Reise bringt Unheil, sie ist nicht gescheit. Zu vieles könnte uns widerfahren, ich spür's in den Knochen, am Ende muss ich Folfe aufbahren.«

Er atmete einmal tief durch, sammelte sich, und richtete noch eine letzte Frage an den Vogel:

»Weiser Vogel, habt Ihr noch einen Rat? Welche Handlung ist eine kluge Tat?

»Ob klug oder gefährlich, ob mutig oder begehrlich, ein Folf kann stehen, ein Folf kann gehen. Es ist uns gleich, was ihr jetzt tut, aus Freundschaft sind wir auf der Hut. Wir helfen euch – wenn ihr's begehrt, und hoffen, dass ihr wiederkehrt.« Mit diesen Worten wandte sich der kleine Vogel ab und verschwand wieder in seinem Nest. Die übrigen Vögel machten ihnen diesmal Platz und wiesen ihnen den Weg zurück aus der Kolonie hinaus. Als sie am Fuße des Berges ihr Nachtlager aufschlugen, konnten sie im Mondschein Kärlchens Gesicht am Himmel sehen.

3

Die Abreise rückte näher. Erna richtete eifrig Bündel mit Essen und Kleidung. Sie war nun guter Dinge, dass das Vorhaben Erfolg haben konnte, und die Hoffnung, Francis bald wiederzusehen, beflügelte sie. Sie hatte sogar ihren beiden ältesten Söhnen erlaubt, ihren Mann und Djamila zu begleiten. Sie würde derweil hierbleiben und sich um die jüngeren Kinder kümmern. Die ganze Familie hatte mit Djamila letzte Nacht im Mondschein den Unsichtbarkeitszauber geübt, während Erna mit Hilfe der alten Bücher eine Zeichnung des Feenumlandes anfertigte. Das Ergebnis würde zwar keinen Schönheitspreis gewinnen, aber hilfreich sollte es sein. Etwas Sorge bereitete Erna, dass sie nicht abschätzen konnte, ob der Zauber tatsächlich bei anderen Wesen wirkte, da sie selbst die verzauberten Feen ja weiterhin sehen konnte – wenn auch etwas transparent. Aber der Suchtrupp hatte ihr versprochen, umzudrehen, sollten sie den Zauber erfolglos testen, und so drückte sie ihrem Mann Jacob und ihren Söhnen Benjamin und Alex zum Abschied jeweils einen dicken Kuss auf die Backe. Als Djamila an der Reihe war, hielt sie kurz inne. Dann lächelte sie das Mädchen an, nahm sie in den Arm und sagte:

»Ich freue mich sehr, dass du meinen Sohn suchst.«

***

Francis und Fabila mussten die Vorbereitungen für ihre Abreise im Geheimen treffen, denn die Dorfältesten hatten ihnen nach einer langen Sitzung die Reise verboten. Doch Fabila war fest entschlossen, ihren Verlobten wiederzufinden, und wenn es ihr Leben kosten würde. Neben Francis hatte sie Bulu eingeweiht, doch der konnte sich nicht dazu durchringen, sie zu begleiten und sein Leben auf der friedlichen Folfinsel aufzugeben. Aber er behielt ihr Geheimnis für sich und half ihnen bei den Vorbereitungen. Er buk Tuktukt für sie, eine Art Zwieback, der sich lange hielt, satt machte und nicht viel Platz wegnahm. Außerdem bauten sie in seinem Werkzeugschuppen einen Korb, in dem die Vögel Fabila und Francis über das Meer tragen würden. Francis war noch einmal zurück zum Berg geflogen, und der kleine Vogel, der der Älteste und damit der Anführer war, hatte sich bereit erklärt, vier junge, kräftige Vögel abzuordnen, um ihnen bei der ersten Etappe der Reise zu helfen. Heute Nacht war es so weit. Sie würden sich im Dunkeln aus dem Dorf schleichen und über das Meer ins Ungewisse fliegen. Sie hatten zwar mit Hilfe der Vögel eine Karte erstellt, die grob die Völker und Un-

55

wegsamkeiten am anderen Ufer aufzeigte, doch war allen Beteiligten klar, dass vor allem Wesen wie Vampire nie lange am gleichen Ort waren und praktisch überall Gefahren lauerten.

Spät in der Nacht, als auch in den letzten Folfbehausungen die Lichter ausgegangen waren, machten sie sich schließlich auf den Weg. Francis hüpfte aufgeregt neben Fabila her.

»Jetzt sei doch ruhig!«, zischte sie ihn an. Fabilas Nervosität drückte sich ganz anders aus als die von Francis. Sie hielt die Hände zu Fäusten geballt an der Seite ihres Körpers, während sie sich Mühe gab, geräuschlos zwischen den Häusern hindurch zu huschen. Francis versuchte sich zu bändigen, doch die Hoffnung, mit Fabilas Hilfe Erklärungen zu finden, durchflutete seinen winzigen Körper mit zu viel Adrenalin. Zum Glück verursachte aber ein springender Fee immer noch weniger Lärm als ein schleichender Folf, und so konnten sie unentdeckt zu dem Hügel abseits des Dorfes gelangen, an dem die Vögel auf sie warteten. Sie sahen sie schon aus der Ferne, es waren vier besonders kräftige Kerle. Sie würden den Korb leicht tragen können, den Bulu und Fabila aus jungen Ästen geflochten hatten.

»Hallo liebe Schwarz-Weiß-Vögel! Wir wissen eure Hilfe sehr zu schätzen, danke für's mit uns Übersetzen!« Fabila streichelte dem am nächsten stehenden Vogel den Hals. Sie musste sich dazu keineswegs bücken, der Vogel war ebenso groß wie sie. Als

Antwort streckte er die Schultern, schlug kurz mit den Flügeln und öffnete seinen Schnabel zu einem Krächzen. Sie ging weiter zum nächsten Vogel, hier wiederholte sich die Zeremonie. Francis war indes stehengeblieben und starrte einen der Vögel mit offenem Mund an. Als dieser ihn bemerkte, krächzte er dreimal, drehte sich dreimal im Kreis, und scharrte dann dreimal mit den Klauen. Francis schoss das Blut in die Wangen. Das war doch – hatte der Vogel etwa während der ganzen Reise gewusst, dass er einen Fee auf dem Rücken getragen hatte? Da war wohl eine Entschuldigung angebracht. Francis flatterte empor, dicht vor den Schnabel des Vogels, um auf Augenhöhe mit ihm zu sein.

»Lieber Vogel, bitte verzeih, ich war in Not und hatte keinerlei – andere Ideen, ich weiß, es war dreist, Dankbarkeit sei dir sicher, nur dass du das weißt.«

Er verblieb dort und wartete auf eine Reaktion. Doch der große Vogel blickte ihn weiter ruhig an. Erst als Francis eine Antwort schon abgeschrieben hatte, regte sich der Vogel. Blitzschnell schloss sich etwas um Francis herum, und es wurde schlagartig dunkel. Er landete auf den Knien und musste sich mit den Händen aufstützen. Was er berührte, war feucht, glitschig und rau, es zitterte leicht, wie ein Berg bei einem Erdbeben.

»Hey, bitte lass das sein! Das ist gemein!«

Nichts tat sich. Dann wurde Francis in die Höhe geschleudert, schlug oben an und fiel zurück auf seinen Hintern. Erst als er wieder gelandet war, öffnete der Vogel seinen Schnabel und fuhr ihn mit der Zunge hinaus ans Licht. Francis hörte ein krächzendes Lachen von den Vögeln, deren Blicke er auf sich spürte. Fabila stimmte in das Lachen mit ein.

»Das war wohl der Preis für die Reise als blinder Passagier«, sagte sie lachend. Dennoch griff sie hastig nach ihm und zog ihn an sich. Francis strich sich den Speichel von der Kleidung.

»Bäh, das ist ja eklig. Falls ich ihm noch immer etwas schulde, hoffe ich, er lässt mich auf der Reise kurz ins Meer fallen, dann kann ich mich wenigstens waschen.«

Fabila grinste. »Ich würde an deiner Stelle jetzt keine Sprüche reißen.«

»Aber sie verstehen das doch nicht?«

»Aber sie kriegen schon mit, dass du was sagst. Guck doch mal.«

Die Vögel beäugten ihn neugierig. Francis hielt inne.

»Oh je.«

Fabila hatte recht. Es war nicht klug, sie herauszufordern. Also machte er ein zerknirschtes Gesicht und setzte noch einmal mit einer Entschuldigung nach:

»Entschuldigt bitte vielmals, ich benehme mich nie wieder so, wirklich niemals.«

Doch die Schwarz-Weiß-Vögel waren zu keiner weiteren Regung zu bewegen. So machten Francis und Fabila sich bereit für die Reise und setzten sich in den Korb, der mit vier langen Henkeln zum Tragen ausgestattet war. Plötzlich begann Fabila hektisch ihren Proviant zu durchwühlen.

»Hast du irgendwo unsere Landkarte gesehen?«

Francis schüttelte langsam den Kopf.

»Ich weiß nicht – das letzte Mal bei Bulu«, glaube ich.

Fabila schlug sich die Hand vor den Mund.

»Wir haben sie da liegen lassen, nicht wahr?«, stöhnte sie.

»Wenn du sie nicht mitgenommen hast, ja. Ich hab sie auch nicht eingepackt, die passt schließlich nicht gerade in meine Hosentasche.«

»Mist, Mist, Mist!« Die Folfin kletterte aus dem Korb. »Dann müssen wir noch einmal zurück. Ohne die Karte wissen wir ja gar nicht, wohin wir uns wenden sollen. Aber es wäre riskant, mich jetzt noch einmal durch die Straßen zu schleichen, es wird ja schon bald wieder hell. Und die Karte war bei Bulu zuhause im Wohnzimmer, in der Schublade des Sekretärs, nicht im Schuppen.«

»Ich kann schon gehen. Mich sieht so schnell niemand.«

»Okay. Schaffst du das?«

»Na klar, die ist doch nur aus Papier. Ich bin stark.«

»Aber sei vorsichtig, ja? Du weißt, dass Hallibert direkt im Haus nebenan wohnt?«

»Keine Sorge, ich bin in Nullkommanix wieder da.«

Der Fee eilte gleich los. Er flog, so schnell ihn seine Flügel trugen, schlich um Halliberts Haus herum und fand ein offenes Fenster in Bulus Schlafzimmer. Er flog die breite Wendeltreppe hinab, durch den Flur in Bulus Wohnzimmer und direkt zu dem alten hölzernen Sekretär. Er zog und zerrte am Knauf der Schublade, bis er sie schließlich weit genug geöffnet hatte, um die Karte durch den Spalt zu zerren. Da hörte er hinter sich ein Räuspern. Langsam drehte er sich um. In der Tür vor ihm stand Hallibert, in Schlaftracht, und hinter ihm erschien nun Bulu und rieb sich die Augen. Hallibert nahm mit seinem gewaltigen Bauch fast die gesamte Breite des Türrahmens ein. In der linken Hand hielt er wie stets seinen knorrigen Gehstock. Der dichte Bart, der deutlich länger war als sein restliches Fell, verlieh seinem grimmigen Gesichtsausdruck Würde.

»Was treibst du dich mitten in der Nacht hier herum? Ihr führt doch etwas im Schilde. Wo ist Fabila?«

Francis schluckte. Ob er sich da wohl herausreden konnte?

»Wir – mir – ich konnte nicht schlafen und da ist mir eingefallen, dass ich

hier diese Zeichnung habe, und, äh, ich wollte –«, er hielt inne. Hallibert musterte die Karte in seiner Hand.

»Das ist doch eine Landkarte! Zum Glück war ich wach und habe aus dem Fenster geschaut. Ihr wollt abhauen, nicht wahr? Ich werde das nicht zulassen. Was mit dir geschieht, ist mir gleich, aber wir können Fabila nicht ins Unglück marschieren lassen.«

Francis verfluchte sich. Sein Gestammel hätte wohl jeder als Lüge durchschaut. Er musste hier fort, ehe Hallibert ihm die Karte wegnehmen konnte. An Hallibert vorbei durch die Tür würde er es nicht schaffen. Die Fenster hier unten waren geschlossen. Er würde den alten Folf überzeugen müssen. Oder er brauchte Bulus Hilfe. Dumm, dass er ihn nun mit hineingezogen hatte.

»Hallibert, wir tun es für die Liebe. Wir wollen Kärlchen retten. Für die Liebe muss man kämpfen. Sogar, wenn man ein Folf ist. Bitte lasst mich gehen.«

»Für die Liebe, für die Liebe. Unvernünftig ist das, und nichts anderes! Kärlchen ist entweder schon tot oder er kann sich selbst besser schützen, als es Fabila je können wird, er ist doch viel stärker als sie. Für die Liebe zu sterben, ohne jemanden zu retten, ist genauso dämlich, wie einfach so von einem Felsen zu springen. Davon würde ich alle meine Schutzbefohlenen abhalten, nicht nur sie.« Hallibert machte einen Schritt auf Francis zu.

Der Fee wusste genau, wie behände Hallibert sich bewegen konnte, ganz gleich wie behäbig er wirkte. Er flog rückwärts, die Karte fest in den Händen, und knallte in den Kamin, wo er kurz benommen sitzen blieb.

»So, und jetzt wirst du uns erzählen, wo Fabila ist.« Hallibert war ihm gefolgt und stand nur noch einen Folfschritt entfernt. Da fing Francis Bulus Blick ein, der mit den Augen nach oben rollte. Was er wohl meinte? Den Kamin? Bulu trottete Hallibert hinterher, und tollpatschig, wie er war, stieß er ihn – natürlich unbeabsichtigt – in die Seite, so dass dieser sich kurz fangen musste und seine Augen von Francis abwandte. Der Fee wiederum blickte nach oben, sah Licht am Ende des Tunnels und flog, so schnell ihn seine Flügel trugen, in die Höhe. Er hörte noch ein Fluchen von unten, da war er schon aus dem Haus heraus und in der Luft. Kurz darauf sah er im Mondschein einen der Vögel auf sich zurasen, und es wurde schwarz um ihn. Wie oft er wohl noch in einem Vogelschnabel landen musste? Der wackelnde Boden unter ihm war gar nicht gut für seinen Magen.

Schließlich öffnete sich der Schnabel und Francis wurde nach vorne ins Freie geschleudert. Er setzte seine verklebten Flügel in Gang, um den Sturz abzufangen und landete neben Fabila.

Der Vogel ließ sich neben ihnen ins Gras sinken, streckte die schwarze Zunge weit heraus und kratzte mit seinen Krallen darüber, um den Geschmack des Rußes loszuwerden. Auch Francis wischte sich über das Gesicht und schüttelte sich.

»Wie siehst du denn aus?« Fabila blickte Francis entsetzt an. Sein blondes Haar war pechschwarz, sein Gesicht und seine Kleidung – er trug immer eine blaue Latzhose, um seine rundliche Leibesmitte zu kaschieren, und ein weißes Hemd – rußgeschwärzt und von Schleimfäden bedeckt. Fabila streckte die Hand aus und wuschelte ihm mit den Fingern durch die Haare, woraufhin Asche von ihm herabrieselte.

»Ich musste durch den Kamin fliehen. Hallibert hat mich irgendwie entdeckt und wollte mich aufhalten. Wir sollten so schnell wie möglich aufbrechen, sie werden wohl auch hierher kommen, so schwer sind wir nicht zu finden.«

In Windeseile stiegen sie in den Korb und gaben den Vögeln ein Signal zum Abflug, während bereits der erste Schimmer des Morgenrots am Himmel sichtbar wurde. Die Vögel breiteten ihre gewaltigen Schwingen aus, der Korb hob ab. Nur wenig später sahen sie am Fuße des Hügels eine Gruppe Folfe auf sie zu stapfen. Fabila lehnte sich aus dem Korb und winkte den Folfen am Boden zu:

»Ich bringe euch Kärlchen bald wieder! Wünscht uns Glück!« Ein Lächeln huschte über ihr Gesicht, während die zeternde Gestalt von Hallibert, den Gehstock in die Höhe gerichtet, kleiner wurde.

»Francis, wir schaffen das. Wir holen Kärlchen zurück.«

»Ja, wir schaffen das. Gemeinsam.« Der Fee rollte sich glücklich in Fabilas Hand zusammen und fiel in einen tiefen Schlaf, um Kraft zu schöpfen für die Abenteuer, die vor ihnen lagen.

Der Flug verlief problemlos. Der Himmel war ruhig und die Sonne glitzerte auf den Wellen. Fabila war überwältigt von der Schönheit des Meeres, das sie immer so sehr gefürchtet hatte.

»Schau nur, wie der Ozean mit den Wellen spielt, wie ein geduldiger Riese, der insgeheim ein kleines Kind ist. Und da, siehst du, wie das Wasser da ganz türkisfarben ist?«

Als sie näher an die türkisfarbene Stelle – eine Sandbank mitten im Ozean – herankamen, sahen sie Delfine, die Fangen spielten und dabei übermütig aus dem Wasser sprangen. Fabila beobachtete sie nachdenklich, die Ellbogen auf den Rand des Korbes gestützt.

»Ich verstehe nicht, warum uns immer so viel Angst vor dem Meer eingebläut wurde. Es hieß immer, es sei gefährlich. Wir durften nie darin baden. Zum Glück haben wir ein paar Seen auf der Insel, sonst hätten wir ja im Sommer gar keine Abkühlung gehabt. Eigentlich sollten wir nicht einmal zum Strand hinuntergehen. Als Kind, na ja, als Teenager eher, habe ich es aber doch einmal gemacht, ganz heimlich, um baden zu gehen. Vielleicht gerade weil es verboten war. Und als ich dort ankam, da saß Kärlchen auf einem Felsen und blickte auf die Wellen. Zufällig, wir hatten uns nicht verabredet. Er ist dann mit mir schwimmen gegangen. Von da an wusste ich, dass wir zwei zusammengehören. Er hatte die gleiche Sehnsucht, er wollte verstehen, warum. Nicht einfach nur das tun, was man ihm sagte. Deshalb hat der Strand für uns beide eine Bedeutung, deshalb wollten wir uns dort das Ja-Wort geben.« Die Folfin blickte zu Francis hinüber, um zu sehen, ob er ihr folgte. »Du weißt schon, der kleine Sandstrand, den ich dir gezeigt habe?«

Francis nickte.

»Wir mussten viel Überzeugungskraft aufwenden, um Bulu zu überreden, mit uns dorthin zu gehen. Und dann so etwas.« Eine Träne rann aus ihrem Auge und blieb in ihrem Fell hängen. Sie wischte sie beiseite und ließ sich auf den Boden des Korbes gleiten. »Kein Wunder, dass er glaubt, etwas sei aus dem Meer gekommen. Aber ich habe genau dorthin geschaut. Ich habe Kärlchen angeschaut, als er verschwand. Er hat sich wirklich einfach in Luft aufgelöst. Und außer mir will niemand etwas dagegen tun.« Sie ballte die Hände zu Fäusten.

Francis strich langsam über ihre Finger, bis sie sich entspannte und auch ihre Tränen zuließ. Dann kuschelte er sich in ihre Hand.

»Ich bin doch da. Ich helfe dir. Wir tun gemeinsam etwas.« Er schwieg ein Weilchen.

»Du fliegst nicht einfach auf und davon, sobald wir Land erreicht haben?«

Der kleine Fee seufzte. Ein winziger Teil von ihm wollte natürlich so schnell wie möglich nach Hause zu Djamila. Aber der hatte auch nie aufbrechen wollen. Ihr Vorhaben gab ihm nicht nur die Möglichkeit herauszufinden, ob sein Vater womöglich auch entführt worden war, sondern es war auch die Chance, einmal im Leben etwas Wichtiges, etwas Gutes zu tun. Jemandem zu helfen, der ihn brauchte.

»Weißt du, als ich ganz klein war, ist mein Vater plötzlich verschwunden. Ich war nicht dabei und ich erinnere mich auch gar nicht an ihn. Aber alle haben immer gesagt, dass er uns verlassen hat, mich und meine Mutter. Weil wir ihm lästig waren, eine Bürde. Er sei einfach davongelaufen, habe vielleicht woanders mit einer anderen Frau neue Kinder bekommen. Also, mir haben sie das so nicht gesagt, aber ich habe Ohren und ich habe die Leute reden hören. Hinter unserem Rücken. Vielleicht war es auch wirklich so. Aber seit ich von Kärlchen gehört habe, denke ich, dass es auch eine andere Möglichkeit gibt. Dass er vielleicht auf die gleiche Art und Weise verschwunden ist wie dein Verlobter. Und dass es vielleicht gar nichts mit mir zu tun hat.« Er atmete durch. »Ich möchte das auch verstehen, das mit dem Verschwinden. Und ich möchte dir wirklich helfen. Ich wünschte, früher hätte es jemanden gegeben, der mir geholfen hätte.«

Nun strich Fabila Francis über den Kopf.

»Komm, wir schwören uns, uns gegenseitig zu helfen. Egal, was kommt.«

Der Fee nickte. »Und wir besiegeln es mit unserem Blut. Dann sind wir Blutsgeschwister. Ich habe mir schon immer eine Schwester gewünscht.«

Und so ritzten sie feierlich winzige Wunden in ihre ungleich großen Daumen, pressten sie für eine kleine Ewigkeit aufeinander und blickten sich fest in die Augen, während sie ihren Schwur aussprachen.

Die Reise schien kein Ende zu nehmen. Es wurde dunkel, und es wurde hell, Wolken wechselten sich ab mit strahlend blauem Himmel und Sonnenschein, ein paar Schauer ließen das Gespann durchnässt und fröstelnd zurück, um dem Wind eine Aufgabe zu geben. Er fegte die Feuchtigkeit aus Kleidern und Fell und schickte den Wolken die Sonne hinterher, die sie wieder wohlig warm werden ließ. Und dann sahen sie Land.

Es wirkte fremd auf Francis und Fabila. Anstelle der satt grünen Wiesen, die auf der Folfinsel steil ins Meer abfielen, reichten hier Sanddünen bis weit ins Landesinnere. Wie ein Künstler wirbelte der Wind die winzigen Sandkörnchen durch die Luft und türmte sie an anderer Stelle in die Höhe, immer darauf bedacht, die Leinwand der Landschaft mit eleganten Mustern zu bemalen. Nur die hohen Gräser, deren helles Grün sich fast schon an die goldweiße Farbe des Sandes annäherte, blieben an ihrem Platz. Francis und Fabila hielten eifrig nach anderen Wesen Ausschau. Als die Vögel schließlich zum Landeanflug ansetzten, hatten sie noch immer niemanden entdeckt. Die Dünen lagen einsam und verlassen vor ihnen, nicht einmal Fußspuren im Sand wiesen auf die Anwesenheit anderer hin.

»Wir sollten noch ein Stück weiter fliegen. Wenn hier niemand ist, können wir hier auch nichts ausrichten«, sagte Fabila. »Hey, Vögel! Können wir weiterfliegen?«

Wie üblich antworteten die Vögel nicht. Leider hatten sie offenbar auch nicht verstanden. Zielstrebig verringerten sie die Flughöhe.

»Gedicht, Gedicht«, murmelte Fabila vor sich hin. »Francis, hilf mir dichten.«

»Wir wollen weiter, wir brauchen noch keine Leiter.«

Fabila sah Francis stirnrunzelnd an. »Ist das dein bester Versuch?«

Francis verschränkte beleidigt seine dünnen Arme vor dem runden Feenbauch. Er wusste, dass sein Reim Mist war, aber er fand, sie hätte es ja auch selbst probieren können.

»Mach du's doch besser.« Seine Augen hielten den ihren stand.

»Wir wollen weiter fliegen, hier können wir nicht siegen«, reimte Fabila.

»Ach ja, und das ist jetzt spitzenklasse? Die Vögel scheinen es auch wirklich sehr gut zu verstehen.«

Francis wies nach unten. Sie schwebten nur noch wenige Meter über dem Boden. Fabila sprang auf und versuchte die Füße eines Vogels zu fassen, um dessen Aufmerksamkeit zu gewinnen. Es fehlte kaum eine Handbreit. Erneut ging sie in die Knie und sprang ab, so fest sie konnte, streckte sich ganz in Richtung des Fußes am Ende des langen Henkels und hielt sich kurz daran fest, bevor sie abrutschte und zurück gen Korb fiel. Der Vogel verlor irritiert das Gleichgewicht, flatterte wild mit seinen Flügeln und ließ den Griff los. Nun hing der Korb schief in der Luft, Fabila landete nicht im Inneren, sondern auf dem Rand, sorgte für einen zusätzlichen Ruck, durch den Francis hinausgeschleudert wurde, und purzelte selbst hinaus.

Wieder einmal war Francis froh, dass er Flügel hatte, in diesem Fall bewahrten sie ihn vor einem doch noch tiefen Sturz. Fabila hatte nicht ganz so viel Glück, Francis musste zusehen, wie sie ungebremst in die Tiefe stürzte. Er betete, dass der Sand sie weich auffangen würde, und hielt sich instinktiv die Augen zu. Doch als er sie wieder öffnete und den Blick dorthin wagte, sah er nur Fabilas Kopf, umgeben von einem dünnen Schleier winziger Sandkörnchen. Der Sand hatte sie fast vollständig verschluckt. Francis flog in Windeseile heran.

»Geht es dir gut?«, fragte er besorgt.

»Das siehst du doch, verflixt und zugenäht, natürlich nicht! So ein elender Mist, diese doofen Gedichte, da kann einem doch auch nicht immer gleich was einfallen! Du hättest mir auch ruhig helfen können, da spring ich mir einen ab und du hättest einfach hochfliegen können und einmal nett fragen, ob wir noch weiterfliegen. Stattdessen lässt du mich da herumhampeln.«

Francis legte den Kopf schief. Es schien ihr fast sogar schon zu gut zu gehen. Da kam ihm eine Idee. Er setzte sich in den Sand vor ihrem Gesicht, wackelte etwas mit seinem Hintern, um eine perfekt angepasste Kuhle zu schaffen, griff sich eine Hand voll Sand und spuckte hinein. Dann formte er daraus einen kleinen Ball.

»Aha. Ich bin jetzt also schuld. Bin ich etwa wie verrückt herumgesprungen? In einem Korb, der in der Luft hängt? Hab ich versucht, mich an einen Vogel zu hängen, der kaum mehr wiegt als ich? Oh – und wer hat sich da doch gleich über mein schlechtes Gedicht beschwert und selbst nichts Besseres zustande gebracht?«

»Hmpf.«

»Schau mal, dein Köpflein wäre ein wunderbares Ziel für meine Wurfübungen. Ich könnte probieren, deine hübsche Nase zu treffen. Gefällt mir ganz gut, dass du da so unbeweglich im Sand vergraben bist.«

Er grinste Fabila breit an.

»Jaja, ist ja schon gut. Ich habe verstanden, ich hab mir das selbst eingebrockt.« Doch ganz unauffällig hatte die Folfin in der Zwischenzeit ihre Arme aus dem Sand gewühlt und griff nach dem Fee. »Oder auch nicht, du kleiner Frechdachs. Und jetzt könnte ich mit dir Zielwerfen spielen. Du siehst aus wie ein gutes Wurfgeschoss!«

Jetzt war es für Francis an der Zeit, lediglich »Hmpf« zu sagen. Doch dann ließ Fabila den Fee abrupt los, denn die Vögel hatten den Korb abgesetzt und erhoben sich in die Lüfte.

»Wartet! Lasst uns nicht einfach hier so sitzen!«

Francis versuchte, sie einzuholen, doch sie waren um ein Vielfaches schneller als er, und schon bald sahen die beiden nur noch vier Schatten am Horizont entschwinden.

Als er zurückkam, kletterte Fabila gerade aus ihrem Sandloch heraus. Der Sand rutschte nach und machte es ihr nicht einfach, doch schließlich war sie wieder vollständig an der Oberfläche und schüttelte sich.

»Oh Mann, jetzt sitzen wir hier alleine mitten im Nirgendwo. Und der Sand hängt mir echt überall im Fell.«

»Ja, so war das nicht geplant.« Francis half ihr, sich zu entsanden, doch Fabila winkte bald ab und ließ sich auf eine Düne fallen.

»Das hilft eh nichts. Wird schon von selbst rausgehen.«

Francis setzte sich neben sie, und ließ Sand durch seine Hände rinnen. Er hatte irgendwie damit gerechnet, dass sie schon wissen würden, was zu tun sei, sobald sie am anderen Ufer angekommen wären. Doch was nun?

»Wir müssen losgehen, Fabila. Hier sitzen zu bleiben wird uns nicht helfen. Lass doch mal die Karte sehen.«

Fabila holte die Karte aus ihrem Bündel.

»Schau mal, hier sind Elfen eingetragen. Die Vögel meinten doch, Elfen seien ein sehr altes und weises Volk. Vielleicht können die uns helfen.«

»Das scheint ganz schön weit zu sein, Francis. In einem Wald. Ich sehe weit und breit nur Sand.«

»Tja, da müssen wir jetzt wohl durch.«

Und so band sich Fabila ihr Bündel auf den Rücken und sie gingen los. Den Korb ließen sie liegen, um ihre Rückreise würden sie sich später Gedanken machen.

4

Der Marsch durch die Sanddünen war beschwerlich. Bei jedem Schritt versank Fabila ein Stückchen im Sand und musste große Kraft aufbringen, um sich wieder abzustoßen. Und die Dünen schienen kein Ende zu nehmen. Francis war dankbar für seine Flügel. Zudem war er froh, dass sie das Meer als Orientierungspunkt hatten, denn sonst wären sie womöglich im Kreise gelaufen. Waren sie zu Anfang noch fasziniert gewesen von den wunderschönen Zeichnungen des Sandes, ähnelten sich die Dünen nun immer mehr. Ihre Augen hatten den Blick für Details verloren und hofften in der Ferne auf ein Anzeichen von Leben. Bislang hatten sie noch nicht einmal Fußspuren gefunden, was aber nicht weiter verwunderlich war, da auch ihre Fußstapfen direkt hinter ihnen vom Wind verweht wurden. Schließlich ließ Fabila sich in den weichen Sand sinken.

»Das geht ja ewig so weiter, ich sehe nichts als Sand bis zum Horizont.« Sie seufzte erschöpft. »Francis, haben wir überhaupt eine Chance?«

Francis reagierte nicht. Vollkommen konzentriert starrte er auf ein Loch im Sand.

»Ich glaube, da ist was.«

Fabila blickte um sich.

»Wo?«

»Der Sand bewegt sich, siehst du das?«

»Das ist bestimmt nur der Wind –«, setzte Fabila zu einer Erwiderung an, hielt jedoch mitten im Satz inne. Der Sand vor ihnen formte sich zu einem Strudel, der gleich darauf in sich kollabierte. So schnell sie konnte, sprang die Folfin zurück, um nicht in das sich auftuende Loch gezogen zu werden. Aus dem Loch krochen winzige Bären, kleiner als Francis, und lamentierten laut über das eingestürzte Sanddach.

»Jetzt müssen wir schon wieder alles neu bauen.«

Emsig begannen sie, Sand hin und her zu schieben. Dann entdeckten sie Fabila.

»Ein Monster«, rief ein Sandbär und sprang zurück.

»Wir brauchen Verstärkung«, rief ein anderer in das Sandloch hinein. Dann ging es schnell. Ein nicht enden wollender Strom von Sandbären stürmte in Reih und Glied aus dem Loch heraus.

»Attacke!«, brüllte ein Sandbär mit hochgerecktem Säbel. Sie umzingelten die Folfin, kletterten an ihren Beinen und ihrem ganzen Körper hinauf und gruben ihr den Sand unter den Füßen weg, so dass sie zu Boden geworfen wurde. Blitzschnell war sie so unter Sand vergraben, dass sie sich nicht mehr rühren konnte. Der Anführer, den Säbel noch immer in der Hand, baute sich auf ihrer Nase auf.

»Wieso zerstörst du unsere Stadt, Riese?«

Francis sah, dass Fabila antworten wollte, doch jede Bewegung ihrer Lippen hätte dazu geführt, dass ihr Kopf wackelte. Und das konnte von dem säbelschwingenden Minibären, der ihren Augen gefährlich nahe war, als Angriff missverstanden werden. Der Fee beobachtete die Situation aus der Luft und beschloss, einzugreifen.

»Wir haben keine bösen Absichten. Wir haben uns verlaufen. Und wir wussten nichts von eurer Stadt – ihr versteckt euch gut!«

Wie in einer einzigen Bewegung hoben zehntausend Sandbären ihre Köpfe.

»Ach, ein Fee. Was führst du da für ein Monster mit dir herum?«

Francis war sich nicht sicher, ob die Situation bereits entspannter war. Der Anführer reckte den Säbel nicht mehr in die Lüfte, sondern stützte sich jetzt lässig darauf und blickte ihn an. Was aber für Fabila nicht unbedingt angenehmer war, denn die Spitze bohrte sich leicht in ihren Nasenrücken.

Sie konnte es sich nicht verkneifen, zu sprechen:

»Ich bin kein Monster, und dein Schwert tut weh!«

Wie befürchtet, verlor der kleine Sandbär das Gleichgewicht und purzelte auf ihre Wange, wo er sich jedoch sofort wieder aufrappelte. Mit einem Sprung war er wieder auf der Nase. An Francis gewandt, fragte er:

»Ist das Ding wirklich so groß, oder ist das wieder eine von euren Feenerfindungen, um in der Welt der Großen mitspielen zu können?«

»So etwas tun wir?«

»Ihr habt es zumindest schon gemacht. Aber klein zu sein ist ein riesiger Vorteil. Na ja, ist es jetzt gefährlich oder nicht?« Er deutete auf Fabilas Mund.

»Nein. Darf ich vorstellen, das ist Fabila von der Folfinsel. Kein Monster, sondern eine junge Dame. Wir sind übers Meer geflogen, um ihren Freund zu finden.«

»Und trampelt ihr hier schon länger herum? Uns bricht schon seit Stunden überall das Dach ein. Ein besonders tiefes Loch hatten wir in Küstennähe. Da ist uns eine ganze Schule eingestürzt. Zum Glück sind gerade Ferien und niemand war da. Da hätte ja sonst wer weiß was passieren können.«

»Oh, das waren wahrscheinlich wirklich wir«, entgegnete Francis. »Fabila ist aus dem Korb gestürzt und im Sand versunken. Das tut uns leid.«

»Aha, dacht ich mir doch, dass das Fremdeinwirkung war. Wir sind ja einiges gewohnt vom lieben Wind, der versetzt gerne mal unsere Dächer, aber so schlimm ist es fast nie. Wir kommen gar nicht mehr hinterher mit dem Reparieren. Die Jungs und Mädels haben sogar auf ihr Mittagessen verzichtet, um alles schnell wieder aufzubauen, nicht wahr?«

Wie im Chor antworteten die Sandbären: »Kein Mittagessen heute.«

Francis strich sich über den Bauch. Kein Mittag-essen, das kannte er jetzt schon zu gut.

»Bitte akzeptiert unsere Entschuldigung. Wir wollten euch nichts Böses. Eigentlich wollen wir nur so schnell wie möglich ins Landesinnere, über die Dünen. Um Fabilas Freund zu finden. Ihr habt ihn nicht zufällig gesehen?«

Der kleine Sandbär sprang von Fabilas Kopf und machte es sich im Sand gemütlich.

»So etwas wie die hier haben wir noch nie gese-hen, richtig?«

Wie im Chor antworteten die anderen Sandbären: »Richtig, Chef.«

»Gut. Loslassen.«

Auch die anderen Sandbären krabbelten nun von Fabila herab und setzten sich in wohl geordneten Reihen mit angezogenen Beinen in den Sand.

»So, und jetzt erzählt uns eure Geschichte. Was ist denn mit ihrem Freund geschehen?« Noch immer wandte der Anführer sich an Francis, wenn er sprach. Doch Fabila ergriff das Wort und erzählte von ihrem wie vom Erdboden verschluckten Freund, von dem Vampirgespräch, das Francis mit angehört hatte, und von ihrem Plan, hier auf dem Festland Nachfor-schungen anzustellen. Die Sandbären lauschten ihr einträchtig. Zwanzigtausend Ohren waren gespitzt, zehntausend Münder hauchten »Ohs« und »Ahs« im Chor. Als sie fertig war, floss zehntausend Sandbären eine Kullerträne über das Gesicht. Einer stand auf, stampfte mit dem Fuß auf und rief:

»Wir wollen Kärlchen finden, wir wollen Kärlchen finden!« Neuntausendneunhundertneunundneunzig stimmten ein.

»Leute, stopp.« Der Anführer hatte wie zum Zeichen seiner Autorität den Säbel gezogen. »Wir können Kärlchen nicht finden. Das müssen die beiden schon selber machen. Aber wir können ihnen helfen, von hier weg zu kommen, denn hier werden sie kein Glück haben.« Er wandte sich an Francis und diesmal auch an Fabila. »Unter diesen Dünen liegt unser Reich. Es erstreckt sich bis zum Ende der Sandwüste, wo die weiten Graslandschaften anfangen. Wir kennen uns dort nicht aus, da wir ungern unsere Deckung aufgeben und deshalb die Dünen nie verlassen. Aber soweit wir wissen, wohnen irgendwo in oder hinter dem Grasland Gnome und Elfen, vielleicht können die euch behilflich sein. Wir können euch bis zum Rand der Dünen bringen. Von verschwundenen Wesen wissen wir leider – oder vielmehr zum Glück – nichts. Wahrscheinlich, weil uns niemand kennt, wir hüten das Geheimnis unserer Existenz gut. Folge mir, Fee. Und du – Folf – beweg dich am besten nicht, sonst machst du nur noch mehr kaputt.« An seine Sandbären gewandt, schwang er den Säbel: »Wir werden etwas umbauen müssen – voran!«

Munteren Schrittes stapfte er auf das große Loch im Sand zu und bellte Befehle. Fabila wuchsen in der

Zwischenzeit tausende Sandbärenfüße, auf Händen getragen schwebte sie hinterher. Der zunächst schmale Tunnel unter dem Loch wurde, während sie gingen, von eifrigen Sandbären erweitert. Wände stürzten ein, erstaunte Sandbärenbabies schauten verwirrt aus Badewannen, Kinderbettchen und von Küchenstühlen, doch der Anführer ließ sich nicht beirren.

»Schwertransport, wir brauchen Platz. Es wird danach wieder alles aufgebaut. Platz!«

Francis staunte nicht schlecht ob des ausgeklügelten Wohnsystems. Öffentliche Plätze wechselten sich ab mit Wohnungen, die ähnlich wie die Feenhäuser ausgestattet waren – allerdings war alles, wirklich alles – sogar die Bettdecken – aus Sand.

»Wie funktioniert das denn?«, fragte er den Sandbären, der sich ihnen inzwischen als Kalibär vorgestellt hatte. »Es ist ja auch gar nicht dunkel hier drin, und die Luft ist ganz frisch.«

»Ha, wir sind halt wahrlich große kleine Baumeister. Schau mal, hier.« Er streckte dem Fee die Hände hin. »Siehst du die Drüsen zwischen meinen Fingern? Damit kann ich verschiedene Sekrete erstellen. Wenn ich zum Beispiel zwischen kleinem Finger und Ringfinger Flüssigkeit rauspresse und dann mit den Händen über den Sand streiche, wird er steinhart. Bei anderen Sekreten wird er kuschelig weich oder glatt oder beginnt sogar zu leuchten. Nicht alle Sandbären haben die gleichen Sekrete, deshalb arbeiten wir immer in großen Teams. So können wir dann alles bauen, was wir brauchen. Und wir haben wirklich begabte Architekten, die ein ausgeklügeltes System aus Luft- und Lichtschächten entworfen haben. In den Lichtschächten sind die Wände verspiegelt und so wird das Licht bis in die tiefsten Ecken reflektiert.«

Francis war dennoch nicht wohl im Sandreich, er wünschte sich sehnlichst, den Himmel wiederzusehen. Und Fabila tat ihm leid. Sie wurde mit dem Gesicht stets so nahe wie möglich an den Wänden vorbeigetragen, damit die Sandbären nicht zu viel Wohnraum einreißen mussten. Er konnte ihren zusammengepressten Lippen und zugekniffenen Augen ansehen, dass die Platzangst sie quälte.

Tiefer und tiefer gruben sie sich, bis der Sand immer fester und das Vorankommen entsprechend schwieriger wurde.

»Jetzt sind wir gleich da. Unser Verkehrsnetz ist hier unten. Das ist am schwersten wieder aufzubauen, deshalb haben wir es hier unten angelegt, wo der Wind mit seiner Zerstörungswut es nicht erreichen kann. Tiefer können wir nicht bauen, denn direkt darunter kommt eine feste Gesteinsschicht, und dann schließlich das Grundwasser.«

Der Tunnel vor ihnen erweiterte sich zu einem Bahnhof mit Zügen aus Sand. Scharen von Sandbären stiegen ein und aus, Züge rollten an mehreren Gleisen heran, hielten, fuhren weiter.

»Unser Reich ist so groß, da ist es recht schwer, sich zu Fuß fort zu bewegen. Es erstreckt sich an der ganzen Küste entlang. Unser Volk nutzt das Schienensystem gerne. Kommt mit, hier geht's zum Güterzug, der euch zur Grenze unseres Landes bringt.«

Nach wenigen Minuten war Fabila verladen. Wieder füllte sie fast den ganzen Zug aus. Sich strecken oder einfach nur in einer bequemen Position liegen, konnte sie nicht. Francis setzte sich an ihre Schulter.

»Lebt wohl, meine Freunde. Am Ende der Fahrt wird euch der Zugführer mit ortsansässigen Sandbären ausladen und euch den Weg weisen. Es war mir eine Ehre, euch zu treffen.«

»Lebt wohl! Danke für die Hilfe, lieber Kalibär! Wenn wir können, werden wir uns erkenntlich zeigen.«

»Ach, trampelt einfach nicht unsere Dächer kaputt, das reicht schon.« Mit einem Lachen sprang der Sandbär aus der Tür und gab Zeichen zum Losfahren.

»Meinst du, die Vögel wussten von den Sandbären?« Fabila drehte ihren Kopf, um zu Francis hinüber zu schauen. Ihr Nacken schmerzte von der langen Unbeweglichkeit. »Sie hätten uns ruhig bis zum Ende der Sandwüste bringen können.«

»Vielleicht wollten sie uns ja doch noch gar nicht absetzen, Fabila. Vielleicht hatten sie ja einen anderen Grund, tiefer zu fliegen. Du erinnerst dich an unseren eleganten Absprung, oder?«

»Ja stimmt. Mmh. Das hab ich vermasselt. Aber sie hätten ja zurückkommen können. Meinst du, sie wussten von ihnen?«

Francis dachte nach.

»Nein. Sonst hätten sie sie in die Karte eingezeichnet. Ich glaube, die vier haben uns einfach nicht verstanden. Das waren ja die kräftigsten und jüngsten Vögel der Kolonie. Hallibert hat doch gesagt, dass sie die Reimsprache erst mit der Zeit lernen. Wahrscheinlich haben sie die Anweisung bekommen, uns übers Meer zu bringen, und uns entsprechend abgesetzt, als wir an Land waren, ohne weiter mitzudenken.« Er kramte die Karte aus dem Bündel. »Hier ist kein Zeichen für Bevölkerung in der Nähe des Meeres. Nur ganz viel Land bis zu einem Wald hin.«

»Wenn die Vögel nicht von den Sandbären wissen, stell dir mal vor, von wem sie dann noch alles nicht wissen. Das macht mir ganz schön Angst.«

Francis schwieg ein Weilchen. Dann sagte er:

»Ich glaube, es wäre seltsam, wenn du keine Angst hättest. Ich fürchte mich total, wenn ich über all die Gefahren nachdenke, die uns begegnen könnten. Aber wenn man sich von seiner Angst immer davon abhalten lässt, Dinge zu tun, die man für richtig hält, dann ärgert man sich später vielleicht ein Leben lang. Ich möchte mir nicht mehr ausmalen, was hätte sein können, wenn ich mich getraut hätte, dies oder jenes zu tun. Das habe ich lange genug so gehalten.« Er trommelte mit den Fingern gegen die Wand. »Ich glaube, das ist auch ein Grund, warum ich aus dem Feenland weg bin. Ich musste weg, um etwas anders zu machen. Ich habe mich dort nie etwas getraut. Da gibt es dieses Mädchen, ich mag sie sehr. Auf diese bestimmte Art und Weise, so wie du dein Kärlchen. Aber ich konnte ihr das nicht richtig zeigen, ich hatte immer Angst, mich lächerlich zu machen. Stattdessen hab ich immer auf Kumpel gemacht. Und wenn ich mir fest vorgenommen hatte, ihr endlich zu sagen, wie ich tatsächlich fühle, bin ich dann entweder in Schockstarre verfallen oder weggelaufen.« Francis seufzte. »Weißt du, Djamila ist wunderschön. Sie hat die schönsten Flügel von allen Feen. Als wir Kinder waren, haben ihre Eltern sich ein bisschen um mich gekümmert, weil mein Vater ja weg war und meine Mutter – na ja – jedenfalls haben sie sich um mich gekümmert, und wir haben oft miteinander gespielt. Wir haben Sandkuchen gebacken am See, in Blumen mit den Bienen getanzt oder uns hinter dem Wasserfall versteckt. Irgendwann ist das anders geworden. Die Ungezwungenheit war weg. Ich war plötzlich nervös, wenn sie da war. Und sie war dann immer öfter mit dieser anderen Clique unterwegs. Ausgerechnet mit denen. Sie hat das vielleicht nicht so mitbekommen, aber die haben sich immer über mich lustig gemacht, weil ich so –«, er fasste sich an die Leibesmitte, »na, weil ich so dick bin. Feen sind nie dick. Nur ich. Ich bin irgendwie anders als die anderen.«

»Fehlt sie dir sehr?«

Francis nickte.

»Mir fehlt Kärlchen auch sehr.«

»Ich werde alles versuchen, um dir zu helfen. Egal, ob ich Angst habe. Ich habe eine Heidenangst. Wenn ich nur an diese Vampire denke und an ihre gruseligen Stimmen, wird mir ganz anders. Aber was sollen wir denn machen? Wer außer uns selbst soll uns denn helfen? Ich will mich nicht mehr verstecken und über meine Feigheit und Ungeschicklichkeit ärgern.«

Sie schwiegen lange, während der Zug gemütlich vor sich hin ratterte.

»Weißt du was, Francis?«

»Was?«

»Ich glaube, wir schaffen das. Es sollte doch eigentlich reichen, jemanden zu finden, der verschwunden war und wieder aufgetaucht ist. Der kann uns dann sagen, wie er das gemacht hat, und dann holen wir Kärlchen genauso auch wieder zurück.«

***

Während Francis und Fabila das riesige Sandreich durchquerten, bereiteten die Sandbären alles dafür vor, das Geheimnis ihrer Existenz zu bewahren. Kaum fuhr der Zug an der Endstation der Dünenlandschaft ein, stürmte ein mit Gasmasken ausgestatteter

Sandbärensondertrupp das Zugabteil und sprühte Vergessensdampf, bis man seine Hand nicht mehr vor Augen sah. Dann sprangen sie hinaus und machten dem für die Grenze zuständigen Sandbärenkommandeur und dem Vergessensspezialisten Platz. Der Kommandeur beugte sich dicht über Francis, zwickte ihn kurz in die Wange und hob eines von Fabilas Lidern an. Keiner von beiden zeigte eine Reaktion. Dann wandte er sich zum anderen Sandbären.

»Ach Zazabär, hoffen wir mal, dass die Dosis für den Fee nicht zu hoch war.«

Zazabär zuckte mit den Schultern.

»Mir blieb keine Wahl. Mit einer geringeren Dosis hätten wir riskiert, dass sich die Folfin erinnert. Und gerade ihre Geschichte über diese verschwundenen Wesen ist doch der beste Beweis dafür, dass wir nur sicher sind, wenn niemand von uns weiß.«

»Du hast ja recht. Na gut, schaffen wir sie an die Oberfläche.«

Er wandte sich an die bereitstehenden Sandbären.

»Kommando Abtransport.«

Und wieder wuchsen Fabila tausende Sandbärenfüße, und auch Francis glitt nun auf dem Rücken der Sandbären durch die Tunnel. Vor ihnen vergrößerten Arbeiter die Durchgänge, und direkt hinter ihnen begannen sie emsig, die eingerissenen Wände wieder aufzubauen. Dann schließlich schoben die Sandbären die bewusstlosen Fremden an die Oberfläche, wohlweislich darauf achtend, selbst nicht gesehen zu werden. Man konnte schließlich nie wissen, wer an den Außengrenzen ihres Reiches herumlungerte. Sie schlossen das Sandloch und begaben sich wieder in die Tiefe.

***

Als Francis aufwachte, blendete ihn das Licht. Er blinzelte und schloss die Augen schnell wieder. Nur noch ein bisschen schlafen, er konnte ja eh nichts tun. Der Fee ließ den Kopf zurückfallen und schmiegte sich an die weichen Federn seines Schlafplatzes. Aber – das waren keine Federn, das war doch Fell! Er versuchte sich aufzusetzen, doch er konnte sich nicht bewegen. Dann erkannte er, dass riesige Finger seinen Bauch umschlossen hielten. Panik durchströmte ihn. Wo war er? Er blickte sich um. Die Finger gehörten einem monströsen Wesen mit sandfarbenem, zotteligem Fell und riesigen Ohren. War er etwa ein Gefangener dieses Monsters? Das Letzte, woran er sich erinnerte, war die Reise mit dem Vogel. Und wo war er nun? In der einen Richtung sah er endlose Sanddünen, in der anderen eine weite Graslandschaft. Das Wesen schnarchte. Ob er sich wohl befreien konnte, ohne es aufzuwecken? Ganz vorsichtig stemmte er seine Hände gegen den ersten Finger und bog ihn etwas zurück. Kaum Widerstand. Jetzt der Zweite.

Und jetzt nur noch einer. Erleichtert schälte er sich vollends aus der Hand und flog davon.

Fabila streckte sich. Hatte sie heute aber gut geschlafen.

»Francis, stell dir vor, ich habe geträumt, wir hätten Kärlchen gefunden. Es war so schön.« Sie seufzte. Dann sah sie sich um.

»Hey, wir haben es ja über die Sandwüste geschafft. Sind wir so weit gelaufen? Sag mal, wo bist du denn?«

Ein dumpfes Gefühl kroch in ihr hoch und sie sprang auf. Hatte sie sich etwa im Schlaf über den Fee gerollt? Er war so empfindlich klein, da konnte schnell mal etwas passieren. Doch er war nicht da. Ein Glück. Aber wo war er nur? Sollte er etwa –? Nein, das würde er doch nicht tun. Er hatte doch geschworen, ihr zu helfen. Und er hätte schon zig Mal die Gelegenheit gehabt, alleine weiterzufliegen. Vielleicht wollte er schon einmal etwas die Landschaft ausspähen. Sie kam ja gerade nicht so gut voran, weil der Boden so weich war, und sie immer einsank. Allerdings war er hier schon etwas bewachsener und schien fester zu sein. Trotzdem war Francis im Fliegen momentan vermutlich schneller. Also wartete sie. Er würde bestimmt bald zurückkommen.

Eine Stunde verging und die nächste. Die Sonne wanderte über den Himmel. Schließlich beschloss sie, aufzubrechen.

***

Jacob, Alex, Benjamin und Djamila hatten in der Zwischenzeit das Feenreich verlassen und irrten ziellos durch das fremde Land. Die sanften, grasbewachsenen Hügel, die sie kannten, wichen groben Felsen, und immer weniger Blumen säumten den Wegesrand. Noch immer fehlte jede Spur von Francis. Ihre anfängliche Zuversicht war inzwischen gedämpft, wussten sie doch einfach nicht, wohin sie sich wenden sollten. Schließlich ließen sie das Los entscheiden, welche Richtung sie einschlagen sollten. Doch immer stärker nagte der Zweifel an ihrer Entscheidung. Außer ein paar Insekten begegneten sie niemandem, den sie nach Francis fragen konnten. Und die Insekten hatten keinen Fee gesehen. Schließlich flogen sie über eine Bergkuppe und sahen am gegenüberliegenden Hang eine Herde behufter Wesen mit riesigen gebogenen Hörnern vor sich. Ein paar von ihnen lagen mit mahlenden Kiefern auf Felsvorsprüngen, andere sprangen behände herum und rupften das spärlich wachsende Gras aus den Gerölllücken. Die Jüngeren jagten sich verspielt von Fels zu Fels, wobei sie sogar an annähernd senkrechten Wänden Tritt fanden.

Benjamin stieß einen lauten Freudenschrei aus und flog mit vollem Tempo auf die Hufwesen zu.

»Psst, wir müssen doch erst –«, versuchte Jacob seinen Sohn zurückzurufen, doch es war bereits zu spät, die ganze Herde stand still und blickte mit geweiteten Nasenflügeln in ihre Richtung. Ein mächtiger Bock mit Hörnern, die fast zum Boden reichten, sprang mit einem gewaltigen Satz auf sie zu und knallte die Vorderhufe zusammen, genau dort, wo Benjamin gerade geflogen war.

»Was wollt ihr auf unserem Land?«, herrschte er sie an.

Jakob war wie versteinert. War Benjamin gerade zwischen diesen Hufen zerquetscht worden?

Er hörte, wie Djamila leise einen Zauberspruch flüsterte und sich unsichtbar machte. Ihr Manöver blieb nicht unbemerkt, der Bock zuckte mit den Nasenflügeln und sein Blick suchte irritiert genau dort, wo sie war. Doch er schien verunsichert und wandte sich schnell wieder Jacob und Alex zu.

»Was wollt ihr hier?«, wiederholte der Bock seine Frage mit drohendem Unterton, die Vorderhufe noch immer zusammengepresst. Jacob fasste sich ein Herz:

»Wir sind auf der Suche nach meinem Neffen. Er ist verschwunden, und wir suchen nach Hinweisen. Aber bitte, sagen Sie mir, dass Sie nicht gerade, – haben Sie gerade meinen Sohn umgebracht?«

Sein Gehirn raste im Kreis, was konnte er tun? Wie konnte er Benjamin retten? Keiner der Feen in den Büchern war in solch eine Situation geraten. Sie alle hatten überlegter gehandelt und ihren Unsichtbarkeitszauber von vornherein geschickt eingesetzt, um solche Situationen zu vermeiden. Er dachte fieberhaft nach, doch es fiel ihm nichts ein, außer den

Bock mit festem Blick anzusehen. Der öffnete seine Hufe leicht und packte blitzschnell den herausflatternden Benjamin am Flügel.

»Wir sind hier nicht so schnell mit dem Töten. Aber wir mögen auch keine Fremden. Fremde bringen nur Ärger. Also haut wieder ab.« Er ließ den Fee los und wandte sich ab, um zurück auf seinen Felsen zu klettern.

»Aber – habt ihr nun unseren Cousin gesehen oder nicht?«, fragte Benjamin, der selbst am wenigsten von dem Ereignis mitgenommen zu sein schien, und flog neben dem Bock her, vorbei an der unsichtbaren Djamila.

»Nein.«

»Und könnt ihr uns helfen?«

»Nein.«

»Ihr habt doch ein Herz aus Stein!«

»Ganz recht.«

»Und wo kommen wir hin, wenn wir geradeaus weiter gehen?«

Der Bock schüttelte den Kopf, wie um eine lästige Fliege los zu werden. Dennoch antwortete er:

»Zu den Bergen, wo die Zwerge einen Riesenlärm veranstalten und unsere Heimat zerstören.« Dann legte er sich hin und beachtete den Fee nicht weiter.

5

Francis bewegte sich schwerfällig. Seine Flügel waren unglaublich kraftlos, und immer wieder dämmerte er fast im Fliegen weg. Schließlich beschloss er zu rasten, obwohl die Sonne noch hoch am Himmel stand. Was war nur mit ihm los? Hatte er zu lange nicht gegessen? Er sammelte Gras und schichtete es zu einem kleinen Bettchen auf. Dann flocht er ein paar besonders lange Gräser zu einem provisorischen Dach, um seinem Lager Schatten zu spenden.

»Au!«

Was war das denn? Hatte er etwas gehört? Er lauschte. Doch da war nichts mehr, nur ein Grashalm wurde vom Wind weggeweht. Wahrscheinlich hatte er Halluzinationen, ihm war auch so schwindelig. Er legte sich hin und schloss die Augen.

Fabila indes lief rufend durch die Graslandschaft.

»Francis, Francis, wo bist du nur?«

Keine Antwort. Sie stapfte voran, schirmte mit der Hand immer wieder die Augen ab, um besser gegen die Sonne sehen zu können.

»Er wird doch wohl nicht einfach weggeflogen sein, er hat es mir doch versprochen«, murmelte sie vor sich hin. »Wie soll ich denn allein mein Kärlchen wiederfinden?« Da kam ihr ein Gedanke. »Oh – ob er wohl auch verschwunden ist? Oh nein, das darf doch nicht sein! Francis!«, rief sie wieder, diesmal noch lauter. Dann sah sie aus dem Augenwinkel eine Bewegung. Das Gras der Steppe wogte, als würde der Wind darüber hinwegfegen, dabei regte sich kein Lüftchen. Das Wogen verdichtete sich zu einem Oval und schließlich zu einem kleinen Kreis, der kurz darauf so leise wieder verschwand, wie er aufgetaucht war. Das war doch seltsam. Fabila lief hinterher. Da bewegte sich das Gras wieder. Es schien, als liefe es von ihr fort! Die sich bewegende Grasfläche nahm nun eine dreieckige Form an und entfernte sich von ihr. Da an der Spitze – war das nicht Francis? Schnell lief sie hinterher und rief:

»Francis, Francis, so warte doch!«

Doch als sie genauer hinsah, bemerkte sie, dass er nicht flog, vielmehr sah es aus, als würde er vom Gras getragen, als schliefe er sogar oder – sie wollte den Gedanken nicht zu Ende denken.

»Ist hier sonst noch jemand?«, rief sie, während sie versuchte Schritt zu halten. Doch obwohl sie so schnell lief, wie sie konnte, kam sie kaum hinterher. Ein Folf war nun mal nicht zum Rennen gemacht. Sie keuchte.

»So haltet doch an! Ich tue euch doch nichts. Francis, jetzt sag doch mal was!«

Da endlich sah sie, wie der kleine Fee sich regte.

»Wer bist du? Und warum bin ich gefesselt?«

»Ach Francis! Du lebst!« Sie jauchzte.

»Woher kennst du meinen Namen?«, rief der Fee.

»Francis, wir sind doch Freunde. Jetzt halt doch endlich an!«

»Ich mach doch gar nichts, ich weiß nicht, was hier los ist.«

Fabila blieb keuchend stehen, stützte ihren Arm in die Seite. Der Fee entfernte sich weiter.

»Wer ist da denn? Und warum entführt ihr den Fee? Ich gebe euch alles, was ich habe, wenn ihr ihn freilasst!«

»So so«, hörte sie da eine Stimme. Fabila sah nur einen Grashalm, der sich wie im Wind bewegte. »Was führt dich hierher, Fremde?«

»Wo bist du? Versteckst du dich im Gras?«

»Ich bin ein Grasgänger. Wir sehen aus wie Gras. Schau mal, ich klatsche in die Hände.«

Die kleinen schmalen Blätter, die an der Seite des Grashalmes hinauswuchsen, berührten sich an den Spitzen.

»Oh, tatsächlich, du bist aber gut getarnt! Aber wenn man genau hinschaut, hast du sogar ein Gesicht.«

»Ja, jetzt hätten wir das auch geklärt. Ihr Fremden habt keinerlei Vorstellungskraft. Seht nur Gras, weil ihr nur Gras kennt. Tzz. Also, was führt dich hierher und was hast du mit dem Knirps da vorne zu schaffen?«

»Wir sind zusammen auf der Suche nach meinem Verlobten. Der ist verschwunden, hat sich vor meinen Augen in Luft aufgelöst. Und Francis wollte mir helfen. Nur hat er das anscheinend vergessen. Ich weiß auch nicht.«

Fabila seufzte und hielt Ausschau nach dem Fee. Sie konnte ihn gar nicht mehr sehen, das Gras war in einiger Entfernung zur Ruhe gekommen, wahrscheinlich war er dort.

»Bitte, bitte lasst ihn frei.«

»Er hat einen von uns angegriffen. Wir werden uns zurückziehen und uns beraten, was wir mit euch machen sollen. Warte hier und rühre dich nicht. Wenn du gehst, behalten wir den Fee.«

Außer Hörweite von Fabila versammelten sich die Grasgänger.

»Was sollen wir mit ihnen machen? Sie scheinen eigentlich harmlos zu sein.«

»Aber der Fee hat doch Cordelia verletzt.«

»Ich glaube nicht, dass das Absicht war. Man verletzt doch niemanden und legt sich dann schlafen.«

»Also, ich bin der Großen schon länger gefolgt. Die hat so nett mit sich selbst geplaudert, das war äußerst unterhaltsam. Ich konnte hören, wie sie über einen verschwundenen Freund gesprochen hat.«

»Ja, das hat sie mir eben auch erzählt«, warf der Grasgänger ein, der die Folfin angesprochen hatte.

»Das erinnert mich an unseren Vampirfreund, den Heinrich.«

»Wir sollten ihnen helfen.«

»Oder sie täuschen uns. Denkt doch mal nach – sie sind einfach so an unserer Grenze erschienen, ohne dass wir gesehen haben, wie sie sich nähern. Wie aus dem Nichts saßen sie plötzlich da. Vielleicht haben sie sich hergezaubert. Vielleicht führen sie dieses Theater hier nur auf, um uns ihre Lügen glauben zu lassen.«

»Aber warum sollten sie das tun?«

»Das wissen wir noch nicht.«

»Wir können nicht vorsichtig genug sein.«

»Ja, erinnert euch nur an das niedliche Mädchen, das uns als Gewürz für ihren Zaubersalat verwenden wollte!«

»Oder an die Zeit des großen Feuers, und wie wir um unser Leben gerannt sind!«

»Wir sollten sie eingehender befragen.«

Ein Grasgänger nach dem anderen tat seine Meinung kund. Da die Grasgänger keinen Anführer hatten, sondern grundsätzlich jede Stimme gleich wichtig war, hatten sie eine Regel eingeführt, nach der jeder nur einmal sprechen durfte und am Ende, wenn alle angehört worden waren, per Handzeichen abgestimmt wurde. Da sie zu einer Gruppe von 217 Grasgängern angewachsen waren, saßen sie lange im Schneidersitz im Kreis, bis sie zu einer Entscheidung kamen.

Die Wartezeit fühlte sich an wie eine Ewigkeit. Schließlich kamen die Grasgänger auf Fabila zu, den kleinen Fee im Schlepptau.

»Wir haben beschlossen, uns eure Geschichte anzuhören. Wenn ihr uns überzeugen könnt, dass ihr nichts Böses im Schilde führt, lassen wir euch weiterziehen.«

Und so erzählte Fabila von den Geschehnissen der letzten Wochen: Von Kärlchens Verschwinden, von der Sternschnuppe, von Francis' Auftauchen auf der Insel, von den Schwarz-Weiß-Vögeln und der Reise über das Meer, von der Blutsbrüderschaft, die sie mit Francis geschlossen hatte, und von ihrem Marsch durch die Sanddünen. Und davon, dass dann auch Francis plötzlich verschwunden war. Als sie fertig war, dauerte es ein Weilchen, bis ihre Zuhörer sich wieder rührten.

»Wie merkwürdig. Ich erinnere mich gar nicht«, murmelte der Fee, als er die kleine Narbe an seinem Daumen betrachtete. »Aber das erklärt einiges. Ich habe mich schon gefragt, wie ich hierhergekommen bin. Könnt ihr uns vielleicht helfen?« Er blickte in die Runde der Grasgänger.

Einer der Grasgänger aus der ersten Reihe stand auf und drehte sich um. »Freunde, ich denke, wir können ihnen vertrauen. Sie erzählen zwar nicht die gleiche Geschichte, aber der Fee ist jetzt nicht der Erste, der hier mit einer Gedächtnislücke auftaucht.

Irgendwas ist da im Busch. Aber das ist ein Thema für einen anderen Tag.«

»Erzählen wir ihnen Heinrichs Geschichte«, schlug ein Grasgänger auf der linken Seite vor.

»Ja, lasst uns ihnen helfen!« Ein dritter Grasgänger reckte seine grüne Faust in die Luft, die aussah wie ein kleiner Knoten am Ende eines Grashalms.

Dann schwiegen sie ein paar Sekunden, um auch ihren Freunden die Möglichkeit zu geben, ihre Meinung kund zu tun, doch es blieb still.

»Wer ihnen vertraut und dafür ist, Heinrichs Geschichte zu erzählen, möge die Hand heben.«

Eine Bewegung ging durch die Ansammlung der Grasgänger, als würde eine Brise durchs Gras streichen und die dünnen Blättchen in eine Richtung lenken. Die Abstimmung war eindeutig. Alle wollten helfen. Sie banden Francis los. Der Fee rieb sich die Arme.

»Es tut mir leid, dass ich einen von euch verletzt habe. Es war nicht meine Absicht, ihr seid einfach zu gut getarnt.«

Eine Grasgängerin, deren Arm mit einem Grashalm notdürftig geschient war, trat hervor. »Ach, ist schon okay. Ich sollte wohl auch etwas besser aufpassen, aber es war gerade so wohlig warm in der Sonne und ich habe etwas gedöst.«

»Kein Wunder, dass er dich erwischt hat, Cordelia, du döst immer in der Sonne«, sagte ihr Nachbar und stupste sie in die Seite.

»Nicht, wenn sie nicht scheint«, sagte Cordelia. »Die Sonne ist nun mal meine große Liebe. Sie wärmt viel mehr als du, mein lieber Benedictus.« Schelmisch grinste sie den Grasgängerjungen an.

»Genug, ihr Turteltäubchen. Lasst uns den Fremden Heinrichs Geschichte erzählen.«

Und so erfuhren Fabila und Francis von Heinrich, dem Vampir, der Blut liebte und das Beißen hasste.

»Er marschierte eines Nachts in die Steppe, mit einer Schaufel über der Schulter und einem Leiterwagen voll Silber. Blutige Tränen rannen ihm aus den dunklen Augen, sein Gesicht war vor Entschlossenheit zu einer Maske gefroren. Er wusste nicht, dass es uns gibt, und dachte, er wäre hier ganz alleine. Als er sich weit genug von jeglicher Zivilisation entfernt wähnte, setzte er die Schaufel an und grub ein Loch, so groß, dass er gut hineinpasste. Wir wollten ihn stoppen, weil wir Angst hatten, dass er dabei unsere Babys ausgrub – wir legen unsere Samen in den Boden zum Reifen – doch er war wie in Trance und hat uns einfach nicht wahrgenommen, egal wie viel wir vor ihm herumgetanzt sind.«

»Eins von den Babys war ich!« Ein kleiner Grasgänger machte stolz eine Pirouette. Der Erzähler schmunzelte:

»Wie ihr seht, ist ihnen nichts passiert. Aber lasst mich weitererzählen.« Er vergewisserte sich, dass er die volle Aufmerksamkeit aller Anwesenden hatte und fuhr dann fort: »Als das Loch tief genug war, zog der Vampir sein weißes Hemd aus. Seine Haut war durchscheinend blass, und er wirkte vollkommen entkräftet. Er band einen Ärmel des Hemdes am Ende des Leiterwagens fest und behielt den anderen Ärmel in der Hand. Dann stieg er in das Loch hinab und legte sich in die frische Erde. Mit einem Seufzer zog er an seinem Hemd und wartete ergeben darauf, dass die Silberteile – von Ketten über Ringe bis zu Tafelsilber – auf seinen nackten Oberkörper prasselten. Seine Schreie waren schaurig. Noch heute ziehen sich mir die Wurzeln zusammen, wenn ich daran denke.«

»Vampire hassen Silber«, warf ein anderer Grasgänger ein.

»Sie hassen es nicht nur, es tut ihnen weh«, sagte ein Zweiter.

»Und sie können sich nicht mehr richtig bewegen, wenn Silber sie berührt. Es kommt aber auf die Menge an Silber an«, so ein Dritter.

»Aber das ist ihr Geheimnis. Nur wir wissen es«, ergänzte ein Vierter stolz. Der Erzähler brachte seine Kumpanen mit einem Blick zum Schweigen.

»Jedenfalls lag er da und schrie. Uns erschien das extrem seltsam, und als er nach einer halben Stunde immer noch schrie, machten wir uns auch langsam Sorgen, dass er uns dauerhaft die Ruhe rauben würde. Es war immerhin Schlafenszeit. So nahmen wir unseren Mut zusammen und wagten uns in das Loch.

›Was tut Ihr da, mein Herr? Würde es Euch belieben, etwas leiser zu sein, damit unsere Kinder schlafen können?‹

Da wir jetzt nicht mehr zwischen anderen Gräsern versteckt waren, sah er uns nun endlich. Er schaute ganz schön verwirrt, kann ich euch sagen.

›Ich will nicht von euch trinken‹, sagte er. ›Ich will nicht von euch trinken!‹ Diesmal schrie er es in die Nacht heraus und lachte. ›Es gibt Lebewesen, von denen ich nicht trinken will.‹ Er kam aus dem Lachen gar nicht mehr heraus. Dann blickte er uns lange an. ›Ich wollte mich gerade von der Sonne töten lassen. Weil ich dachte, ich sei das einsamste Wesen der Welt. Meine Artgenossen verabscheuen mich, weil ich einfach gar nichts kann. Ich kann nicht musizieren und auch sonst nichts, womit ich mir meine Blutrationen erarbeiten könnte. Mir blieb nur das Leben als Ausgestoßener mit dem Abschaum unserer Rasse. Sie ernähren sich durch Überfälle. Verabscheuungswürdig! Ich habe versucht, mich mit Betteln über Wasser zu halten, aber es gibt wohl keinen schlechteren Bettler als mich. Ich bin schon so ausgehungert, dass ich mich gar nicht mehr kontrollieren kann, wenn ich Blut rieche. Und dann kriegen alle Angst vor mir und lassen mich erst recht nicht trinken, geschweige denn, dass sie ein paar Worte mit mir reden würden. Dem wollte ich ein Ende machen. Aber von euch will ich nicht trinken.‹

Wir waren natürlich von diesem Ausbruch recht irritiert, fanden wir den Gedanken, dass jemand von uns trinken wollte, doch recht unangenehm. Gelegentlich versucht jemand, uns zu essen, aber meist wollen die in Wirklichkeit Gras essen und wir können gemütlich entkommen. Nur alle Schaltjahre einmal wird einer von uns beim Dösen erwischt. Und ganz, ganz selten kommt tatsächlich jemand, der es auf uns abgesehen hat, für irgendwelche Zaubertränke oder besonderen Mahlzeiten. Aber jetzt schweife ich ab. Also, Heinrich war begeistert davon, nicht von uns trinken zu wollen:

›Wir könnten sogar Freunde werden. Ich müsste euch keinen Grashalm krümmen. Könnt ihr mich befreien? Wenn die Sonne aufgeht und ich mich bis dahin nicht versteckt habe, muss ich sterben. Und solange so viel Silber auf mir liegt, kann ich mich nicht bewegen. Könnt ihr das Silber wegtragen?‹

Wir willigten ein. Doch sobald wir begonnen hatten, war uns klar, dass das ein harter Kampf werden würde. Bis Sonnenaufgang war es nicht mehr lange, und er hatte wirklich viel Silber über sich geschüttet. Ihr seht ja, dass wir nicht sonderlich groß sind. Na ja, natürlich viel größer als ein Fee, aber dafür ja auch viel dünner. Wir sind zwar zäh und stark, aber wir waren nur zu zehnt und benötigten zwei Mann für eine Gabel, für einen versilberten Säbel mussten wir schon zu viert anpacken. Verstärkung war gefragt. So schickten wir zwei Boten los, um die anderen Grasgänger aufzuwecken und herbei zu holen. Während wir schufteten, erzählte uns Heinrich, was ihn dazu getrieben hatte, Selbstmord zu begehen:

Seit er denken konnte, beschlich ihn beim Essen – also in seinem Fall beim Bluttrinken – ein unangenehmes Gefühl. Wenn sich seine Zähne in fremdes Fleisch bohrten, konnte er nicht umhin, sich vorzustellen, wie sich diese Zähne in sein eigenes Fleisch bohrten. Zudem hatte er ein Problem mit Kreuznaserblut, dem Hauptnahrungsmittel der Vampire. Er vertrug es nicht. Wenn er es trank, bekam er schreckliche Bauchkrämpfe. Deshalb trank er immer nur so wenig wie möglich. Beim Musikunterricht war er dann unkonzentriert, weil ihm die Nährstoffe fehlten. Und als er dann erwachsen war, war er einfach nicht gut genug, um andere Wesen mit seiner Musik zu begeistern. Und deshalb hatte er einfach keinen Erfolg beim Betteln. Er wurde immer hagerer und schwächer und begann sogar, aus Aas die letzten Blutstropfen herauszusaugen. Doch das führte dazu, dass er einen unangenehmen Geruch verbreitete, und die anderen Vampire verstießen ihn. Kennt ihr euch mit Vampiren aus?«

Fabila schüttelte den Kopf.

»Vampire ziehen normalerweise mit ihren Kreuznaserherden übers Land und musizieren dann vor den Stadttoren, bis jemand herauskommt und Erbarmen mit ihnen hat. Sie haben vor Jahrhunderten einen Krieg verloren, und standen kurz vor der Ausrottung.

Damals mussten sie schwören, nur von Wesen zu trinken, die ihnen das ausdrücklich gestatten, sonst hätte man sie vernichtet. Aber zurück zur Geschichte:

Heinrich war also unter den Vampiren bereits ein Außenseiter, als er etwas erlebte, das ihn für immer prägen sollte. Er wurde entführt. Er hat uns gesagt, dass andere Vampire ihm später von einer hellen Sternschnuppe erzählten, die den Himmel erleuchtete, als es geschah.«

Der Grasgänger machte eine Kunstpause und nickte Fabila und Francis zu: »Ja, wie bei eurem Freund. Heinrich fand sich in einer anderen Welt wieder, in der er eine Rolle spielte, die ihm wie auf den Leib geschneidert war – einen Vampir, der kein Blut trinken wollte. Nur war das dort eine weit verbreitete Einstellung unter den Vampiren, und sie hatten eine Lösung für das Ernährungsproblem gefunden: Synthetisches Dosenblut. Leider kehrte Heinrich dann ganz plötzlich in sein altes Leben zurück, ohne das Geheimnis um die Formel für synthetisches Blut gelüftet zu haben.«

»Wisst ihr, auf welche Art und Weise er zurückgekommen ist?«, fragte Fabila.

»Ich glaube, er wollte das gar nicht. Das ist von selbst passiert. Er versuchte von da an immer wieder, zurück in die andere Welt zu gelangen – allerdings erfolglos. Als er zu uns kam, um seinem Leben ein Ende zu setzen, hatte er aufgegeben. Er schaffte es, fast einen Monat ohne zu trinken zu überleben – im

Vergleich zu seinen Artgenossen, die mindestens einmal pro Woche tranken, eine lange Zeit – aber das bedeutete trotzdem, einmal im Monat im Aas zu wühlen oder doch hinterrücks Wesen zu überfallen, die er mochte und sogar bewunderte. Und es bedeutete, ganz allein zu sein. Er dachte, allen Wesen neben Vampiren flösse echtes Blut durch die Adern. Blut, das er schon aus der Ferne riechen konnte, dessen Geruch ihm regelrecht die Sinne raubte.« Der Grasgänger schüttelte den Kopf. »Es ist wirklich traurig. Er versuchte, seine Natur zu bekämpfen, und trug immer eine Kette, die zu einem ganz niedrigen Anteil aus Silber war. So wenig, dass er sich wieder von ihr befreien konnte, doch so viel, dass ihm die natürliche Kraft und Schnelligkeit des Vampirs genommen wurde. Ein konstanter Schmerz. Eine konstante Qual. Aber so konnte er sich in der Nähe anderer Wesen aufhalten, ohne Gefahr zu laufen, sie aus einem Instinkt heraus zu überfallen. Mit ihnen zu sprechen und zu scherzen, war aber in weiter Ferne. Er musste sich verkleiden, denn Vampire sind, wie ihr ja wisst, in den Städten keine gern gesehenen Gäste. Er trug stets einen schwarzen Umhang mit einer Kapuze und einem hohen Kragen, der seine Vampirzähne vor Blicken schützte. Durch die Selbstgeißelung mit seiner Kette war er dermaßen steif und langsam in seinen Bewegungen – und auch seiner Sprache – dass seine Nähe allen das Blut in den Adern gefrieren ließ. Zudem strömte er diesen seltsamen Geruch aus. Die

Stadtbewohner hatten nie ein ähnliches Wesen gesehen oder auch nur von einem gehört, und so verbreitete sich das Gerücht, er sei der Tod höchstpersönlich. Heinrich erfuhr davon, als er ein Gespräch belauschte, das in einer dunklen Straßenecke der Stadt hinter den Hügeln stattfand. Er saß hinter einem Baum und beobachtete von dort die Taverne, in der er so gerne mit anderen gesellig beisammen sitzen würde, als der Wind angespannte Stimmen zu ihm trug. Sie kamen aus einem alten, steinernen Haus auf der anderen Straßenseite, so dicht mit Efeu bewachsen, dass man kaum erkennen konnte, welches der Fenster offen stand und die Stimmen der Sprecher in die Nacht hinaus ließ:

›Bitte, lass uns gleich morgen aufbrechen. Ich habe so schreckliche Angst um die Kinder. Seit Tagen treibt sich dieser schwarze Schatten in der Nähe unseres Hauses herum. Den Kragen über dem ganzen Gesicht und die Augen so hohl. Wer soll das denn sein, wenn nicht der Tod? Die Nachbarn haben auch schon ihr Hab und Gut gepackt und wollen morgen die Stadt verlassen. Er hat sich bestimmt etwas Schreckliches für uns ausgedacht, so lange, wie er hier schon durch die Straßen streunt und uns beobachtet.‹ Die Stimme verlor sich in einem Schluchzen. Und Heinrich fiel fast um vor Trauer. Er hatte bisher nur sein Leid gesehen. Er wollte kein Blut trinken. Er wollte lieber mit seinen Opfern scherzen. Er beneidete sie um ihr Leben in Geselligkeit. Doch schon seine pure

Existenz, seine Anwesenheit, und sei sie noch so entfernt, verursachte ihnen Todesangst. Blind vor blutigen Tränen taumelte er aus der Stadt hinaus und fasste seinen Plan. Ein paar Tage später kam er zu uns, bereit zum Sterben. Bis er erfuhr, dass nicht allen Wesen Blut durch die Adern fließt.« Der Grasgänger setzte sich hin, erschöpft vom langen Erzählen. »Das war die Geschichte von Heinrich.«

»Und konntet ihr ihn retten?« Francis hüpfte aufgeregt herum.

»Wir haben alles getan, was in unserer Macht stand. Unsere Boten sind quer durch die Steppe gerast und haben Helfer zu uns geschickt. Aber als wir das letzte Stück Silber von ihm genommen hatten, kündigten die ersten roten Fäden am Himmel bereits die Sonne an. Ihm blieb keine Zeit mehr, um die Steppe zu verlassen. Wie ihr sehen könnt, gibt es hier leider nirgends eine Möglichkeit, der Sonne zu entkommen.«

Er drehte sich einmal im Kreis und zeigte auf die unendlich erscheinende Graslandschaft. »Nichts außer Gras, Erde, Luft und uns. Wir haben versucht, den Leiterwagen über ihn zu stülpen, aber der war zu klein, um ihn vollständig vor der Sonne zu schützen. Außerdem hätte die Sonne zwischen den Brettern hindurch geschienen.« Er blickte einen Moment betrübt vor sich hin, dann verzogen sich seine Mundwinkel zu einem Grinsen: »Aber wir wären nicht die Grasgänger, wenn wir dafür keine Lösung gefunden

hätten. In Windeseile haben wir Gras zusammenge-
rafft, Erde losgebuddelt und alles über ihm aufge-
türmt, so hoch es ging. Am Ende haben wir uns si-
cherheitshalber selbst noch oben drauf gelegt, damit
auch ja kein Sonnenstrahl zu ihm durchdringen konnte. Und als die Sonne unterging und wir ihn ausgru-
ben, da war er so quicklebendig, wie ein Untoter nur
sein kann.«

»Wo ist er denn jetzt? Hat er euch noch mehr von
der anderen Welt erzählt? Hat er selbst noch mehr
darüber herausgefunden?« Fabilas Augen leuchteten
hoffnungsvoll.

»Er blieb zunächst bei uns. Da er nicht aß, wurde
er zwar jeden Tag bleicher, aber er war glücklich.
Doch eines Tages verschwand er einfach. Wir dachten, der Zeitpunkt sei gekommen, zu dem er entweder
essen oder sterben musste, und machten uns darauf
gefasst, ihn nie wiederzusehen. Einige Monate später
tauchte er aber dann wohlgenährt und strahlend wieder bei uns auf. Diese Schriftstellerin, in deren Geschichte er das synthetische Blut kennengelernt hat,
hatte eine Fortsetzung geschrieben.

»Moment, Moment!« Fabila blickte irritiert. »Was
sind Schriftsteller? Und wieso eine Geschichte?«

Der Grasgänger nickte. »Gute Frage. Heinrich hat
uns das so erklärt: Es gibt ein Paralleluniversum, in
dem Menschen leben. In deren Welt ist es aber anscheinend ziemlich langweilig, es gibt gar keine Magie. Deshalb entschließen sich manche von ihnen,

Geschichten zu erfinden, um die anderen zu unterhalten und so ihre Welt ein bisschen zu verzaubern. Das sind die Schriftsteller. Und die brauchen für ihre Geschichten Wesen, die mitspielen. Und die entführen sie hier.«

»Und wie machen sie das?«

»Das weiß ich nicht. Mehr hat Heinrich dazu nicht gesagt. Und von uns wurde noch nie jemand entführt, deshalb haben wir auch nicht weiter gefragt.«

»Oh. Okay.«

Jedenfalls schrieb die Schriftstellerin mehrere Fortsetzungen, und er verschwand immer wieder. Doch immer, wenn er hier war, wurde er wieder schmal und ausgezehrt, weil er nicht aß. Das Synthetikblut war zwar reichlich vorhanden in seiner Geschichte, aber er kam nie in eine Situation, in der er beobachten konnte, wie es hergestellt wurde. So beschloss er dann, einen anderen Weg einzuschlagen: Er wollte versuchen, Kontakt mit der Schriftstellerin aufzunehmen. Wie genau, hat er uns nicht verraten. Seitdem haben wir nichts mehr von ihm gehört.«

»Wenn ihr ihn in dieser Welt irgendwo finden könnt, dann am ehesten in der Stadt hinter den Hügeln. Eine breite Straße führt dort hindurch und viele, viele Wesen durchqueren sie auf ihren Reisen«, fügte ein anderer Grasgänger hinzu.

»Damit nicht wieder alle vor ihm fortlaufen, haben wir ihm eine vorteilhaftere Jacke geschneidert. Grün wie das Gras. Davor hat niemand Angst!«

»Zu Unrecht natürlich, Gras ist stark!«

Die Grasgänger lachten.

»Und gegen seine unheimliche Blässe haben wir ihm eine Erdmischung erstellt. Wenn er die mit etwas Wasser anreichert und hauchdünn im Gesicht verteilt, wirkt seine Hautfarbe wie die der Zwerge.«

»Er sollte sich also recht frei zwischen den anderen Wesen bewegen können.«

***

Außer Sichtweite der Hufwesen drückte Jacob seinen Sohn, bis dieser stöhnte.

»Von dir umarmt zu werden, ist schlimmer, als zwischen die Hufe eines Bocks zu geraten. Der hat mich wenigstens nicht zerquetscht.«

»Aber wir haben gedacht, du seist tot! Warum hast du denn nichts gesagt?«

»Ich hab mir die Seele aus dem Leib gebrüllt da drin. Gegen schalldichte Hufe kenne ich keinen Zauber.«

»Ist ja auch egal. Auf jeden Fall bin ich froh, dass es dir gut geht.« Jacob betrachtete Benjamin liebevoll, bis Alex genervt unterbrach.

»Auch wenn ich mich freue, dass du noch lebst, kannst du das nächste Mal bitte nicht so bodenlos dumm sein? Du hast uns alle in Gefahr gebracht.«

»Wieso?«, fragte der jüngere Bruder erstaunt. »Ich habe doch als einziger eine Information bekommen. Ich weiß, was dort ist, wo wir hingehen.« Stolz blickte er in die Runde.

»Ich muss Alex recht geben. Wir müssen planen, wie wir andere ansprechen, wenn wir nicht wissen, ob sie uns gefährlich werden können«, sagte Djamila.

»Ach ja? Und das kommt von dir? Du hattest mich doch schon aufgegeben und dich auf deine Flucht vorbereitet, um deine eigene Haut zu retten.«

»Benjamin, das ist nicht fair«, warf Jacob ein. »Djamila hat bestimmt mehr im Sinn gehabt als nur eine Flucht, nicht wahr?« Er warf einen fragenden Blick auf die junge Fee, und hoffte, dass sie den kleinen Zweifel, den er selbst in sich trug, nicht sehen konnte.

»Wenn sie uns alle gefangen nehmen, wäre uns ja nun mal auch nicht gedient. Ich bin doch nicht weggeflogen, sondern habe mich nur unsichtbar gemacht und beobachtet, was passiert. So hätte ich doch viel besser einschreiten können«, rechtfertigte sich diese. »Du willst mir doch jetzt nicht vorwerfen, dass ich feige bin, oder? Ich bin schließlich mit euch hier.«

Sie ließ sich auf den Boden sinken und lehnte den Kopf an die Felswand. Eine Träne rollte über ihre Wange. Kaum sah Benjamin, dass sie weinte, taten ihm seine harten Worte leid. Er setzte sich neben sie und nahm sie in den Arm, um sich zu entschuldigen.

»Ich hab das nicht so gemeint. Ich finde es toll, dass du mit dabei bist. Komm, lass dich drücken.«

Jacob legte beiden eine Hand auf die Schulter.

»Wir sind alle etwas aufgebracht. Am besten gehen wir erst einmal ein Stückchen und suchen uns dann einen Schlafplatz. Aber bevor wir uns den Zwergen nähern, machen wir einen Plan, in Ordnung?«

***

Nach einer zwar kurzen, aber erholsamen Nacht erwachten Francis und Fabila voller Tatendrang. Endlich hatten sie einen Plan! Sie ließen sich von den Grasgängern zeigen, in welcher Richtung die Stadt hinter den Hügeln lag, und marschierten los. Fabila nutzte die Wanderzeit, um Francis' Erinnerung weiter aufzufrischen. Sie erzählte ihm von ihren Gesprächen über Djamila und über seinen Vater, über Kärlchen und über das Leben auf der Folfinsel. Als alles gesagt war, liefen sie ein Weilchen schweigend nebeneinander her.

»Du erinnerst dich wirklich an gar nichts?«, fragte sie schließlich.

Der Fee schüttelte den Kopf.

»Es ist alles weg. Aber ich glaube dir. Woher solltest du sonst von Djamila wissen?« Er betrachtete seinen Daumen. »Und woher sollte sonst diese Narbe

stammen? Ich würde sagen, der Schwur gilt noch.«
Er lächelte.

»Ach, Francis. Komm, lass dich knuddeln«, erwiderte die Folfin und drückte den kleinen Fee an ihre Wange.

»Ist ja schon gut!«, rief dieser, befreite sich aus ihrer Hand und machte es sich auf ihrer Schulter bequem. »Erzähl mir lieber mehr von Kärlchen. Ich möchte wissen, wie er so ist, der Folf, für den wir diese Reise tun.«

Und so erzählte Fabila, während sie weiter voranschritten.

Einige Stunden waren sie schon unterwegs, als eine atemlose Stimme nach ihnen rief:

»Francis! Fabila!«

Sie blickten sich um und erkannten, mit inzwischen geschultem Blick, einen ihrer Freunde im Gras.

»Willst du uns begleiten?«

»Nein, bloß nicht. Aber ich würde euch gerne etwas mitgeben. Folgt mir. Aber seid leise, die anderen sollten uns nicht hören.« Er blickte sich um. »Irgendwo in der Steppe treibt sich immer einer von uns herum.« Ohne abzuwarten, schlug der Grasgänger einen Weg ein, der von der geplanten Route abwich. Fabila zögerte kurz, lief dann aber nach einem ermutigenden Nicken von Francis hinterher. Obwohl sie rannte, konnte sie kaum Schritt halten mit dem Grasgänger, dessen Füße so schnell rotierten, dass sie fast wie rollende Räder wirkten. Mitten in der Steppe hielt er an und legte den Finger an die Lippen. Er flüsterte:

»Sie wollen es nicht weggeben, weil sie finden, dass es ihm gehört. Ich glaube aber, dass ihr es brauchen werdet.« Er zog an einem langen Grashalm, woraufhin sich eine Schicht Erde löste. Darunter kam ein Haufen Silber zum Vorschein. »Das hier sind Silbermünzen, mit denen könnt ihr in der Stadt bezahlen. Beobachtet die anderen, um herauszufinden, was ihr für eine Münze bekommen könnt.«

Fabila schaute ihn fragend an.

»Nun nimm schon welche, wir haben nicht ewig Zeit«, zischte er und zeigte dann auf ein großes, gekrümmtes Messer, fast schon einen Säbel. »Das wäre gut für dich.« Er blickte noch immer Fabila an. »Es ist mit einer speziellen Methode versilbert und stammt noch aus den alten Vampirkriegen. Damit kannst du gegen Vampire bestehen, aber es sollte auch helfen, falls andere Wesen euch angreifen.« Er zögerte, dann flüsterte er: »Sticht man mit so einer Waffe direkt in sein Herz, kann man einen Vampir töten. Aber das wisst ihr jetzt nicht von mir.« Dann nahm er eine versilberte Nadel in die Hand und reichte sie Francis. »Damit kannst du kämpfen. Du wirst nicht allzu viel Schaden anrichten, andererseits wirst du dich wohl auch nicht mit großen Gegnern anlegen – da ist Verstecken immer die beste Alternative, wenn man selbst klein ist. Merkt euch gut: Das Silber hilft euch nur gegen Vampire, wenn es direkt ihre Haut berührt. Wenn ihr jemanden seht, der mit Handschuhen bezahlt, habt ihr es höchstwahrscheinlich mit einem Vampir zu tun. Wenn auch nur die geringste Wahrscheinlichkeit besteht, dass ihr einem Vampir über den Weg lauft, tragt diese Waffen bei euch. Ich glaube nicht, dass die sich immer an die Regeln halten. Ach, am besten tragt ihr sie immer bei euch. Ihr werdet sie brauchen.« Er verschloss das Geheimversteck und lief zurück in die Richtung, aus der sie gekommen waren. Mit einem scheuen Blick nach links und nach rechts wies er ihnen schließlich den Weg: »Ich glaube, wir sind unentdeckt geblieben. Wenn ihr hier entlang lauft, seid ihr in ein paar Tagen in der Stadt. Viel Glück!« Er schenkte ihnen noch ein aufmunterndes Nicken, dann entschwand er im hohen Gras.

Die Sonne stand inzwischen hoch am Himmel und brannte mit geballter Kraft auf die beiden Wanderer hinunter. Seit Stunden waren sie in der Hitze unterwegs, Schweiß tropfte von ihrer Stirn und lief ihnen in die Augen, Kleider und Fell klebten an ihren Leibern. Francis hatte dabei noch den Vorteil, dass er auf Fabilas Schulter mitreisen konnte, doch die Folfin war völlig erschöpft. Der Waldrand erschien schon seit Langem greifbar nah, doch es kam ihnen vor, als zöge er sich mit jedem Schritt, den sie auf ihn zu machten, einen Schritt zurück. Schließlich ließ Fabila sich ins Gras fallen.

»Ich gehe keinen Schritt mehr weiter.« Sie zog die Wasserflasche aus ihrem Bündel und fing gierig die letzten Tropfen mit der Zunge auf, bevor sie den leeren Behälter achtlos zur Seite warf. Auch Francis ließ sich ins Gras plumpsen und blickte sehnsüchtig zum Wald. Doch dann blieb sein Blick an etwas hängen.

»Schau mal«, sagte der Fee.

»Wohin?«

»Da, wo du die Flasche hingeworfen hast.«

»Ich sehe überall nur Gras.«

»Eben.« Er flog zu der Stelle, an der die Flasche hätte liegen müssen. Der Boden fiel steil ab und bildete eine schmale Kerbe, durch die ein dünnes, fast versickertes Rinnsal floss. Die Wasserflasche lag mitten darin, so dass das Wasser sich seinen Weg darum bahnen musste, es war nicht einmal stark genug, die leere Flasche wegzuschwemmen.

»Fabila, ein Bach!« Mit einem Satz sprang er in das kühle Nass, legte sich hin, um das Wasser seinen ganzen Körper umspülen zu lassen, und seufzte laut auf.

»Ein Bach?« Fabila beäugte das Rinnsal. »Vielleicht ein Feenbach. Aber immerhin Wasser.« Sie packte ihre Trinkflasche, füllte sie auf und trank genüsslich.

»Vielleicht führt uns das Bächlein zur Stadt«, vermutete Francis. »Bei uns im Feenreich liegen die Dörfer auch meist am Wasser.«

Fabila nickte. »Ja, unser Dorf ist auch in der Nähe von einem Fluss.« Und so folgten sie frisch gestärkt dem Rinnsal, an dessen Seiten das Gras grüner und grüner wurde, bis sich unter das Gras Büsche und Sträucher mischten und sie schließlich den Waldrand erreichten.

Die Bäume standen groß und knorrig seit hunderten von Jahren an ihrem Platz und schenkten ihnen Schutz vor der Sonne. Das Bächlein vereinigte sich mit einem anderen und schlängelte sich nun munter sprudelnd durch die grüne Wildnis. Sie folgten zunächst dem Bachverlauf, doch nach zwei Tagen waren sie noch immer mitten im Wald, und ihre Essensvorräte neigten sich langsam dem Ende zu. Die Einschätzung des Grasgängers hatte wahrscheinlich auf seinem enormen Tempo oder auf Erzählungen des Vampirs beruht, es war gut möglich, dass sie noch einige Tage unterwegs sein würden. Die Pflanzen, die am Bach wuchsen, trugen keine Beeren und so entschlossen sie sich, ein Stück weit in den Wald zu gehen, um Pilze zu suchen.

6

Schon nach wenigen Minuten standen die Bäume so dicht, dass kaum ein Lichtstrahl den Weg durch das dichte Blätterdach fand. In der Finsternis hörten sie die anderen, bevor sie sie sahen.

»Ach hier oben, welch 'ne Wonne,
scheint so schön die Abendsonne,
ein warm' Lüftchen bläst mich an,
ach, wohl dem, der klettern kann.

Ach ihr Vöglein, seid nicht still,
keiner, der kein Lied hör'n will,
nur weil Elfen heute singen,
soll nicht euer Lied verklingen.

Lasst uns tanzen, lasst uns schweben,
lasst das Blätterdach erbeben,
lasst uns alle fröhlich sein,
bis spät in die Nacht hinein.«

Sie hätten die Waldelfen, die für den Gesang verant-wortlich waren, wohl auch nicht gesehen, wenn der Wald mehr Lichtstrahlen durchgelassen hätte. Ihre

Stimmen drangen bis zu ihnen, doch wie schon ihr Lied verraten ließ, saßen sie in den Baumwipfeln und feierten den nahenden Sonnenuntergang.

»Ich schau mir die Musikanten mal genauer an. Vielleicht sind sie freundlich und geben uns etwas zu essen.« Francis flatterte los. Oben angekommen, ließ er sich auf einem Ast nieder, um sich auszuruhen. Die Elfen hatten ihn noch nicht entdeckt, sie lachten und tanzten vergnügt miteinander. Francis hatte noch nie zuvor Elfen getroffen, doch sie schienen den Feen sehr ähnlich zu sein. Ein fröhliches Volk kleiner, zierlicher Wesen. Sie waren etwas größer als Francis und seine Artgenossen und hatten keine Flügel, dafür aber auffällig spitze Ohren. Mit denen sie, wie Francis jetzt feststellen musste, überaus gut hören konnten. Obwohl er sich einen sehr versteckten Platz gesucht hatte und das Treiben nur von hinten beobachtete, wurden die ersten Elfen auf ihn aufmerksam. Damit sie sich nicht hinterrücks überrascht fühlten, ergriff er das Wort:

»Äh, Entschuldigung! Ich möchte nicht stören, aber dürfte ich euch um Hilfe bitten?«

Der Gesang verstummte, und viele kleine Gesichter blickten ihn an.

»Meine Freundin und ich sind seit vielen Tagen unterwegs und haben schon lange nichts mehr gegessen. Habt ihr vielleicht ein Stück Brot für uns?«

Die Elfen schienen vom Anblick eines Fees nicht sonderlich beeindruckt zu sein. Francis konnte lediglich ein wenig Getuschel hören. Da sprang ein Elf auf den Ast, auf dem Francis saß.

»Wie heißt du?«, fragte er, während er die Hand zur Begrüßung ausstreckte.

»Ich bin Francis.« Francis ergriff die dargebotene Hand und schüttelte sie.

»Ich heiße Besel und bin der Anführer unseres kleinen Stammes. Willkommen im Elfenwald, Francis. Nimm dir, was du brauchst, und feiere mit uns. Was unser ist, ist dein«, sagte er. Dann drehte er sich wieder um und sprang zurück auf den Ast, von dem er gekommen war, reichte einer Elfin, die dort alleine stand, die Hand und wirbelte sie munter im Tanze herum. Auch die anderen Elfen verloren das Interesse und widmeten ihre Aufmerksamkeit den Beschäftigungen, denen sie zuvor nachgegangen waren.

Francis wäre der Einladung überaus gerne gefolgt – es schien ihm eine Ewigkeit her, dass er ein ausgelassenes Fest mit reichlich Speis und Trank gefeiert hatte – doch er wollte nicht, dass Fabila sich Sorgen machte. So flog er Besel hinterher.

»Vielen Dank für die Einladung. Aber meine Freundin ist leider kein Fee, sondern ein Folf, und sie ist auch viel zu groß, um hier hochzuklettern, geschweige denn auf den Blättern zu tanzen. Könnt ihr uns vielleicht helfen, etwas zu essen zu finden, das auch sie satt macht?«

Der Elf wandte sich ihm zu. Sein Interesse schien geweckt.

»Ein Folf? Wie spannend. Wir dachten, die Folfe seien ausgestorben. Seit Jahrhunderten wurde keiner mehr gesehen. Wo ist sie denn?«, fragte er.

Francis wies nach unten und war überrascht, als er Fabila sah, die sich auf halber Höhe des Baumes von Ast zu Ast hangelte.

»Das ist toll!«, rief sie ihm zu. Mit erstaunlicher Eleganz kletterte sie hinauf, bis sie zu den ganz dünnen Ästen der Baumwipfel kam, die sie wohl nicht mehr tragen würden. Dort ließ sie sich in einer Astgabel nieder. Im Nu hatten sich Elfen um sie geschart, die von ihr mehr über die Folfe wissen wollten und ihr Leckereien mitbrachten, um sie zum Reden zu bewegen. Und so wurden Francis und Fabila zu Ehrengästen auf einer Elfenparty.

»Ich würde sagen, unsere Lieblingsbeschäftigung ist das Handwerk.« Fabila beantwortete die Fragen der Elfen, während sie sich Früchte, Käse und frisch gebackenes Brot in den Mund schob. »Die begehrtesten Berufe bei uns sind Steinmetz oder Schmied. Ich glaube, wir mögen es, wenn wir nach getaner Arbeit etwas in der Hand halten können, ein Ergebnis sehen.« Ihr Blick blieb an Francis hängen, der sich einen ruhigen Platz auf einem Zweig im Nachbarbaum gesucht hatte, den Kopf an den Stamm gelehnt, die Augen geschlossen. Ihn schien niemand auszufragen. »Wieso interessiert ihr euch eigentlich so sehr für uns Folfe?«, richtete sie sich nun selbst neugierig an die Elfen.

»Na ja, wir dachten, euch gibt es nicht mehr.«

»Keiner von uns hat je einen von euch gesehen.«

»Aber seit Generationen erzählen Eltern und Großeltern ihren Kindern von euch.«

»Von früher, als ihr noch in den grünen Hügeln hinter der Stadt gelebt habt.«

Fabila blickte erstaunt auf.

»Wir haben früher hier gelebt?«

»Na klar.« Die Elfen nickten. »Weißt du das nicht?« Nun war es an ihnen, sich verwundert anzuschauen.

»Aber was ist dann passiert? Wieso sind wir gegangen?«

Die Elfen schwiegen. Erst nach ein paar Sekunden rang sich ein junger Elf, der sich als Stefel vorgestellt hatte, zu einer Antwort durch.

»Ähm. Äh ja, das ist keine so schöne Geschichte.« Stefel, der die Folfin eben noch begeistert ausgefragt hatte, kratzte sich am Kinn und beobachtete Fabila. Dann fasste er sich ein Herz: »Uns wurde erzählt, dass ihr alle getötet wurdet.« Er blickte sie mitfühlend an.

»Getötet? Von wem? Warum?« Ihre Stimme überschlug sich, durchbrach das fröhliche Miteinander der nächtlichen Feier und erregte die Aufmerksamkeit des kleinen Fees und der anderen Elfen, die sich nun wie ein Schwarm überdimensionierter Bienen auf jedem freien Zweig rund um Fabila niederließen. Auch Francis flatterte zu ihr hinüber.

»Was ist hier los? Wer wurde getötet?«, fragte der Fee.

Unsicher blickte Stefel zu Besel, seinem Anführer. »Ich habe ihr gerade erzählt, dass unsere Großeltern uns manchmal Geschichten von den Folfen erzählen. Sie wusste nicht, dass sie früher hier gelebt haben.«

»Oh«, »Wirklich nicht?«, »Aber wie ist das möglich?«, murmelte es von allen Seiten, bis Besel schließlich Einhalt gebot. Er betrachtete die Folfin mit Interesse.

»Du weißt gar nichts über eure Vergangenheit?«

Fabila zögerte, schüttelte den Kopf.

»Wir leben auf einer Insel im Meer und wussten nichts von diesem Land hier oder von seinen Bewohnern. Wir dachten, wir seien alleine auf der Welt, und unsere Insel war für uns die Welt. Als Kärlchen verschwand und Francis plötzlich da war, habe ich das erste Mal davon gehört, dass es jenseits des Meeres Leben gibt.«

Der Elf runzelte die Stirn.

»Wie seltsam«, murmelte er zu sich, bevor er sich an Fabila wandte. »Noch vor ein paar hundert Jahren wart ihr ein großes Volk, das die Hügellandschaft hinter dem Wald bewohnte. Doch dann kam der große Krieg, und mit dem Krieg erschienen finstere Gestalten, denen der Sinn nach Zerstörung und Plünderei stand. Wir Elfen haben uns alle versteckt, einige Völker haben sich bewaffnet und gekämpft. Doch ihr wolltet eure Dörfer weder verlassen noch zu den Waffen greifen, dachtet, euch würde niemand etwas tun, weil ihr ja schließlich auch niemandem etwas getan hattet. Und dann kamen sie, marschierten in eure Wohnzimmer, stahlen euer Hab und Gut und töteten, wen sie vor ihre Säbel bekamen. Eure geliebten Villen brannten sie bis auf die Grundmauern nieder. Der Rauch der Ruinen hielt sich tagelang in den Hügeln, euch Folfe haben wir seitdem nie wieder gesehen. Wir waren uns sicher, dass ihr alle gestorben seid. Doch nun bist du da.« Er lächelte. »Willkommen zurück.«

Fabila schluckte.

»Gibt es sie noch, die Ruinen unserer Dörfer?«

Besel schüttelte den Kopf.

»Es wurde alles abgetragen und für den Aufbau der Burg und der Stadt verwendet. Wo eure Dörfer waren, sind jetzt nur noch grüne Wiesen und ein paar Felder, auf denen Bauern Ackerbau betreiben.«

Langsam nickte die Folfin.

»Ich glaube, ich würde jetzt gerne schlafen. Ist es denn am Waldboden sicher?«, fragte sie mit schwacher Stimme.

Besel gab seinem Volk ein Zeichen zum Aufbruch. Die Elfen sprangen behände von Ast zu Ast, hinüber zu benachbarten Baumwipfeln, um im Mondschein ihr Fest wieder aufzunehmen, nur der Anführer blieb zurück.

»Eigentlich schon. Nur in den letzten Tagen sind ungewöhnlich viele Vampire durch den Wald gezogen. Meistens machen die aber einen Bogen um uns herum. Wir essen so gerne Knoblauch, und den Geruch mögen die gar nicht. Aber am besten bleibst du hier oben. Das scheint doch ganz bequem für dich zu funktionieren. Und wir passen auch etwas auf. Keine Sorge!«

»Oh – wir suchen einen Vampir, der sich Heinrich nennt. Kennt ihr den?«, fragte Francis.

»Nein, nein, wir verkehren nicht mit den Vampiren. Es gibt nur am Rande des Waldes eine Vampirhöhle, die sie als Tagesstätte nutzen. Deshalb kommen hier öfters welche vorbei. Ich schätze, da findet irgendein Treffen statt, so ein hohes Aufkommen gab es selten. So, jetzt muss ich mal wieder zu meiner hübschen Freundin. Sie hat mir noch einen Tanz versprochen.« Er grinste. »Wir schlafen gerne lang – aber morgen Mittag seid ihr herzlich eingeladen zum Frühstück«, ließ der Anführer der Elfen noch wissen, bevor er sich mit einer kleinen Verbeugung davonmachte.

»Irgendwie passt es, findest du nicht auch?«, murmelte die Folfin, das Kinn auf die Knie gestützt.

»Was meinst du?«

»Na, dass wir so ängstlich sind. Wir haben schlechte Erfahrungen gemacht. Deshalb pferchen wir uns auf einer Insel ein – der einfachste Weg, um zu verhindern, dass uns das noch einmal passiert. Die Dorfältesten lassen uns glauben, jenseits des Meeres lauere nichts als der Tod. Vielleicht ist es ja sogar so. Vielleicht bringe ich uns ja alle in Gefahr.«

»Fabila, das ist Quatsch. Wir haben doch tolle Wesen hier getroffen. Die Grasgänger, die Elfen – ich wüsste nicht, warum du jemanden in Gefahr bringen solltest. Und ich finde es einfach nicht in Ordnung, euch bewusst anzulügen. Wenn ihr die Wahrheit kennt, könnt ihr eine sinnvolle Entscheidung treffen, wie ihr euch verhalten sollt. Und wenn man euch die Wahrheit vorenthält – na ja, wie sollt ihr dann wissen, was richtig ist?«

Fabila dachte nach.

»Ich glaube nicht einmal, dass Hallibert davon wusste. Er hätte doch anders reagiert. Gut, er war ängstlich und wollte uns nicht gehen lassen, aber wenn er das gewusst hätte, hätte er sicher entweder die Wahrheit oder ein Schauermärchen erzählt, um uns abzuhalten. Vielleicht sind diejenigen, die Bescheid wussten, alle tot und haben ihr Geheimnis mit ins Grab genommen.«

»Oder es war einfach ein ganz anderer Stamm von Folfen. Das kann doch auch sein. Ich meine, wir Feen haben zwar ein Feenreich, wo die meisten von uns zu Hause sind, aber es leben auch Feen außerhalb, in ganz verschiedenen Gegenden.« Der Fee nickte, wie um sich selbst zu bestärken. »Ja, weißt du, ich glaube, das ist es. Mach dir nicht so viele Gedanken. Folf ist doch nicht gleich Folf. Lass uns lieber morgen herausfinden, ob die Elfen etwas über die Entführungen wissen.« Mit diesen Worten kuschelte er sich in das dichte Fell auf Fabilas Bauch, wartete, bis sich dieser gleichmäßig hob und senkte, und fiel, begleitet vom beruhigenden Gesang der Elfen, in einen tiefen Schlaf.

Die Sonne stand schon hoch am Himmel, als sie vom Duft gegrillter Speisen erwachten. Gemüse brutzelte über einem offenen Feuer, und die Elfen begrüßten ihre Gäste fröhlich.

»Setzt euch zu uns. Wir haben extra für euch gekocht.«

Fabila kam der Aufforderung sofort nach und griff beherzt zu. Auch Francis knurrte der Magen, doch er nahm sich nur ein Stück Möhre und kaute langsam darauf herum, während er sich unauffällig über die gewölbte Körpermitte fuhr. Der Bauch war in den letzten Wochen ein klein bisschen weniger geworden. Nicht viel, aber immerhin. Doch gestern Abend hatte er beim Essen so zugeschlagen, dass er sich einbildete, zu fühlen, wie die Leckereien seine dahingeschmolzenen Fettkämmerchen wieder auffüllten. Fabila beobachtete ihn aus den Augenwinkeln.

»Nun iss doch, wer weiß schon, wann wir wieder etwas zwischen die Zähne bekommen auf unserem Weg zur Stadt.« Dann stieß sie ihn leicht an und flüsterte ihm ins Ohr: »Ein kleines Bäuchlein hat doch seine Vorteile – oder hast du letzte Nacht etwa nicht gut geschlafen in deinem weichen Bettchen?« Lä-

126

chelnd strich sie sich über den Bauch, bis Francis schließlich auch schmunzelte, sich ein mit Käse überbackenes Brot schnappte und herzhaft hinein biss.

»Was führt euch eigentlich hierher?«, richtete ein Elf das Wort an die beiden. Es war Stefel, der aufgeweckte Junge vom vorigen Abend.

»Wir sind auf der Suche nach Fabilas Freund.«

»Und der ist hier? Wollte er von eurer Insel weg und ist einfach abgehauen, ohne euch Bescheid zu geben?«

»Nein, er ist nicht abgehauen.« Fabilas Augenbrauen zogen sich über ihren Augen zusammen wie ein drohendes Donnerwetter.

»Er ist verschwunden. Einfach so. Direkt vor mir. Puff. Weg war er.«

»Ah.« Der Elf nickte wissend.

»Was heißt das, ah?«, fragte Fabila.

»Das waren dann wohl die Schriftsteller.«

»Ihr habt auch davon gehört? Passiert das öfter?«

»Na klar. Kein Grund zur Sorge. Sie leihen sich uns als Charaktere für ihre Geschichten aus. Ist meist recht witzig.« Stefel kaute munter vor sich hin.

»Wie – wurdest du auch schon einmal entführt?«

»Ja. Boah, das war krass, ich habe bei einem Jungen gelebt, der überall mit dem Skateboard hingefahren ist. Und irgendwann hat er mir dann auch ein Skateboard gebaut, ein kleines. Kennt ihr Skateboards? Ist total cool, kann man super Tricks damit machen. Und man kommt megaschnell voran. Also, natürlich nur auf ordentlich asphaltierten Straßen. Die sind ja hier eher selten.«

»Moment, stopp! Was ist denn eine asphaltierte Straße? Und viel wichtiger, wie bist du wieder hergekommen?«

»Also, eine asphaltierte Straße ist eine Straße, die aus einem einzigen Stein gemacht ist. Ganz glatt, ohne Hubbel und so. Und ich bin wieder zurückgekommen, als die Geschichte aus war.«

»Die Geschichte war aus?«

»Ja. Dann brauchen sie einen nicht mehr und schicken einen zurück.«

»Aber gibt es auch Fälle, in denen man nicht zurückkommt?«, sprang Francis ein. Der Elf legte den Kopf schräg.

»Ja schon. Einmal waren zwei Großcousins von mir in einer Geschichte. Und nur einer ist zurückgekommen. Der hat dann erzählt, dass sie einen Autounfall hatten und sein Bruder dabei gestorben ist, in der Geschichte.«

»Was ist ein Autounfall?«, fragte Fabila.

»Autos sind Blechkästen mit vier Rädern. Die werden mit irgendeinem Zauber, den die Menschen Benzin nennen, angetrieben. Damit fahren sie dann auf den asphaltierten Straßen herum, von denen ich vorher erzählt habe. Autos fahren noch schneller als Skateboards. Menschen fahren ständig mit den Autos und auch richtig weite Strecken. Dann können sie nämlich woanders wohnen als arbeiten. Und manchmal sind zu viele Auto zu schnell auf den Straßen unterwegs und wenn sie dann nicht aufpassen, knallen sie ineinander. Und weil sie so schnell sind, gehen sie dabei kaputt. Und wenn jemand im Auto sitzt, geht der leider auch meistens mit kaputt. Das nennt man Autounfall.«

»Aha.« Fabila runzelte die Stirn. »Und was ist dann passiert?«

«Als die Geschichte zu Ende und mein Großcousin wieder zuhause war, da war mein anderer Großcousin dann einfach nicht mehr da. Das war ganz schön traurig. Aber das ist selten, die meisten von uns kehren wieder zurück. Ich glaube, die Schriftsteller haben keinen Grund, uns umzubringen.«

»Was heißt, keinen Grund? Wonach entscheiden sie das?«, fragte Fabila.

»Du stellst Fragen. Keine Ahnung, habe noch nie ein Buch geschrieben. Aber echt, mach dir nicht so viele Sorgen. Immer hier im Elfenwald oder auf eurer Insel, das wird doch langweilig. Ein bisschen Abenteuer braucht der Elf. Und ein Folf doch bestimmt auch.«

Fabila ignorierte den Einwurf.

»Und hast du eine Idee, wie wir den Schriftsteller finden können, der meinen Verlobten entführt hat? Ich würde ihm gerne sagen, dass er ihn wieder freilassen soll.«

Der Elf lachte auf. Doch Fabilas ernster Blick brachte ihn zum Schweigen.

»Entschuldigung«, sagte er kleinlaut. »Du meinst das ernst, nicht wahr? Es tut mir leid, dass dein Verlobter verschwunden ist. Aber ich weiß wirklich nicht, wie ich dir da helfen kann. Ich habe noch nie davon gehört, dass einer von uns mit einem Schriftsteller direkt gesprochen hat. Guck mal, als ich in meiner Geschichte war, da war ich wie eine Marionette. Nicht, dass das schlimm war, aber ich habe gedacht, was der Schriftsteller geschrieben hat, und ich habe gemacht, was er geschrieben hat. Und es war nicht so, dass es gegen meinen Willen war, ich hatte nur gar keinen anderen Willen. Erst als ich wieder hier zurück war, habe ich das Ganze reflektiert. Es war auch ganz witzig, ich hatte immer die Stimme des Schriftstellers im Ohr. Der hat irgendwie alle Handlungen kommentiert. Einmal hat er selber gesagt, er sei ein auktorialer Erzähler. Andere haben mir erzählt, sie haben gar nichts von der Anwesenheit eines Schriftstellers bemerkt. Du kannst sie ja mal fragen. Ich stelle dir gerne alle vor, von denen ich weiß, dass sie entführt wurden.«

»Aber woher weißt du dann überhaupt, dass du von einem Schriftsteller entführt wurdest?«

»Eine gute Frage eigentlich. Uns wird schon als Kindern erzählt, dass Elfen ab und zu von Schriftstellern entführt werden. Von daher war ich nicht sonderlich überrascht und habe mir nie Gedanken darüber gemacht.«

Er legte den Kopf schief.

»Aber es ist ja auch so: Wesen verschwinden und kehren zurück. Und wenn sie wieder da sind, erinnern sie sich an verrückte Abenteuer, die in einer ganz anderen Umwelt mit ganz anderen Naturgesetzen stattgefunden haben müssen. Wir sind ein weit gereistes Volk, wir wissen, was in unserer Welt möglich ist. Diese Abenteuer müssen sich ja in irgendeiner Fantasiewelt abspielen. Und irgendjemand muss die Fäden in den Händen halten und uns hier wegholen. Ob das jetzt Schriftsteller sind oder Götter – ist doch egal.«

Fabila nickte langsam. Jetzt hatten sie jemanden gefunden, der in einer Geschichte gewesen war, und trotzdem waren sie keinen Schritt weiter. Sie mussten noch mehr erfahren, irgendeinen Anhaltspunkt finden, verstehen, was Kärlchen wohl gerade erlebte.

»Aber – also wusstest du in der Geschichte, dass du eigentlich hier lebst?«

Stefel dachte nach. »Ich glaube so ganz tief im Innern schon. Aber nicht bewusst, ich habe einfach gar nicht daran gedacht.«

»Und wie war das, als du entführt wurdest? Hat es weh getan?«

»Ach Quatsch. Das ging ganz schnell. Es wurde irgendwie angenehm hell um mich herum, und schon war ich dort.«

»Als wärst du in einer Sternschnuppe gereist?«

»Ja, so könnte man das wohl sagen.«

»Also deshalb das Licht.« Sie starrte vor sich hin. »Und – wenn du wie eine Marionette warst, warst du überhaupt du selbst? Wie sahst du denn aus?«

»Über die Frage habe ich tatsächlich auch nachgedacht, als ich wieder hier war. Ich konnte es zwar nicht beeinflussen, aber mein Handeln, das hat schon irgendwie zu mir gepasst. Und ich sah auch so aus, wie ich aussehe. Also ich hatte ganz andere Klamotten und eine andere Frisur und solche Sachen, aber nicht plötzlich dreimal so lange Beine und einen Buckel.«

Fabila war niedergeschmettert.

»Das heißt, Kärlchen ist jetzt irgendwo in dieser Parallelwelt und denkt noch nicht einmal an mich. Und er durchlebt wahrscheinlich ein Abenteuer, auf das er keinerlei Einfluss hat und bei dem er jederzeit von seinem Schriftsteller umgebracht werden könnte?«

Der Elf zögerte.

»Na ja, wie gesagt, mach dir nicht so viele Sorgen. Vielleicht ist es ja ein tolles Abenteuer! Im Leben ist doch nur eines sicher: der Tod. Man kann doch nicht auf alles verzichten, nur weil einem etwas passieren könnte! Ich zum Beispiel werde nächsten Monat auf Wanderschaft gehen. Ein Jahr lang darf ich nicht zurückkehren, das ist Brauch bei uns. In der Zwischenzeit muss ich andere Elfenvölker besuchen und lernen, mich alleine durchzuschlagen. Und wenn ich dann wieder da bin, kann ich allen von den neuesten Entwicklungen in der Welt erzählen. Das hilft sogar, unser Volk zu schützen, weil wir dann nicht völlig unvorbereitet sind, wenn sich wieder Unruhen zusammenbrauen. Das funktioniert gut für unser Volk, da könnt ihr Besel fragen. Ab und zu kommt es zwar auch bei den Wanderschaften einmal vor, dass jemand nicht zurück kommt – vielleicht, weil es ihm woanders gut gefällt, vielleicht, weil etwas passiert ist. Aber auch wenn man hierbleibt, kann man krank werden und sterben. Man kann sich einfach nicht gegen alles wappnen.«

Fabila lauschte den Worten des Elfen ungläubig. Sie konnte seine Gelassenheit nicht verstehen. Wenn sie sich auch nur vorstellte, dass Kärlchen womöglich nie zurückkäme, wurde ihr schlecht und alle Kräfte verließen ihren Körper. Daran zu denken, hatte sie sich seit ihrem Aufbruch verboten. Sie hatte sich mit der Hoffnung getröstet, dass sie nur andere Wesen finden müssten, die von einer Entführung zurückgekommen waren, um Kärlchen mit deren Hilfe retten zu können. Doch auch die anderen Entführungsopfer, die Stefel ihnen noch vorstellte, wussten nicht, wie man mit den Schriftstellern in Kontakt treten oder den Verlauf einer Entführung beeinflussen konnte. Die Hoffnung zerbröselte Stück für Stück mit jedem Elfen, mit dem sie sprachen. Aber ein Rest glühte dafür umso heftiger: Heinrichs Idee. Ob er es wohl geschafft hatte, mit der Schriftstellerin Kontakt aufzunehmen? Sie mussten Heinrich finden. So drängte die Folfin darauf, schnell aufzubrechen, und sie verließen das Elfenvolk mit frisch gefüllten Vorratstaschen und freundlichen Abschiedsworten.

Als es gen Abend dunkel wurde, meinte Francis aus dem Dickicht Augen blitzen zu sehen. Er blinzelte kurz, da er seinen Sinnen nach dem Wein des gestrigen Tages noch nicht ganz traute, und stellte fest, dass dort nichts war. Erleichtert flog er weiter, bis Fabila vorschlug, sich eine Raststätte für die Nacht zu suchen. Francis stimmte ein, doch als die Zeit kam, sich schlafen zu legen, konnte er kein Auge zutun. Unruhig wälzte er sich hin und her. Wann immer er begann, wegzudämmern, kam ihm das Augenblitzen wieder ins Gedächtnis. Er beschloss, die leise schnarchende Fabila nicht zu beunruhigen, und machte sich auf, die Umgebung ihres Lagers auszukundschaften. Francis hielt sich eng unter den dicht belaubten Baumkronen, um sich vor fremden Blicken zu schützen. Was hatte ihn nur so beunruhigt? War es nur die Erwähnung der Vampire gewesen? Oder hatte er wirklich etwas gesehen? Rings um das Lager konnte er nichts und niemanden entdecken. Er zog größere Kreise. Dann schließlich hörte er Stimmen, ganz dumpf, in der Ferne. Er hielt den Atem an, um besser hören zu können, doch es half nichts, er musste näher heran. Schließlich sah er sie.

Zwei Vampire trieben eine kleine Herde von nackten Tieren mit seltsam geformten Nasen vor sich her. Anstelle von zwei Nasenlöchern hatten die Tiere gleich vier, da ihre Nasenflügel sich überkreuzten. Sie reagierten auf jedes Signal der Vampire, wobei sie ihre Köpfe demütig zwischen den Vorderfüßen einzogen, und einen Buckel machten. Francis hatte noch nie so hässliche Wesen gesehen. Die Vampire hingegen waren deutlich besser gekleidet als die letzten Exemplare. Der eine war groß und trug ein graues Gewand mit einem auffällig roten Umhang, der andere war etwas untersetzt und hielt sich an dunkle Farben. Und sie stanken auch nicht.

»Endlich unternimmt Johanna etwas. Ich dachte schon, sie schaut der Sache ewig zu.«

»Tja, jetzt wurde ihr Geliebter entführt, persönliche Betroffenheit, sag ich da nur.«

»Als würde es nicht reichen, dass wir ihr seit Wochen in den Ohren liegen. Früher ist es ja nur ab und zu passiert, aber in den letzten Monaten ist einer nach dem anderen verschwunden. Und die meisten kommen ja nicht zurück. Diese Schriftsteller müssen uns echt hassen. Meinst du, es ist ein gezielter Angriff?«

Der große Vampir dachte nach.

»Nicht wirklich. Ein paar kommen ja schon zurück. Und die erzählen von spannenden Geschichten, in denen sie waren. Wieso sollten die Schriftsteller sich die Mühe machen, ihre Geschichten spannend zu gestalten, wenn es nur darum geht, uns auszurotten?«

»Ja. Wahrscheinlich hast du recht. Aber irgendwas muss da doch passiert sein.«

»Tja, das finden wir wohl so schnell nicht heraus. Die nächste Sonnenfinsternis ist erst in ein paar Monaten.«

»Wenn das mal nicht zu spät ist.«

»Ja, das ist das Problem. Deshalb glaube ich, sie wird Belohnungen für jegliche Art von Hinweisen ausloben, egal wie sie eingeholt wurden. Lothar, ich glaube, sie wird den Pakt mit den anderen Wesen brechen.«

»Was? Wirklich? Das würde ja bedeuten –«

»Ja. Es bedeutet Chaos.«

»Die Ausgestoßenen werden das ausnutzen, nicht wahr?«

Der große Vampir nickte.

»So wird es wohl sein.« Er seufzte. »Wir sind gleich da. Lass uns von etwas anderem reden.«

Kurz darauf lichtete sich der Wald, und Francis musste zurückbleiben, um nicht entdeckt zu werden. Aus seinem Versteck sah er nun Hunderte dieser Kreuznaser auf einer Wiese grasen, während die Vampire sich einer knorrigen Eiche mit weit aus dem Boden ragendem Wurzelwerk näherten. Sie unterhielten sich kurz mit zwei Vampiren, die davor saßen und Gitarre spielten, dann verschwanden sie in einem Loch unter den Wurzeln. Da hörte Francis hinter sich ein Knacken. Instinktiv wandte er sich um, und sah einen schlecht gekleideten Vampir im Gehölz verschwinden. Ein Ausgestoßener! So wie die Vampire, die seine Bären gejagt hatten. Und Fabila lag ganz allein unbewacht, schlafend, in diesem Wald.

7

»Wir sind das Volk der Zwerge,
uns gehör'n die Berge,
Silber, Gold und Edelstein,
alles wird bald unser sein.

Wir arbeiten unter Tage,
schaffen hart, gar keine Frage,
Hammer schwingen, Lieder singen,
bis uns uns're Taschen klingen.

Wir sind das Volk der Zwerge,
wir lieben uns're Berge,
und komm'n wir wieder raus,
hab'n wir Gold, bau'n uns ein Haus.«

Die Zwerge marschierten in Zweierreihen auf eine
Öffnung im Berg zu und sangen dabei aus vollem
Halse. Sie trugen Spitzhacken und Schaufeln aus
Stahl, fast so groß wie sie selbst und sicherlich
schwer, doch sie lehnten sie so lässig über ihre Schultern, als wären sie aus Pappe. Ein paar von ihnen
schoben große eiserne Schubkarren vor sich her, doch
auch von ihnen war kein Schnaufen zu hören. Die

vorderste Reihe der Zwerge verschwand im Berg, so dass ein ums andere Mal ein anderes Paar zur vordersten Reihe wurde – um dann auch zu verschwinden.

Jacob, Djamila, Alex und Benjamin beobachteten die Zwerge aus der Ferne.

»Was machen die da nur?«, fragte Benjamin neugierig.

»Und warum singen sie die ganze Zeit?«, wunderte sich Alex.

»Ich weiß es nicht«, erwiderte Jacob. »Aber wir werden es wohl nur herausfinden, wenn wir es uns mal anschauen.«

»Aber meint ihr, das hilft uns, Francis zu finden? Was soll er denn hier bei den Zwergen?« Djamila blickte nachdenklich. »Allerdings verstehe ich eh nicht, was er außerhalb des Feenreichs will.«

»Also, ich bin ja dafür, dass wir da einfach hinfliegen und die Zwerge fragen, ob sie ihn gesehen haben.« Benjamin blickte begeistert in die Runde. »Das geht doch viel schneller. Entweder ja, dann finden wir ihn bald, oder wir ziehen halt weiter.«

»Das haben wir doch besprochen.« Jacob schüttelte den Kopf. »Ich lasse nicht zu, dass ihr euch in Gefahr begebt. Wir machen uns jetzt unsichtbar und schauen erst einmal, was die da treiben und ob sie vertrauenswürdig sind. Und dann entscheiden wir, ob wir sie ansprechen.«

So flogen die Feen unsichtbar und lautlos direkt auf die Zwerge zu, suchten sich eine leere Schubkarre aus und platzierten sich so, dass sie hinausspähen konnten. Sie verhielten sich mucksmäuschenstill, beobachteten aber das Treiben um sie herum mit weit geöffneten Augen und gespitzten Ohren, während sie ins Innere des Berges fuhren.

Der Eingang weitete sich schnell zu einer riesigen Höhle, die mit Fackeln beleuchtet wurde. Schummriges Licht fiel auf seltsame Gerätschaften, deren Funktion die Feen nicht verstanden. In einer Ecke der Höhle schimmerte – schwer bewacht von zehn bis an die Zähne bewaffneten Zwergen – ein Haufen Gold. Djamila entfuhr ein leises »Oh«, liebten doch auch Feenfrauen goldenen Schmuck. Sie errötete sogleich und blickte erschrocken um sich, doch keiner der Zwerge hatte sie gehört. Wie auch, stampften doch Hunderte von Füßen kräftig zu lautem Gesang auf den Steinboden. Hinzu kam ein dröhnendes Klopfen, das lauter wurde, je näher sie dem entgegengesetzten Ende der Höhle kamen. Dann fuhr der Schubkarren in einen schmalen Gang hinein, der nur spärlich mit vereinzelten Lampen beleuchtet war. Immer weiter ging es hinab, ins Innere des Berges. Nach und nach bogen Paare von Zwergen in kaum sichtbare Tunnel ab, bis schließlich auch der Schubkarren der Feen eine scharfe Linkskurve machte und kurz darauf zum Stehen kam. Sie befanden sich in einer kleinen Höhle, kaum drei Meter lang. Die Zwerge packten ihre

Spitzhacken und machten sich an die Arbeit. Singend hieben sie auf das Gestein ein, immer und immer wieder. Dann luden sie den Schotter auf den Schubkarren, fuhren ihn zurück zur Eingangshalle und kamen mit einem leeren Karren wieder, um den Berg weiter von innen auszuhöhlen. Djamila und die anderen flogen nun weiter, den Gang entlang von Arbeitsstätte zu Arbeitsstätte. Doch überall bot sich ihnen dasselbe Bild: Stämmige Zwerge mit langen Bärten, die ausdauernd Gesteinswände mit Spitzhacken bearbeiteten. Also machten sie sich auf den Weg zurück durch das Tunnellabyrinth. Ohne die Schubkarren, die ständig hin und her geschoben wurden, hätten sie den Weg womöglich nicht so einfach gefunden, aber so waren sie schon bald wieder zurück in der Eingangshalle und von dort aus an der frischen Luft im Sonnenschein.

»Ach wie herrlich es hier draußen ist«, seufzte Benjamin und legte sich in eine Gebirgsblume am Wegesrand. Alex stimmte zu:

»Wie können diese Zwerge nur den ganzen Tag unter der Erdoberfläche verbringen? Das ist mir suspekt. Ich würde ihnen nicht trauen.«

»Mir ist vor allem suspekt, dass die nicht miteinander geredet haben. Wie kann man denn die ganze Zeit singen? Woher sollen wir denn jetzt wissen, ob wir uns ihnen zeigen können?«, fragte Djamila.

»Ich würde es nicht machen«, sagte Alex.

»Was schlägst du also vor?«, fragte Onkel Jacob.

»Ich würde sie weiter beobachten. Unsichtbar. Und wenn wir dann einen oder zwei alleine an einem Ort haben, wo wir schnell fliehen können, dann können sich zwei von uns zu erkennen geben und sie ansprechen.«

Djamila seufzte.

»Okay, lasst es uns so probieren. Ich habe auch keine bessere Idee.«

Und so warteten die Feen, bis das Klopfen verstummte und vom Trommeln hunderter Füße abgelöst wurde. In Reih und Glied spuckte der Berg singende Zwerge aus, die ihrem Feierabend entgegen den Hang hinab zu einem geschützten Tal marschierten. An einem Gebirgsbach entlang standen hier Holzhütten, in denen sich Bett an Bett drängte und den Zwergen auf engstem Raum eine Schlafstätte bot. Kaum kamen die Zwerge bei ihrer Hütte an, zogen sie sich ihre Arbeitskleidung aus, legten sie fein säuberlich zusammengefaltet in ein dafür vorgesehenes, mit ihren Namen beschriftetes Fach, nahmen ein Stück Seife, ein Handtuch und ein neues Gewand und sprangen in den Bach, um sich zu waschen.

»Was für ein komisches Volk. Nur Männer! Wo die wohl ihre Frauen haben?«, fragte Djamila flüsternd, während sie das Geschehen weiter beobachtete. Erst als der letzte Zwerg sich gewaschen und mit sauberer Kleidung versorgt hatte, erschien nicht mehr jeder Schritt wie einstudiert. Sie trollten sich zu Gruppen zusammen, erzählten von Abenteuern, prahlten von Schätzen und lachten über die Witze ihrer Kumpanen. Und die Feen saßen unsichtbar daneben und hörten zu.

***

Fabila begrüßte den Fee vorwurfsvoll:

»Du kannst dich doch nicht einfach davonschleichen, ohne einen Ton zu sagen! Ich habe mir Sorgen gemacht! Ich habe sogar –«

»Psst.« Francis spähte hinter die Büsche, die ihr Lager umgaben. Dann flüsterte er: »Lass uns aufbrechen. Der Wald ist nicht sicher. Hier sind zu viele Vampire.«

Fabila erstarrte. Eilig raffte sie ihre Sachen zusammen und folgte dem Fee. Erst als sie ein ordentliches Stück hinter sich gebracht hatten, wagte der Fee ihr flüsternd zu berichten, was er gesehen hatte. Fabilas Fell färbte sich bleich.

»Ach herrje. Ich hatte auch so ein komisches Gefühl. Ich bin aufgewacht und habe gemerkt, dass ich alleine bin, und dann kam mir der Wald plötzlich so laut vor. Überall hat es geknackst und im Gebüsch geraschelt. Meinst du, da war wirklich jemand direkt in der Nähe?«

»Ich hoffe nicht.« Francis sah sie an. »Es tut mir so leid, dass ich dich alleine gelassen habe. Ich weiß nicht, was ich mir gedacht habe.«

»Jetzt bist du ja wieder da. Komm, ich trag dich. Das war bestimmt ein anstrengender Ausflug.«

Am nächsten Mittag überquerten Francis und Fabila schließlich eine Hügelkuppe und sahen die lange herbeigesehnte Stadt vor sich im Tal liegen. Eine Straße schlängelte sich durch grüne Hügel darauf zu und am anderen Ende wieder hinaus, um Reisende weiter bis an den Horizont zu führen. Vereinzelt konnten sie Gruppen erkennen, die – entweder zu Fuß oder in kleinen Pferdekutschen – auf der Straße unterwegs waren.

»Was wohl am Ende des Weges ist?« Fabila blickte neugierig hinab. »Und was diese Leute wohl dazu bringt, die lange Reise auf sich zu nehmen?«

»Ich glaube, sie betreiben Handel. Sie bauen Essen an oder stellen irgendetwas her und gehen dann in die Stadt, um es gegen andere Sachen zu tauschen.«

Fabila dachte nach. »Wir müssen dazu nicht weit gehen. Unser Dorf ist so organisiert, dass wir alles, was wir brauchen, selbst erzeugen.«

»Ja, aber wenn man mehr von einer Sache erzeugt, kann man das oft schneller machen. Weil man genau weiß, wie es geht, und man kann Werkzeug bauen, das einem hilft. Das hab ich von den Zwergen. Sie haben sich die ganze Zeit gerühmt, wie gut sie im Bergbau sind. Ich fand das etwas seltsam, Kohle kann man ja schließlich nicht essen. Aber sie hält warm, und viele andere Wesen brauchen das, also verkaufen

144

sie sie und kaufen sich dafür Essen. Dazu müssen sie auch lange wandern. Auf einer von diesen Wanderungen haben sie mich gefangen genommen.« Bei der Erinnerung an seinen Käfig schüttelte er sich. »Aber was machen wir denn jetzt? Laufen wir einfach schnurstracks auf die Stadt zu wie die Leute auf der Straße?«

Fabila überlegte. »Ich glaube schon. Und dann gehen wir in die Taverne und warten, bis Heinrich auftaucht.«

»Und wenn er nicht da ist?«

»Hast du einen besseren Plan?«

»Nein.«

»Also los.« Entschlossen schnappte Fabila sich Francis, setzte ihn auf ihre Schulter und marschierte los.

Die Stadt beeindruckte Fabila, sie hatte noch nie etwas Vergleichbares gesehen. Alles war größer und belebter als auf ihrer Folfinsel. Anstelle von kleinen, schmuckvollen Häuschen standen hier dicht an dicht riesige Bauten mit winzigen Fenstern. Die Straßen waren eng und mit Steinen gepflastert. Dennoch erhoben sich überall, wo etwas Licht war, Bäume in den Himmel, und ihre Wurzeln wellten das Kopfsteinpflaster, so dass man aufpassen musste, nicht zu stolpern. Kletterpflanzen schlangen sich an den Hausfassaden entlang und überwucherten die Fenster leer stehender Wohnungen.

»Etwas beängstigend hier, findest du nicht?«, flüsterte Francis.

»Nein«, sagte Fabila, obwohl sie besonders fest auftreten musste, damit ihre Knie nicht schlotterten. Sie richtete die Augen starr geradeaus. Sie war jetzt genau da, wo sie sein wollte. Auf dem Weg, Kärlchen zu retten. Und sie würde sich keine Angst einjagen lassen, schon gar nicht von Wesen, die sich überhaupt nicht für sie interessierten. Obwohl sie schon durchaus seltsam aussahen. Direkt vor ihnen ging einer, der fast doppelt so groß war wie die Folfin. Aber er sah schwächlich aus, dürr, die Schultern zu einem Buckel verzogen. Seine Arme reichten ihm bis zu den Knien und hingen schlaff herunter. Ein paar Schritte weiter dagegen lief eine Gruppe kraftstrotzender Vierbeiner in so engen Blümchenkleidern, dass sich die Muskelstränge ihrer Oberschenkel darunter abzeichneten. Dazu trugen sie Hüte, an denen sie einen Pfeifenhalter angebracht hatten. Immer wieder machten sie eine kurze Pause, um ihre Pfeife herauszunehmen und auf drei Beinen genüsslich daran zu ziehen. Noch viele weitere unbekannte Wesen waren unterwegs, doch alle waren mit sich oder ihren Kameraden beschäftigt, ächzten unter der Last, die sie trugen oder gestikulierten wild, um ihre Aussagen in den verschiedensten Sprachen zu unterstreichen. Fabila und Francis konnten ungestört passieren. Doch je näher sie dem Ortskern kamen, desto voller wurden die Straßen, so dass sie sich schließlich nicht mehr zwischen anderen Wesen durchschlängeln konnten, ohne sie zu berühren. Plötzlich streckte sich aus der Masse eine Hand nach Fabilas Bündel aus. Francis, der zum Glück gut aufgepasst hatte, stieß einen schrillen Schrei aus, der in der Geräuschkulisse zwar unterging, aber Fabilas scharfe Ohren dennoch erreichte. Blitzschnell fuhr sie herum, um aber nur noch die Hand zu sehen, die wieder zwischen anderen Wesen verschwand, ohne einen Hinweis darauf, zu welchem Körper sie gehörte. Das Bündel war noch da und vollständig. Sie presste es an die Brust, und so gingen sie weiter, bis sie schließlich vor der Taverne standen. Die schweren Holztüren des alten, mit Efeu überwucherten Steinhauses waren sperrangelweit geöffnet, als wollten sie die Mengen auf der Straße geradewegs hineinströmen lassen. Über der Tür prangte in goldenen Lettern »TAVERNA«, in den Fensterrahmen des ersten Stockwerks hatten es sich Zwerge bequem gemacht und machten sich einen Spaß daraus, ihren Kautabak auf die dicht gedrängt stehenden Passanten zu spucken. Einem dicken, glatzköpfigen, kleinen Mann landete eine dieser Portionen direkt auf dem Kopf. Wütend schwang er die Faust und boxte sich seinen Weg durch die Menge und hinein in die Taverne, um es den Zwergen heimzuzahlen. Seine Kumpane folgten ihm lärmend. Sie alle waren klein, dick und glatzköpfig, jeder Körperteil bildete eine fast perfekte Kugel. Doch hinter der runden Masse ihrer Arme schien sich einiges an Kraft zu verbergen, denn nach kurzer Zeit tauchten sie oben am Fenster auf und ein Zwerg flog in großem Bogen in die Menge. Was wiederum nicht unbedingt Begeisterung bei den unten Stehenden auslöste. Fabila und Francis sahen zu, dass sie weg kamen, und beobachteten mit weit aufgerissenen Augen die sich entwickelnde Schlägerei. Bierkrüge flogen und brachten die Menge zum Schäumen, Fäuste landeten in Gesichtern, Kopfstöße, Tritte, bis man nicht mehr sicher sein konnte, welcher Fuß, welche Hand, welcher Kopf zu welchem Wesen gehörte. Die Gestalten, die sich hier herumtrieben, waren Fabila und Francis ohnehin größtenteils unbekannt und erschienen ihnen zum Teil wie aus nicht zusammengehörigen Gliedmaßen zusammengesetzt. Neben den Kugelwesen gab es zwergengroße Wesen mit eng stehenden Augen und riesigen Hakennasen, Bären mit Hufen – an einem Straßenrand hatten sie sie einen Stepptanz aufführen sehen – oder vogelähnliche Wesen ohne Flügel, die dafür aber riesige Schlappohren hatten. Sie beobachteten das Geschehen eine Weile und überlegten sich, wer wohl mit welchem Grund in die Stadt gekommen war. Einmal kurz sahen sie in der Menge einen grünen Umhang aufblitzen, doch er war so schnell wieder verschwunden, dass Francis' Versuch, ihm hinterherzufliegen, erfolglos blieb. Etwas später wurden die Kämpfenden schließlich müde. Sie wussten nicht mehr, auf wen sie da eindroschen und warum, und so krochen immer mehr Wesen aus dem Knäuel heraus und suchten das

Weite. Am Schluss waren nur noch drei kampflustige Riesenkatzen übrig, die verwundert dreinblickten, als die einzigen, die noch zum Raufen übrig blieben, ihre Brüder waren. So trollten auch sie sich schließlich und machten den inzwischen fest verschlossenen Eingang zur Taverne wieder frei. Nachdem es eine Weile ruhig war, beobachteten Francis und Fabila, wie sich die Tür einen Spalt öffnete. Ein Kopf mit lockigem braunem Haar und riesigen Muschelohren lugte daraus hervor. Als der Wirt sah, dass der Kampf abgeebbt war, zog er die Türen weit auf, duckte sich unter dem Türrahmen hindurch und trat in die Abendsonne. Er war riesig und hatte Schultern, so breit, wie ein Zwerg groß war. Das passte wunderbar zu seinen Ohren, nur der Kopf auf seinem Hals war so klein, dass er etwas verloren wirkte. Er blickte die Straße hinauf, die sich langsam wieder mit Passanten füllte, murmelte etwas vor sich hin und verschwand dann wieder im Inneren. Fabila und Francis fassten es als Einladung auf. Wenn sie Heinrich irgendwo begegnen würden, dann hier nach Sonnenuntergang. Am besten waren sie schon dort, wenn er eintraf.

Francis und Fabila suchten sich einen Platz, von dem aus sie die Tür gut sehen konnten. Dicke Schwaden von Pfeifenrauch vernebelten den Blick und erschwerten das Beobachten der Gäste. Francis wunderte sich nicht, als seiner Freundin schließlich die Augen zufielen. Er ließ sie schlafen, hatten sie doch noch immer keinen einzigen Vampir ausmachen können. Niemand trug Handschuhe beim Bezahlen, niemand hatte einen Stehkragen, um seine Zähne zu verbergen. Schließlich ließ der Wirt einen Gong erklingen und forderte die letzten Gäste auf, zu gehen. Der Fee stupste Fabila an.

»Wir müssen gehen, die Taverne schließt.«

Die Folfin rieb sich die Augen, blickte um sich.

»Oh, hab ich geschlafen?«

»Ja. Aber ich hab aufgepasst. Er war nicht da. Lass uns ein Versteck suchen und morgen Abend wiederkommen. Und bis dahin schlafe ich und du schiebst Wache. Ich bin todmüde.«

Erst in der dritten Nacht bekamen sie Heinrich schließlich zu Gesicht. Der Stehkragen seines grünen Mantels reichte fast bis zu seiner Nase, genau wie die Grasgänger es beschrieben hatten. Fabila weckte den dösenden Fee.

»Da ist er!«, wisperte sie mit einem hoffnungsvollen Lächeln. Francis rieb sich die Augen, und drückte ihre Hand.

»Jetzt finden wir sicher bald deinen Schatz!«

Heinrich betrat die Taverne in Begleitung eines Mannes von ähnlicher Statur. Doch während die Bewegungen des Vampirs im grünen Mantel angespannt und abgehackt wirkten, waren die des anderen weich, fast schlurfend. Er glitt auf einen Barhocker und bestellte ein Bier, das er mit beiden Händen umklammerte, die Schultern nach vorne gewölbt, den Rücken zum Buckel gebeugt. Sein von grauen Strähnen durchzogenes Haar hing ihm wirr ins Gesicht, der Schaum des Bieres blieb über der Oberlippe in seinem Bart hängen, bis er mit der Zunge darüber fuhr. Heinrich stand stumm daneben und wartete, bis das Bierglas leer war. Dann beugte er sich zu dem Mann herunter und redete auf ihn ein. Der versuchte kraftlos, ihn mit dem Unterarm wegzuschieben.

»Lass mich doch in Ruhe«, hörten Francis und Fabila, die die beiden gespannt beobachteten, den Unbekannten murmeln. Dann drehte er sich zum Wirt und bestellte noch ein Bier, woraufhin Heinrich sich einen Platz an einem kleinen Ecktisch suchte, sich zurücklehnte und seinen Blick über die Anwesenden schweifen ließ.

»Meinst du, der andere ist auch ein Vampir?«, fragte Fabila den Fee leise. Der schüttelte den Kopf.

»Ich glaube nicht. Er hat nicht so große, spitze Zähne. Und er trinkt Bier. Wenn ich das richtig verstanden habe, nehmen Vampire nur Blut zu sich.«

»Dann hat Heinrich einen Freund?«

»So toll scheinen sie sich jetzt auch nicht zu verstehen.«

»Stimmt.« Beide schwiegen.

»Na dann – jetzt oder nie, richtig?« Mit diesen Worten nahm Francis seinen ganzen Mut zusammen und flog hinüber zu Heinrichs Tisch.

»Entschuldigung, bist du Heinrich?«

»Wer will das wissen?« Seine Stimme war zwar leise, aber dunkel und furchteinflößend.

»Mein Name ist Francis. Die Grasgänger haben mich zu dir geschickt. Sie sagen, du seist wie ich auf der Suche nach einem Zugang zur Geschichtenwelt.«

Der Vampir musterte Francis. Dann beugte er sich dichter zu ihm:

»Ja, das stimmt. Warst du auch dort?«

»Nein. Aber wir suchen jemanden, der höchstwahrscheinlich dort ist. Um genau zu sein, den Freund meiner Freundin dort drüben.« Francis winkte Fabila heran. »Ihr Verlobter ist am Tag vor der Hochzeit ganz plötzlich verschwunden. Wir nehmen an, dass er von einem Schriftsteller entführt wurde.«

»Und er ist nicht weggelaufen.« Fabila hatte den Tisch erreicht.

»Wir hoffen sehr, dass du uns helfen kannst. Wir haben schon mit anderen Wesen gesprochen, die in Geschichten entführt wurden, aber sie wissen alle nicht, wie man Kontakt zu den Schreibern herstellen kann.«

»Mit wem habt ihr denn gesprochen?«, fragte der Vampir neugierig.

»Mit Schwarz-Weiß-Vögeln, Elfen, und natürlich mit den Grasgängern.«

Heinrich verschränkte die Arme und grinste. »Und sie haben alle keine Ahnung, nicht wahr?« Er schaute sich um, um zu sehen, ob jemand mithörte. Dann beugte er sich vor und flüsterte: »Da meine Freunde euch geschickt haben, will ich euch mal vertrauen. Ich habe einen Weg gefunden. Allerdings ist der nicht so ideal.« Er blickte zur Bar. »Seht ihr den Mann dort? Er heißt Peter. Bei der letzten Sonnenfinsternis habe ich ihn aus der anderen Welt mitgebracht. Und statt ihn in einen Vampir umzuwandeln, wie wir es normalerweise tun, habe ich ihn Mensch sein lassen. Das können die wenigsten Vampire, weil ihr Durst zu stark ist. Aber ich hatte mich ja schon lange auf Enthaltsamkeit trainiert. Nun schreibt er mich in Geschichten, in denen ich trinken kann. Nur leider hasst Peter es hier. Zu Anfang hatte ich Angst, dass er mich in einer Geschichte umbringt oder darin versauern lässt. Deshalb habe ich ihn damals eingesperrt, während er schrieb, und sichergestellt, dass er nur für einen Tag zu essen und trinken hatte. Aber es hat sich herausgestellt, dass er nicht die Macht hat, mich zu töten. Nach ein paar Stunden bin ich immer wieder zurück, egal was er schreibt. Er hat mir die Manuskripte gezeigt. Trotzdem lasse ich ihn noch immer ungern aus den Augen.«

»Er vermisst bestimmt seine Familie.« Fabila hatte mit offenem Mund gelauscht. Ihr war deutlich anzusehen, dass sie zerrissen war zwischen neuer Hoffnung und Entsetzen über Heinrichs Vorgehen.

»Ja, er hat schon versucht, sie herbei zu schreiben oder ihnen eine Nachricht zukommen zu lassen. Aber es hat wohl nicht funktioniert. Wir haben die Theorie, dass man seine eigene Rasse nicht in Geschichten entführen kann. Und, dass das System gestört ist, dadurch, dass er in unserer Welt ist. Wie gesagt, ich bin nie länger als ein paar Stunden in einer Geschichte. In den Geschichten der echten Schriftstellerin war ich zum Teil monatelang. Aber zum Glück reichen ein paar Stunden ja zum Trinken. Jetzt habe ich ihm versprochen, dass ich ihn bei der nächsten Sonnenfinsternis zurückbringe und mir einen anderen Menschen hole. Einen, der spannendere Geschichten schreiben kann. Aber das wird noch ein Weilchen dauern. Mehr kann ich nicht tun.« Heinrich zuckte mit den Schultern.

»Wie bist du denn in die andere Welt gekommen?«, fragte Fabila. Heinrich seufzte.

»Nachhilfeunterricht in Vampirkunde, oder wie? Wenn in unserer Welt und der Menschenwelt gleichzeitig eine Sonnenfinsternis stattfindet, entsteht ein Tunnel, der uns Vampire wie magisch anzieht und in die Menschenwelt katapultiert. Das war schon immer so. Wir haben dann für die Dauer der Finsternis Zeit, uns einen Menschen auszusuchen, mit dem wir uns auf den ersten Blick eine gemeinsame Ewigkeit vorstellen können. Wir können uns nicht viel Zeit lassen, denn sobald der Sonnenschein zurückkehrt, sind wir geliefert. Auf der Rückreise beißen wir dann in der Regel unsere Opfer und wandeln sie so in Vampire um. Ich habe da schon seit Jahren nicht mehr mitgemacht. Aber diesmal dachte ich, ich könnte auf diesem Weg eine Lösung finden. Deshalb habe ich mir den ersten Menschen geschnappt, der ein Vampirbuch in der Hand hatte. Und ich habe ihn einfach nicht gebissen. Leider hat sich herausgestellt, dass das Buch ein Geschenk für seine Tochter werden sollte und er weder Ahnung von Ersatzblut noch Begabung für das Schreiben hat. Immerhin hatte er einen Menschenstift dabei, einen blauen Kugelschreiber. So nennen die Menschen ihre Stifte, weil da vorne eine Kugel drin ist, die Farbe abgibt. Damit hat Peter tatsächlich die Fähigkeit, mich für kurze Zeit wegzuschreiben. Aber die Geschichten, in die er mich schreibt, sind immer todlangweilig.«

»Können denn auch andere Wesen durch diesen Tunnel fliegen?«, fragte Francis.

»Ich hab noch nie welche gesehen. Nur Vampire und ihre Menschen. Ich weiß nicht, ob ihr den Tunnel überhaupt erkennen würdet. Und ihr würdet euch inmitten einer Gruppe mordlustiger Vampire wiederfinden. Unwahrscheinlich, dass ihr da lebend wieder herauskommt.« Heinrich stand auf. »Trefft mich morgen wieder hier. Ich denke über euer Problem nach. Jetzt muss ich mich um meinen Gast kümmern.« Er deutete in Richtung Theke. Peter ließ dort gerade einen heftigen Wortschwall auf den Wirt nieder, der ihm ohne Bezahlung kein weiteres Bier ausschenken wollte.

Der Vampir kramte eine Silbermünze aus seinem Mantel, legte sie mit behandschuhten Händen auf den Tresen und griff Peter unter die Achsel, um ihn von seinem Hocker hochzuziehen und zum Aufbrechen zu bewegen. Er redete sanft auf ihn ein, als ein Windstoß aus der geöffneten Tür ihn mitten im Satz innehalten ließ. Für einen Augenblick blähten sich seine Nasenflügel, dann ließ er Peter los, schob ihm noch eine Münze zu und setzte sich so unauffällig wie möglich an den nächsten Tisch.

Fabila wunderte sich gerade, was Heinrichs Sinneswandel verursacht hatte, als Francis sie entsetzt antippte und zur Tür zeigte. In der Taverne waren plötzlich fünf von Heinrichs Artgenossen. Viel größer und stärker als er, standen sie in der Tür und schauten sich um. Ihre Kleidung starrte vor Dreck, und Fabila musste ein Würgen unterdrücken, als der Geruch sie erreichte. Sie stanken bestialisch! Nach und nach nahmen alle Kneipenbesucher den Gestank wahr, bis schließlich alle Augen auf die Vampire gerichtet waren.

»Ihr habt hier nichts zu suchen!« Die Stimme des Wirts durchschnitt die Stille. »Vampire dürfen nicht in öffentliche Gaststätten.« Zur Unterstreichung seiner Worte holte er einen silbernen Säbel unter dem Tresen hervor und strich mit dem Finger daran entlang.

»Genau deshalb sind wir hier«, sagte der Größte der Vampire. »Einer unserer Artgenossen bricht das Gesetz, und wir sind hier um ihn zu holen.«

»Ach ja? Und wo ist er? Meine Gäste sind friedlich.«

156

Der Vampir reckte den Hals und ließ den Blick über die Anwesenden schweifen.

»Wir haben zuverlässige Informationen, dass er sich hier aufhält.«

»Das könnte er sein.« Ein Vampir, dessen Gesicht eine wulstige Narbe zierte, lief zu Peter und drehte ihn um. Dann blieb ihm der Mund offen stehen. »Ein Mensch!«

Die anderen Vampire sogen gierig den Duft ein, während der Wirt Peter musterte.

»Ein Mensch?«

»Das ist eine Unterart der Vampire«, warf der Wortführer ein. »Wir experimentieren viel, um unseren Durst zu stillen. Oder zweifelst du etwa an, dass er einer unserer Artgenossen ist? Sieh, wir haben exakt die gleiche Statur.« Er trat heran, zog Peter vom Stuhl und schubste ihn in die Arme seiner Kumpanen, die ihn sofort in den Schwitzkasten nahmen und seinen Versuch zu protestieren im Keim erstickten.

Der Wirt setzte zu einer Antwort an, dann wedelte er unwirsch mit der Hand durch die Luft.

»Dann macht jetzt, dass ihr hinauskommt!«

»Einen Moment noch.« Der Hüne ließ sich nicht aus der Ruhe bringen und betrachtete einzeln die Gäste. Fabila drückte sich in die Ecke. Dann fiel sein Blick auf Heinrich. Er grinste.

»Ach da haben wir ja den Gesuchten.« Er klopfte dem Narbengesicht auf die Schulter. »Zumindest hier hattest du den richtigen Riecher. Die Chefin wird sich freuen.« Dann packte er Heinrich, der nicht einmal versuchte, sich zu wehren, am Kragen und zog ihn über den Tisch ganz nahe zu sich heran. Blutspritzer von seiner letzten Mahlzeit stäubten von seinen Lippen und hinterließen ein feines Muster auf Heinrichs blassem Gesicht.

»Sie haben ein Kopfgeld auf dich ausgesetzt. Weil du herumgetönt hast, du hättest einen Weg in die andere Welt.« Der Vampir stieß ein gehässiges Lachen aus. »Dass ausgerechnet so ein Wurm wie du uns mal alle Türen öffnen würde, hätte ich nicht gedacht.«

Er wandte sich zum Wirt und grinste. »Wir sind schon weg.«

Als die Türen sich hinter den Vampiren schlossen, wandten sich die Barbesucher wieder um, als wäre nichts geschehen. Fabila dagegen saß noch immer mucksmäuschenstill in der Ecke und bemerkte erst nach einer ganzen Weile, dass sie die Luft angehalten hatte. Da ging ihre Chance dahin, Kärlchen zu finden. Was sollte sie nur tun? Sie drehte sich um, um mit Francis ihre Optionen zu besprechen. Doch der Fee saß nicht neben ihr.

8

Francis war kurzentschlossen mit Heinrich und den anderen Vampiren aus der Taverne geschlüpft und folgte ihnen jetzt mit einigem Sicherheitsabstand. So konnte er zwar nur ein paar Wortfetzen von dem aufschnappen, was die Vampire besprachen, aber es war klar, dass es auch bei ihnen um die Entführungen ging. Sie hofften, mit Heinrichs Hilfe – egal ob freiwillig oder nicht – das Geheimnis zu lüften, und malträtierten ihn mit Fußtritten, da er nicht auf ihre Fragen antwortete. Schließlich wurden sie es wohl leid und ließen ihre Gefangenen in Ruhe aus der Stadt heraus marschieren. An einer verlassen wirkenden Steinhütte auf einer kleinen Anhöhe mit Blick auf die Stadt und die umliegenden Hügel hielten sie an. Francis beobachtete, wie ein Vampir aus der Hütte heraustrat, sich kurz mit den Ankömmlingen unterhielt und davoneilte. Die anderen verschwanden mit Heinrich und Peter im Inneren der Hütte. Die Fenster der Hütte waren zugenagelt, doch Francis fand einen Spalt, durch den er hindurch spähen konnte.

Kerzen beleuchteten das kärglich eingerichtete Zimmer, durch das Heinrich und Peter zu einer Bank in der Ecke geschubst wurden. Der Hüne klopfte an eine Tür, dann wartete er. Schließlich glitt eine Frau mit wallendem rotem Haar in den Raum.

»Mein alter Freund! Wie schön, dich zu sehen.« Die Frau ging auf Heinrich zu. Er hob den Kopf.

»Wir waren nie Freunde.«

»Ach, lass uns doch die alten Geschichten vergessen. Wen hast du uns denn da mitgebracht?« Sie hob Peters Kinn an und zog seine Oberlippe hoch, um seine Zähne zu begutachten. »Tatsächlich, ein waschechter Mensch. Wie ist das möglich? Und was tut er hier?«

Heinrich schwieg.

»Mein lieber Heinrich. Unsere geschätzte Königin Johanna hat einen Preis für jeden ausgelobt, der hilft, das Töten der Vampire durch die Schriftsteller zu stoppen. Und für jeden, der uns hilft, in die Welt der Menschen zu gelangen und uns zu vermehren. Ich würde dir sogar etwas abgeben von dem Preis. Allerdings werde ich das Blutrecht verlangen. Dass wir wieder jagen können, wie es unserer Art entspricht, dass die Schwächlinge dieser Welt wieder vor uns zittern müssen! Wenn ich mich recht entsinne, interessiert dich dieser Preis nicht.«

Heinrich schüttelte sich.

»Das wird sie dir niemals zugestehen. Das bedeutet Krieg.«

»Wir sind im Krieg, mein Freund. Johannas Lebensgefährte wurde entführt. Hundert Vampire wurden im letzten Monat als vermisst gemeldet. Es ist ein Krieg gegen uns! Sie wird alles tun, was nötig ist.«

»Hundert Vampire?«

»Es scheint, als brächten die Schriftsteller uns ganz gezielt um. Wir müssen uns rächen. Wir müssen für den Erhalt unserer Art kämpfen!«

Peter lachte. Die Frau fuhr herum.

»Was gibt es da zu lachen?«

»Ihr seid am Aussterben, weil die Menschen zu viele Vampirgeschichten schreiben?«

Die Vampirfrau funkelte ihn böse an. Peter lachte weiter und schüttelte den Kopf.

»Wenn die das wüssten.«

Sie wandte das Wort wieder an Heinrich.

»Wie hast du ihn in deine Gewalt gebracht? Wie können wir die Schriftsteller in unsere Gewalt bringen?«

Peter hörte auf zu lachen. Ein Ausdruck des Entsetzens fuhr über sein Gesicht. Er blickte Heinrich an.

»Darüber werde ich mit der Königin sprechen, aber ganz bestimmt nicht mit dir«, entgegnete dieser.

Sie seufzte. »Nun gut, so sei es. Meine Belohnung bekomme ich auch so, wenn ich euch ausliefere.«

Damit wandte sie sich ab und verließ den Raum. Francis beobachtete Peter interessiert. Der schien plötzlich aufgebracht, er schien nun zu verstehen, worum es ging. Er flüsterte auf Heinrich ein. Doch der schüttelte nur den Kopf.

161

»Jetzt kommst du wohl nicht mehr zurück nach Hause. Da kann ich nichts ausrichten«, konnte Francis Heinrich antworten hören. Peter saß einen Moment wie erstarrt da. Dann verzog sich sein Gesicht vor Wut und seine Hand bewegte sich ganz langsam zu seiner Manteltasche. Als er sie wieder hervor zog, blitzte ein Messer auf. Er riss es hoch und stieß es mit aller Kraft in Heinrichs Herz. Der blickte noch erschrocken auf, doch es war zu spät. Er löste sich in Luft auf. Peter zog das Messer wieder hervor und stürzte sich mit einem Wutschrei selbst in die Klinge. Sein Hemd verfärbte sich blutrot, er kippte nach vorne und fiel zu Boden. Die Vampire sprangen herbei, zogen das Messer aus der Wunde und rissen ihm das Hemd vom Leib. Unachtsam warfen sie es beiseite, der Hüne fühlte seinen Puls. Er schüttelte den Kopf.

»Karolina!«, rief er. Sie öffnete die Tür und heulte vor Wut, als sie Peters starre Augen sah. Dann sprang sie voran und hieb ihre Zähne in seine Haut. Die anderen Vampire taten es ihr gleich und stillten ihren Durst.

Francis war entsetzt. Er drehte sich von diesem gruseligen Anblick weg, um abzuhauen, da fiel sein Blick auf das Hemd. Etwas Blaues ragte aus der Brusttasche heraus. War das der Kugelschreiber? Der Fee blickte sich um. Die Vampire waren beschäftigt. Er kroch durch den Spalt zwischen den Holzplanken und setzte dann leise seine Flügel in Bewegung. Er schnappte sich den Stift, schob ihn durch die Öffnung und krabbelte hinterher. Erleichtert seufzte er auf, als er auf der anderen Seite war. Nur weg hier!

Kaum wähnte er sich in Sicherheit, spürte er plötzlich ein seltsames Stechen an seinem Bein. Und noch eins. Ihn überkam ein starkes Bedürfnis, sich zu kratzen, doch der Fee brauchte beide Hände, um den Kugelschreiber zu tragen. Er machte eine kleine Pirouette, um der Ursache auf die Spur zu kommen. Eine dunkle Wolke von Moskitos war ihm auf den Fersen! Wie eine schwarze Schicht umhüllten sie bereits seine Beine, auf der Suche nach direktem Zugang zu seiner Haut, um Stachel für Stachel darin zu versenken und sich an seinem Blut zu laben. Von seinen Beinen krochen sie weiter nach oben. Er versuchte, sie abzuhängen, schneller zu fliegen als sie, doch zu viele hatten sich bereits festgebissen. Panisch ließ Francis schließlich den Stift fallen, versuchte sich zu wehren, schlug nach ihnen, wedelte durch die Luft, klatschte und schaffte es auch, ein paar von ihnen zu zerquetschen, freute sich über die blutigen Hände als Zeichen seiner Gegenwehr – bis ihm klar wurde, dass auch das Blut der toten Moskitos sein eigenes war. Er kämpfte, wand alle seine Kraft auf, doch starb einer der Plagegeister, rückte ein anderer sofort an seine Stelle. Und als ihn dann schließlich die Kräfte verließen, trudelte er von der schwarzen, summenden Wolke umschlossen zu Boden.

***

Fabila indes irrte zunächst verzweifelt durch die Straßen der Stadt, auf der Suche nach Francis. Da sie keine Antwort erhielt, kletterte die Folfin schließlich auf eine große, knorrige Eiche, um einen besseren Überblick zu haben. In einiger Entfernung sah sie eine Gruppe von Gestalten die Stadt verlassen, die aussahen wie die Vampire. War Francis ihnen etwa gefolgt? Oder hatten sie ihn gar unbemerkt entführt? Wie Fabila es auch drehte und wendete, der einzige Weg zu ihrem treuen Begleiter war wohl der, der ihr am meisten Angst einjagte. Und so ließ sie sich am Stamm der Eiche hinab und schlich den Vampiren hinterher.

Schon aus der Ferne sah sie die Steinhütte, die von fahlem Mondlicht beschienen auf der Anhöhe in den Himmel ragte. Während sie voran schritt, zogen dunkle Wolken über dem eingesunkenen Dachfirst vorbei, als wollten sie die Folfin darauf hinweisen, dass hier düstere Mächte am Werk waren. Doch Fabilas Knie schlotterten auch so bereits so stark, dass sich ihre Schritte verlangsamten, bis sie schließlich stehen blieb, um durchzuatmen und zu horchen. Ohne das leise Geräusch ihrer eigenen Schritte fiel ihr nun ein stetiges Summen auf. Und dann sah sie die Quelle des Geräuschs: ein Moskitoschwarm, der zu Boden fiel. Sie runzelte die Stirn. Wieso fiel ein Schwarm zu Boden? Hatte Francis ihr nicht einmal von diesen Moskitos erzählt, die für die Vampire spähten? Sie fasste sich ein Herz und rannte auf den Schwarm zu.

Ein paar der Blutsauger stürzten sich auf sie und versuchten, an ihr warmes, pochendes Blut zu gelangen, doch Fabila ließ sich nicht beirren. Ihr Fell war dicht und schützte ihre Haut. Sie wedelte den Schwarm auseinander und tatsächlich, da lag Francis – und neben ihm ein länglicher, blauer Gegenstand. Behutsam hob sie den Fee auf und streifte die Mücken ab. Francis rührte sich nicht, öffnete nicht die Augen. Doch als sie ihn an ihr Ohr hielt, konnte sie ganz leise seinen schwachen Atem hören.

»Zum Glück, du lebst.« Sie lächelte und ließ den blauen Gegenstand in ihrem Bündel verschwinden. Was das wohl war? Aber das war zweitrangig, zunächst musste sie Hilfe für den Fee finden. Plötzlich hörte sie ganz in der Nähe Stimmen. Die Vampire! Rasch färbte sie sich grasgrün und presste sich dicht an den Boden.

Gebellte Befehle drangen an ihre Ohren, die Tür der Hütte schlug zu, ein wütender Aufschrei und schließlich das Klirren von Ketten. Erst als es still wurde, traute sie sich, den Kopf zu drehen und die Augen zu öffnen, nur um festzustellen, dass sich keine zehn Meter von ihr entfernt eine ganze Ansammlung von Vampiren befand. Eine zierliche, blonde Person bildete den Mittelpunkt. Vor ihr kniete eine Rothaarige, dahinter die Vampire aus der Bar, umkreist von Vampiren, die irgendeine offizielle Funktion zu haben schienen. Sie trugen auf ihren Anzügen ein Abbild des Mondes, genauso wie die Vampire, die hinter der Blonden Aufstellung genommen hatten. Heinrich war nirgendwo zu sehen. Fabila dachte fieberhaft nach, doch es war offensichtlich. Ungesehen würde sie jetzt nicht fortkommen von hier, vor allem nicht, wenn ihr der Moskitoschwarm, der sich frustriert auf ihrem Fell und im Gras niedergelassen hatte, folgte. So kontrollierte sie, dass ihre Farbe möglichst gut an den Untergrund neben ihr angepasst war, hoffte von ganzem Herzen, dass Francis sich ohne fremde Hilfe erholte, und verblieb mit gespitzten Ohren in ihrer Beobachterposition.

»Das ist nicht dein Ernst?« Die hellblonde Vampirin schlug der Rothaarigen mit der flachen Hand ins Gesicht.

»Es tut mir leid, Johanna. Wir haben nicht gut genug aufgepasst. Aber wie konnten wir auch ahnen, dass der Mensch ihn umbringen würde. Und sich selbst!«

»Ich kann es einfach nicht glauben.« Die Blonde atmete tief ein. »Ihr stellt absurde Forderungen, scheucht mich und meine Mannschaft auf, und dann zeigt ihr mir eine bis auf den letzten Blutstropfen leergesaugte Leiche? Wie dumm seid ihr eigentlich?«

«Wie gesagt, es tut mir leid. Meine Männer haben nicht gut genug aufgepasst.«

»Allerdings. Zur Strafe werde ich deine Forderungen umkehren. Ihr werdet nicht nur nicht jagen dürfen, wir werden auch jeden Verstoß gegen unsere Regeln härter ahnden als je zuvor. Sollte mir zu Ohren kommen, dass ihr irgendjemanden überfallt, werdet ihr in den Kerker geworfen. Und von uns bekommt ihr nichts. Kein Kreuznaser wird euch jemals wieder trinken lassen. Habt ihr mich verstanden?«

»Aber wie sollen wir denn dann überleben?«

»Das ist euer Problem. Ach – eine Möglichkeit sehe ich, euch zu begnadigen.« Sie hielt inne. »Wenn ihr eine Lösung findet, die Schriftsteller in Schach zu halten, können wir noch einmal reden. Aber kommt mir nicht wieder mit so einer Dummheit.«

Mit diesen Worten wandte Johanna sich ab, winkte ihrer zwanzig Vampir starken Begleittruppe, ihr zu folgen, und verschwand hinter den Hügeln.

Die übrig gebliebenen Vampire rappelten sich hoch und blickten ihnen hinterher, als könnten sie nicht glauben, was gerade geschehen war.

»Scheiße, wieso könnt ihr nicht einmal etwas richtig machen?«, fluchte die Rothaarige und schlug mit der Faust in ihre Handfläche.

»Ach ja, jetzt sind wir wieder Schuld. Wieso hast du denn nicht besser auf sie aufgepasst?« Der Vampir mit der Narbe, die von der Augenbraue zur Oberlippe verlief und ihm ein furchtbar angsteinflößendes Äußeres verlieh, fletschte die Zähne. Die Rothaarige schubste ihn um und setzte ihm mit einem Sprung hinterher. Nach kurzem Raufen stieß sie ihm das Knie in den Rücken und presste sein Gesicht in den Boden.

»Brauchst du noch eine weitere Lektion, warum man sich nicht mit Stärkeren anlegen sollte?«, zischte sie.

Da legte sich eine Hand auf ihren Rücken. Sie gehörte dem größten der fünf Vampire, dem Hünen mit den erstaunlichen Muskelbergen auf Schultern und Armen.

»Komm, lass ihn. Das bringt doch nichts.«

Für einen Augenblick sah man die widerstrebenden Gefühle im Mienenspiel der Rothaarigen, dann ließ sie von ihrem Gefangenen ab, setzte sich ins Gras und ließ den Blick über ihre Gefolgschaft gleiten. Schließlich rappelte sie sich auf. »Heinrich war ein Schwächling. Jeder von euch ist zehnmal so viel wert. Was er konnte, können wir schon lange. Wir finden einfach selbst eine Lösung für das Schriftstellerproblem!«

Ihr Ausbruch erntete zögerliches Nicken.

»Aber ich war noch nie in einer Geschichte. Ich wüsste jetzt gar nicht, wo ich anfangen soll«, ließ ein Vampir mit einem riesigen Schnauzbart sich vernehmen.

»Ich auch nicht«, seufzte ein Vampir, dessen Gesichtszüge so weich schienen, als hätte jemand eine Portion Wackelpudding direkt unter seine Haut gespritzt.

»Na und – da werden wir schon jemanden finden. Seid nicht solche Angsthasen«, fiel der Hüne ein. »Was Heinrich kann, können wir schon lange!«

»Und wenn wir es nicht können, dann verhungern wir halt«, ergänzte das Narbengesicht leise.

In der betretenen Stille, die auf diese Worte folgte, entfuhr dem bewusstlosen Francis ein Stöhnen. Fabila legte schnell die Hand um ihn, um das Geräusch zu ersticken, doch die Blicke der Vampire waren bereits auf sie gerichtet. Kaum hatte sie sich aufgerappelt, um loszurennen, schloss sich bereits der eiserne Griff der Rothaarigen um Fabilas Arm.

»Was hast du hier zu suchen? Wer bist du?«

Fabila schlug das Herz bis zum Hals. Sprachlos starrte sie auf die Fänge der Vampirin, die direkt vor ihrem Gesicht aufblitzten. Gerade erst, als der Großteil der Vampire aufgebrochen war, hatte sie Hoffnung geschöpft, sie könnte diese Situation unbeschadet überstehen.

»Wird's bald?«, setzte die Rothaarige nach, ehe der Hüne hinzukam.

»Lass uns doch einfach unsere Freunde fragen.« Er schnippte mit den Fingern, woraufhin der Moskitoschwarm sich erhob und auf seinem Arm Platz nahm.

»Wer ist das?«, fragte er.

Der Schwarm stob auseinander und bildete in der Luft ein Fragezeichen. Dann formierten sie sich um zu einem Pfeil und deuteten auf Francis, der in Fabilas Hand lag. Die Rothaarige packte den kleinen Fee zwischen zwei Fingern und schüttelte ihn, doch er regte sich nicht.

169

»Mit dem ist momentan nichts anzufangen.« Mit einer nachlässigen Bewegung warf sie ihn dem Narbengesicht zu. Der Moskitoschwarm umkreiste ihn in der Luft und flog dann zur Hütte und wieder zurück.

»Ich glaube, sie wollen sagen, er war in der Hütte«, sagte der Hüne.

»Interessant. Meint ihr, sie haben etwas mit Heinrich zu tun? Ist doch seltsam, dass sie genau jetzt hier auftauchen.« Die Rothaarige drehte eine Locke zwischen ihren Fingern. Dann verpasste sie Fabila ein paar Ohrfeigen. »Sprich endlich. Was tut ihr hier?«

Fabila biss sich auf die Zunge. Was sollte sie sagen? Blitzschnell ging sie die Optionen im Kopf durch. Heinrich und Peter waren tot. Wegen diesen Vampiren. Sie durften auf keinen Fall wissen, dass auch Fabila und Francis auf der Suche nach den Schriftstellern waren. Die Wahrheit war also ausgeschlossen. Doch was auch immer sie sagte, es musste glaubwürdig klingen.

»Ich heiße Fabila und bin auf der Suche nach meiner Vergangenheit«, stotterte sie. »Meine Art hat früher hier gelebt und mir wurde erzählt, die Hütte sei mit Steinen von unseren Häusern erbaut worden.«

Die Rothaarige wandte den Kopf zur Hütte hinter ihnen. Dann lachte sie.

»Und deshalb läufst du mitten in der Nacht durch die Gegend? Verarschen kann ich mich selbst!«

Sie ohrfeigte Fabila erneut. »Für jede falsche Antwort setzt es jetzt was. Du kanntest Heinrich, nicht wahr?«

»Nein.« Sie musste bei ihrer Aussage bleiben, sonst würden sie ihr gar nichts glauben. »Ich bin –«, doch als sie zu einer weiteren Erklärung ansetzen wollte, traf sie die Faust der Vampirin an der Schläfe und Fabila wurde schwarz vor Augen.

9

Es war stockfinster. Fabila tastete um sich. Ihre Finger strichen über kalte, moosbewachsene Steine, unregelmäßig angeordnet, als hätten sie sich im Laufe der Jahrhunderte verschoben. Sie richtete sich auf, um sich zu orientieren, und stöhnte leise vor Schmerz. Vorsichtig befühlte sie ihr Gesicht. Sie hatte eine dicke Beule an der Schläfe. Diese Vampire! Sie biss die Zähne zusammen. Sie war nicht bereit aufzugeben. Auch wenn die Wahrscheinlichkeit hoch war, dass sie als Vampirmahlzeit endete, sie würde bis zum Letzten kämpfen. Sie brauchte nur einen Plan und als allererstes Licht. Wenn sie denn hier alleine war. Sie lauschte. Nichts. Die Folfin wühlte in ihrem Bündel, holte Feuerstein, etwas Zunder und eine kleine Fackel hervor und entfachte sie. Dann stand sie langsam auf und nahm den Raum in Augenschein. Ein Stuhl und ein Tisch standen einsam in der Mitte des Zimmers, ansonsten sah sie außer einer schweren Holztür nur Steinwände. Sie rüttelte an der Tür, aber die war fest verschlossen und bewegte sich keinen Millimeter. Sie hielt inne, um nachzudenken, da hörte sie ein vertrautes Röcheln aus einer Ecke.

»Francis!« Langsam ließ Fabila sich auf die Knie herab und krabbelte durch den Raum, bis sie den kleinen Fee in einer Ecke auf dem Boden fand. Er regte sich nicht, seine Wangen waren eingefallen und blass, die Flügel erinnerten an welke Blütenblätter. Einzig und allein sein Brustkorb hob und senkte sich leicht und ließ erkennen, dass er regelmäßig atmete. Sie hob ihn hoch und bettete ihn vorsichtig auf ihrem Bündel auf den Tisch. Dabei fiel ihr der blaue Gegenstand auf. Wo der wohl herkam? Dass der einfach so im Gras gelegen hatte, war unwahrscheinlich. Francis musste ihn getragen haben. Sie untersuchte ihn und stutzte. So etwas hatte sie noch nie gesehen. Wenn man hinten draufdrückte, kam vorne ein kleines Metallstück mit einer Kugel heraus, die Farbe abgab. Das musste Peters Kugelschreiber sein! Francis war doch ein geniales Kerlchen. Ach, wenn sie doch nur mit ihm reden könnte. Sie berührte ihn sanft, um ihn dazu zu bewegen, die Augen zu öffnen, doch sie konnte keine Reaktion erzeugen, nicht einmal ein Flattern seiner Augenlider. So setzte sie sich schließlich, das Kinn auf die Hände gestützt, und blieb ganz still, um sicher zu gehen, dass sie jede Unregelmäßigkeit seiner Atmung hören würde. Nur der Holzstuhl knarrte leise, wenn sie ihr Gewicht verlagerte.

Francis hatte viel Blut verloren. Fabila war sich nur zu bewusst, dass er den Blutverlust schwerlich verkraften konnte. Es sei denn – die Folfin richtete sich auf – sie konnte ihm irgendwie neues Blut be-

173

schaffen. Sie hatte das schon einmal beobachtet, im Spital in ihrem Dorf, damals hatte sich ein Folf bei den Bauarbeiten an seinem Haus schlimm geschnitten, und der Arzt hatte dann Blut von seinem Bruder genommen und es ihm mit einer Nadel in die Adern gespritzt. Allerdings erinnerte sie sich auch noch, dass der Arzt gesagt hatte, es funktioniere nicht immer, am besten sei es, wenn das Blut des Spenders dem des Empfängers ähnlich sei. Sie betrachtete den Kugelschreiber in ihrer Hand. Damit hatte Peter doch Heinrich in die Geschichten geschrieben. Und ihn darin mit Blut ernährt. Vielleicht funktionierte das ja auch für sie! Einen Versuch war es jedenfalls wert. Sie versuchte, mit dem Kugelschreiber auf den Tisch zu schreiben, doch die Oberfläche war zu zerfurcht. Hastig holte sie die Landkarte aus ihrem Bündel. Dann schrieb sie darauf:

Francis kommt ins Feenkrankenhaus. Djamila spendet ihm Blut und pflegt ihn gesund.

Die Folfin blickte auf. Der Fee war fort. Sie lachte und setzte den Kugelschreiber eifrig wieder an.

Sie lieben sich und küssen sich und schlummern gemeinsam in Tulpen. Ende.

Erwartungsvoll legte sie den Kugelschreiber zur Seite. Und tatsächlich, da saß Francis. Putzmunter. Den Kopf schief gelegt, schaute er ihr in die Augen. »Was machen wir in diesem Bunker? Ich war doch gerade noch bei Djamila.«

Fabila sprang jubelnd in die Luft und führte einen kleinen Freudentanz auf.

»Es funktioniert!« Ihre Augen leuchteten.

»Was?«

»Francis, ich habe dich mit Peters Kugelschreiber in eine Geschichte geschrieben, in der Djamila dich gesund gepflegt hat. Du warst nämlich vor fünf Minuten noch fast tot.«

»Vor fünf Minuten –«, Francis stockte. Verwirrt drehte er sich im Kreis herum, Fabila konnte an seinem kleinen Gesicht ablesen, wie die Erinnerung an die Geschehnisse der letzten Stunden zurückkehrte. »Also habe ich nur von Djamila geträumt?«

»Nein, Francis, das war kein Traum. Du warst tatsächlich physisch von hier verschwunden. Und vorher warst du krank, und jetzt bist du gesund.« Sie lächelte und gab Francis einen Moment Zeit, die Neuigkeiten zu verarbeiten. Dem kleinen Fee trat ein Glänzen der Hoffnung in die Augen:

»Heißt das, dass Djamila mich tatsächlich liebt? In der Geschichte hat sie mich geliebt, es war alles so, wie ich es mir immer gewünscht habe.«

Die Folfin dachte nach, kam jedoch zu keiner schlüssigen Antwort und zuckte mit den Schultern.

»Das weiß ich nicht. Ich habe das so geschrieben. Ich schätze, dass ich euch dann wohl beide entführt habe, und dass ihr in meiner Geschichte genau das machen musstet, was ich euch vorgegeben habe. So wie Stefel in den Menschengeschichten.«

»So wie in den Menschengeschichten«, wiederholte Francis. Sein Blick traf Fabilas und wanderte weiter zu dem Kugelschreiber auf dem Tisch. Als müsste er sich vergewissern, dass er real war, fuhr er mit den Fingern darüber.

»Meinst du, das ist ein Zauberstift, der dir die Macht der Schriftsteller verleiht?«

Auch Fabila beäugte nun ihr Schreibwerkzeug.

»Ich weiß es nicht. Ich habe ihn mit dir zusammen gefunden. Du hast ihn Peter weggenommen, oder?«

»Ja, als er tot war. Ach Fabila, das war so schrecklich. Er hat Heinrich und sich umgebracht. Ich glaube, er hatte wirklich Angst, dass die Vampire alle seine Artgenossen entführen und umbringen, wenn sie verstehen, wie Heinrich vorgegangen ist. Die Vampire dürfen auf gar keinen Fall von dem Kugelschreiber erfahren. Oder von dem, was Heinrich uns erklärt hat.«

»Ich weiß. Ich fürchte aber, sie werden uns wieder befragen. Sonst hätten sie uns ja nicht eingesperrt. Und diesmal werden sie nicht so dumm sein, uns gleich k.o. zu schlagen.« Fabila berichtete Francis von dem, was sie erlebt hatte, während er ohnmächtig war. Er schwieg ein Weilchen. Dann trat ein Leuchten in seine Augen:

»Sag mal, kannst du uns damit vielleicht von hier wegschreiben?«, fragte er.

»Ich kann es probieren.«

Wieder schrieb die Folfin auf die Rückseite der Landkarte, doch als sie den Kugelschreiber weglegte und sich umblickte, hatten Francis und sie selbst sich nicht vom Fleck gerührt.

»Es hat nicht funktioniert.« Fabila ließ die Schultern hängen. »Aber vielleicht kann ich niemanden irgendwohin schreiben. Als deine Geschichte zu Ende war, bist du ja auch wieder hier aufgetaucht. Dann kann es ja gar nichts helfen, eine Geschichte zu schreiben, in der wir woanders sind, wenn diese Geschichte wieder endet und wir zurückkommen.«

»Aber kurz weg waren wir schon, oder?«

Fabila schüttelte den Kopf.

»Ich nicht. Und auf dich hab ich gar nicht geachtet, ich war so konzentriert.«

»Ich glaube, ich war kurz weg. Aber wie sollst du auch weggehen, während du die Geschichte schreibst? Dann könntest du sie ja gar nicht beenden. Ist irgendwie logisch.«

»Die Vampire könnten jederzeit wiederkommen.« Entmutigt stützte sie ihr Kinn auf. »Ich hatte mir unsere Suche nach Kärlchen nicht so vorgestellt, dass wir als Vampirfutter enden. Es tut mir leid, dass ich dich da mit hineingezogen habe, Francis.«

»Weißt du, wo wir sind?«

»Ich vermute, im Keller dieser Steinhütte.«

Der Fee dachte nach.

»Du hast schon versucht, hier rauszukommen, oder?«

»Ja, klar. Die Tür ist fest verschlossen, und wie du siehst, gibt es keine Fenster.«

Die beiden schwiegen lange. Dann durchbrach Francis die Stille.

»Du, Fabila.«

»Ja?«

»Vielleicht kannst du ja Kärlchen entführen. Und meinen Vater. Die beiden mit mir gemeinsam in eine Geschichte schreiben. Dann wissen wir wenigstens, wie es ihnen geht, und können uns von ihnen verabschieden, falls wir hier nicht mehr rauskommen.«

»Meinst du, das funktioniert?«

»Wieso denn nicht? Und außerdem haben wir doch nichts zu verlieren. Oder hast du eine bessere Idee, wie wir unsere Zeit hier drin vertrödeln sollten?«

Fabila dachte kurz nach, nickte und ließ dann den Kugelschreiber über das Papier flitzen.

Francis trifft sich mit Kärlchen und seinem Vater. Sie sitzen gemeinsam auf einer Lichtung in der Sonne und erzählen, wie es ihnen ergangen ist und in was für Schwierigkeiten sie gerade stecken. Sie blickte auf und lächelte, als sie sah, dass Francis tatsächlich wieder verschwunden war. Eifrig schrieb sie weiter.

Sie beratschlagen sich, was sie tun können, damit Fabila und Kärlchen sowie Francis und sein Vater wieder zueinander finden. Sie tüfteln einen erfolgversprechenden Plan aus. Ende.

Und da war der kleine Fee wieder. Fabila hielt es vor Anspannung nicht auf ihrem Stuhl.

»Was hast du erlebt? Was hat er erzählt?«

Francis schaute sie verwirrt an.

»Das war unheimlich. Ich war auf einer Lichtung im Wald. Ganz alleine. Und ich habe mit mir selbst gesprochen.«

»Was? Kärlchen war nicht da? Und dein Vater?«

»Was genau hast du geschrieben?«, fragte Francis.

»Lies.« Sie zeigte auf die Buchstaben auf der Rückseite der Karte.

Francis atmete tief aus.

»Fabila. Es war alles genau so, nur waren da weder Kärlchen noch mein Papa.«

»Oh nein.« Sie schlug die Hand vor den Mund. »Meinst du, ihnen ist etwas passiert? Meinst du, sie sind tot?«

»Ich weiß es nicht.« Er dachte nach. »Mein Vater – es ist schon so lange her. Wenn er nicht tot wäre, wäre er inzwischen sicher längst zurück.« Er seufzte. »Bei Kärlchen haben wir sicher noch eine Chance. Heinrich hatte doch von seiner Theorie erzählt, dass man Leute der eigenen Rasse nicht entführen kann. Vielleicht sollte ich es einmal probieren? Ich könnte dich mit ihm zusammen hinschreiben.«

Ein neuer Glanz trat in Fabilas Augen.

»Das wäre so wunderbar.« Dann runzelte sie die Stirn. »Ist dir der Stift nicht viel zu groß?«

Francis überlegte. »Wenn du ihn oben hältst und ich ihn nur lenken muss unten, sollte es schon gehen.«

»Und wenn ich dann weg bin, fällt dir der Stift runter, und ich komme nie wieder zurück!«

»Oh.«

Francis griff zum Stift, der in seinen Händen wie ein zu breit geratener Speer aussah, und versuchte sich. Doch Fabila hatte recht, die Handhabung erwies sich als Herausforderung. Er stemmte sich auf den Boden und malte Buchstaben, doch er kam nur langsam voran.

»Das wird nichts.« Enttäuscht lehnte Fabila sich zurück.

»Ich habe noch eine andere Idee«, sagte Francis. »Vielleicht geht es bei Kärlchen sowieso nicht, weil er ja schon in einer anderen Geschichte ist. Aber du könntest probieren, den Schriftsteller zu entführen, um an ihn heranzukommen.«

Die Folfin überlegte.

»Aber wie soll ich denn den Schriftsteller in eine Geschichte schreiben? Ich weiß doch weder, wie er heißt, noch, wie er aussieht!«

Francis zuckte mit den Schultern.

»Wenn die Menschen uns beim Geschichten erfinden entführen, heißt das ja, dass sie sich nur Sachen vorstellen können, die es in Wirklichkeit schon gibt. Vielleicht ist das bei uns auch so. Wie stellst du dir denn einen Schriftsteller vor?«

»Also, von der Statur her muss er ja so ähnlich sein wie dieser Peter. Aber jemand, der nur am Schreibtisch sitzt und über seine Geschichten alles andere vergisst – ich hab ein Bild vor Augen!«

»Dann probier's damit.«

Fabila nickte stumm. Dann setzte sie den Kugelschreiber an und beobachtete, wie Francis verschwand.

… der Schriftsteller erzählte dem Fee von all den Büchern, die er geschrieben hatte. Ende.

»Und, war er dabei?«, fragte Fabila eifrig, als Francis wieder vor ihr erschien. Dieser schüttelte den Kopf.

»Vielleicht sollten wir konkret nach ihm fragen?«, schlug er vor.

Die Folfin nickte.

Francis erzählte dem Schriftsteller von Kärlchen und bat ihn, seine Kollegen nach ihm zu fragen, die Augen offen zu halten und mit uns in Kontakt zu treten, wenn er von ihm erfuhr. Ende.

***

Er musste eingenickt sein. Verwirrt fand sich der knochige Mann auf seinem Schreibtischstuhl wieder. Er fuhr sich durchs Gesicht und rieb sich die Augen unter den Brillengläsern. Seltsam, er spürte gar keine Abdrücke auf seiner Haut. Keine Tastatur, keine Uhr, die sich im Schlaf tief ins Gesicht gegraben hatten, wie sonst. Aber das war doch wohl ein Traum gewesen? Er entschloss sich, seinen Aussetzer zu ignorieren, und wandte sich wieder seiner Schreibmaschine zu.

**

Fabila lehnte sich erschöpft zurück.

»Meinst du, es bringt etwas?«

Francis zuckte mit den Schultern. »Probieren ist besser als Nichtstun.« Dann hielt er inne.

»Fabila, wir sind so dumm!«

»Wieso?«

»Wieso schreiben wir nicht einfach die Vampire in eine Geschichte? Bei Heinrich hat doch genau das funktioniert, zumindest für ein paar Stunden. Dann müssen wir uns nicht sorgen, dass sie gleich kommen, und uns holen. Und vielleicht finden wir dann auch noch einen Weg, hier auszubrechen.«

»Du hast recht, na klar, das ist es!« Und so schrieb Fabila in Windeseile eine unvollständige Geschichte über die Vampire, während Francis auf ihrer Schulter saß und die geschriebenen Wörter, wie um die Wirkung zu beschwören, flüsternd vorlas.

»Oh Gott, wie sehr ich hoffe, dass es funktioniert«, seufzte Fabila, als sie mitten im Satz den Stift zur Seite legte und zur Tür schritt um zu lauschen.

»Ich höre nichts. Na ja, habe ich vorher auch nicht. Aber es könnte funktioniert haben.«

»Es muss klappen, es muss klappen.« Francis kaute auf seiner Lippe herum. »Und dann müssen wir ausbrechen. Vielleicht könntest du mich in eine Geschichte schreiben, in der ich von Einbrechern das Ausbrechen lerne?«

Fabila nickte langsam und Francis trat ein Lächeln ins Gesicht.

»Auf geht's Schreiberling, verwandle mich in den besten Schlossknacker der Welt!«

Und so schrieb Fabila Francis in eine Geschichte mit einem weltweit berüchtigten Einbrecherduo, dem der Fee durch seine geringe Körpergröße überaus gelegen kam. Sie erklärten ihm, wie er mit seinen Händen Schlösser abtasten und seinen Körper als Schlüssel einsetzen konnte, und vervielfachten dabei selbst durch seine Hilfe ihren Reichtum.

»Brauchst du Werkzeug?«, fragte sie ihn, als er zurückkam.

»Pff«, schnaubte er entrüstet. »Du traust mir auch gar nichts zu. Ich bin ein berüchtigter Einbrecher, schon vergessen? Da werde ich doch wohl auch ohne Werkzeug ausbrechen können.« Ohne weitere Worte flog er zum Schloss, tastete es mit seinen schmalen Händen professionell ab, faltete dann seinen rechten

Flügel in eine Form, die wohl der des Schlüssels entsprach, und steckte ihn ins Schloss.

»Jetzt musst du mich nur noch umdrehen. Und dann sollten wir frei sein!«

»Du machst das ja genauso, wie ich geschrieben habe! Ich hätte nie gedacht, dass das wirklich funktioniert«, murmelte die Folfin erstaunt.

Francis lachte leise. »Vielleicht ist die Fantasie der Schlüssel zur Magie«, flüsterte er, als sie ihn sanft aus dem Schloss zog.

Direkt hinter der Holztür führte eine steile, steinerne Treppe hinauf. Die Stufen waren unregelmäßig und zum Teil abgeschlagen. Vorsichtig setzte die Folfin einen Fuß vor den anderen, während Francis auf ihrer Schulter saß. Sie waren bereits die Hälfte der Treppe hinaufgestiegen, als sie plötzlich ein Rumpeln hörten. War das einer der Vampire? Was, wenn ihre Geschichte gar nichts gebracht hatte und sie oben ihre Wachen erwarteten? Entsetzt blickten die beiden sich an. Fabila machte auf dem Absatz kehrt und schlich – jetzt noch viel vorsichtiger als zuvor – die Treppe wieder hinunter. Leise schlossen sie die Tür hinter sich, doch trotzdem wagten sie es nicht, sich in normaler Lautstärke zu unterhalten.

»Meinst du, es hat nicht geklappt und sie sitzen da alle gemütlich und warten nur darauf, dass sie uns wieder in die Mangel nehmen können?«, fragte Fabila und fuhr sich nervös durch das Haar.

»Keine Ahnung. Das hätte auch eine Fledermaus sein können, die irgendwo dagegen geflogen ist«, entgegnete Francis. »Ich gehe noch einmal hoch. Wenn ich alleine bin, ist es nicht so gefährlich.«

Ein wenig verharrten sie noch zwischen den kalten Mauern des Kellers und lauschten in die Stille. Als sie minutenlang nichts gehört hatten, fasste Francis erneut den Mut, die Treppe hinauf zu schleichen. Ganz eng und mit gespitzten Ohren drückte er sich an der Außenwand entlang. Er musste seinen ganzen Mut zusammen nehmen, um über die letzte Treppenstufe in den offenen Raum zu linsen. Ein Lichtstrahl durchschnitt den Raum und ließ kleine Staubpartikel im Takt des Windes tanzen. Kein einziger Vampir war zu sehen! Das Licht fiel durch den Spalt einer doppelflügeligen Holztür, die leicht offen stand. Francis flog hindurch und rieb sich die Augen. Wie ein orangeroter Ball stand die Sonne am Himmel, webte ihre rosa Fäden durch violett anmutende Wolken und tauchte das Dorf am Fuß der Anhöhe in sanftes Licht. Vampire waren weit und breit nirgendwo zu sehen. So schnell ihn seine Flügel trugen, flog Francis zu Fabila und berichtete ihr mit sich überschlagender Stimme von der Abwesenheit der Vampire. Gemeinsam jagten sie die Treppe hinauf und aus ihrem Gefängnis hinaus. Ihre Füße flogen durch das grüne Gras, durch gelbe Blümchen, ein weißes Blumenfeld, um immer größere Büsche herum und bis zum Waldrand, ausdauernd und voll der Lebenskraft, um die sie vor ein paar Minuten noch so gebangt hatten. Sie rannten, bis sie den Fluss erreichten und sich im Schutz eines großen Baumes fallen ließen.

»Wir haben's geschafft, Francis!« Voller Elan drückte sie seine Händchen. »Ach Gott, wie man bei dir aufpassen muss, dass man dich nicht zerdrückt.« Sie lachte. Auch Francis glitt ein zufriedenes Lächeln über die Lippen.

»So. Jetzt sollten wir machen, dass wir hier wegkommen. Wer weiß, wie lange sie in der Geschichte bleiben«, sagte er.

Fabila dachte nach. »Ja, Heinrich meinte ja, das hält immer nur ein paar Stunden. Aber bis Sonnenuntergang sollten wir sicher sein, oder? Oh – oder meinst du, ich habe sie gar nicht weggeschrieben, sondern sie hatten sich wegen der Sonne versteckt? Das wäre doch auch möglich, oder?«

»Vielleicht.« Francis zuckte mit den Schultern. »Lass uns einfach gleich aufbrechen. Und unsere Spuren gut verwischen.« Er blickte auf Fabilas Füße und musterte die tiefen Abdrücke, die ihre Schritte im lehmigen Boden des Flussufers hinterlassen hatten.

»Oh je.« Fabilas Blick folgte ihren Abdrücken.

»Ich schau mir das mal genauer an«, sagte Francis und flog von Abdruck zu Abdruck. Er war schon mehrere hundert Meter entfernt und flog zwischen Blumenstängeln hin und her, als er sich entschloss, umzudrehen.

»Fabila, jeder Vollidiot wäre in der Lage, unseren Weg nachzuvollziehen. Vielleicht nicht in der Nähe vom Turm, ich glaube, da waren die Wiesen dichter und das Moos könnte deine Abdrücke geschluckt haben. Aber hier zwischen den Büschen sind sie klar und deutlich sichtbar. Wenn sie bis hierher kommen, dann finden sie uns auch. Wir müssen sie austricksen.«

»Wir könnten im Fluss entlanglaufen«, schlug Fabila vor.

»Ja, aber wenn die Spuren hier aufhören, werden sie auch darauf kommen. Wir müssen eine falsche Fährte legen.«

»Und wie sollen wir das anstellen? Ich kann leider nicht fliegen. Und du kannst mich kaum tragen.« Nachdenklich rieb Fabila sich mit den Händen über die Schläfe.

»Wie wär's mit Folgendem: Wir laufen zur Straße, die vom Dorf weg führt. Auf der Straße können sie keine Spuren sehen, da sind ja Pflastersteine. Und dann läufst du rückwärts in deinen Fußabdrücken wieder hier hoch und wir können durch den Fluss bis zu den Grasgängern waten.« Stolz wartete er auf ein Kompliment ob des genial ausgetüftelten Plans. Doch Fabila schüttelte entgeistert den Kopf.

»Es ist ein ganz schönes Stückchen bis zur Straße. Wenn wir diese ganzen falschen Spuren legen, verlieren wir zu viel Zeit. Und dann haben wir kaum Vorsprung vor den Vampiren und sie riechen uns oder so, und alles war vollkommen für die Katz. Es muss einfacher gehen.«

Sie watete in den Fluss.

»Hey! Jetzt ist ja klar, wohin wir gehen!« Francis flog an Fabilas Seite und versuchte sie aufzuhalten. »Das ist jetzt doch die einzige Fährte, die sie aufnehmen können«, schmollte er.

»Genau.« Fabila schaute ihn zufrieden an, bevor sie sich an einen über das Wasser ragenden Ast hängte und daran entlang bis zum zugehörigen Baumstamm hangelte. »Sollen sie mal schön denken, wir laufen den Fluss entlang. In der Zwischenzeit gehen wir nach Westen zu den Elfen und bitten sie um Schutz für die Nacht. Sie schienen keine Probleme mit Vampiren zu haben.«

Die Folfin lächelte, ehe sie nach oben kletterte, dorthin, wo die Bäume sich gegenseitig mit ihren Ästen umschlangen, um mit ihrem Blätterdach die Sonnenstrahlen einzufangen, und dabei perfekte Straßen für Folffüße bauten. Francis schmollte etwas.

»Meine Idee hat mir besser gefallen. Und außerdem müssen wir ja tatsächlich am Flusslauf entlang. Wie sollen wir denn sonst zurück zur Insel finden?«

»Eins nach dem anderen, Francis. Jetzt müssen wir erst einmal die nächste Nacht überstehen.« Und so suchten sich die beiden Abenteurer ihren Weg durch die Baumwipfel, um die Elfen aufzusuchen.

»Moment mal. Die Vampire sind also komplett verzweifelt und zu allem bereit? Und sie sind hinter euch her und könnten gerade auf dem Weg zu uns sein?« Die Miene des Elfenanführers, der sich zunächst geduldig die Geschichte von Heinrichs Tod und der Gefangenschaft der zwei Freunde angehört hatte, änderte sich schlagartig.

»Eigentlich gehen wir davon aus, dass wir sie in die Irre geführt haben«, sagte Fabila. »Sie werden denken, wir sind den Fluss entlang.«

Der Elf schnaubte nur verächtlich.

»Die Vampire können euch wahrscheinlich von ihrer Hütte aus bis hierher riechen. Euch ist klar, dass ihr uns damit in Gefahr bringt?« Ohne eine Antwort abzuwarten, wandte er sich an seine Leibgarde und erteilte Anweisungen, überall im Wald Wachposten mit versilberten Pfeilen aufzustellen. Francis und Fabila blickten sich an. Daran hatten sie nicht gedacht.

»Das war in keinster Weise unsere Absicht. Wir wollten nur eine sichere Unterkunft für die Nacht und bitten euch um eure Hilfe!«

»Wir können uns keinen Krieg mit Vampiren leisten. Wir haben normalerweise keinen Ärger mit ihnen, sie mögen unser Blut nicht. Aber wenn es stimmt, was ihr sagt, und sie um ihr Überleben kämpfen, sind sie enorm gefährlich. Ihr Folfe zieht den Ärger magisch an. Hier könnt ihr nicht bleiben.«

Fabila sank der Mut. Wie sollten sie ohne Hilfe die Nacht überstehen? Wo konnten sie sich verstecken?

Francis ergriff das Wort: »Wir werden euch nicht weiter in Gefahr bringen und sofort aufbrechen. In welche Richtung kommen wir am schnellsten aus eurem Reich heraus?«

»Francis, nein! Besel, hast du denn kein Mit–«, setzte Fabila an, doch Francis zog blitzschnell an den empfindlichen Haaren hinter ihrem Ohr, so dass ihr Protest in einem leisen Schmerzensschrei unterging.

»Dort entlang.« Der Elf wies mit einer ausladenden Geste den Weg.

»Oh je. Wie sollen wir denn jetzt den Vampiren entgehen? Ich wollte noch so vieles tun, bevor ich sterbe. Ob ich Kärlchen wohl jemals wiedersehen werde?« Fabila jammerte vor sich hin, während Francis zielstrebig voran flog. »Diese gemeinen Elfen. Wie herzlos sie uns ins Verderben schicken.«

Eine wütende Hand boxte sie auf die Nase.

»Sag mal, spinnst du?«

»Du nervst. Dein Gejammer ist nicht zu ertragen. Die gemeinen Elfen. Denkst du überhaupt darüber nach, was du da sagst?«

»Du hast leicht reden. Du könntest dich wahrscheinlich sogar vor den Vampiren verstecken, so klein wie du bist. Aber mich werden sie kriegen. Und schuld daran sind nun mal die Elfen.«

»Gut, dann beantworte mir mal die folgende Frage: Angenommen, Kärlchen ist zurück und du lebst mit ihm zusammen in deinem kleinen Häuschen. Und ein Wesen, nicht von deiner Art, sondern dir fremd, komplett unbekannt, klopft stürmisch an deine Tür, um sich bei dir zu verstecken. In der Ferne siehst du schon seine Verfolger, die absolut übermächtig sind. Würdest du es hereinlassen? In dem Wissen, dass du damit deinen Geliebten gefährdest? Und in dem Wissen, dass, wenn du es nicht tust, das höchstwahrscheinlich den Tod des Fremden bedeutet?«

Die Folfin holte sofort Luft zum Antworten, doch statt einer leidenschaftlichen Rede kam nur ein Seufzer heraus.

»Du meinst, ich sollte den Elf nicht verurteilen?«

»Ich meine gar nichts. Außer, dass du die Klappe halten sollst. Denk lieber darüber nach, wie wir hier wegkommen.«

Und so bewegten sie sich lange schweigend durch den Wald. Sie drehten und wendeten ihre Optionen im Kopf, während sie ihren Gliedern Höchstleistungen abverlangten, bis das Licht schwand und der Abend sich ankündigte.

Schließlich hielt Fabila an. Sie atmete heftig und stützte ihre Hände auf den Knien ab.

»Francis, ich glaube wir haben nur noch eine Chance.«

»Was denn?«

»Vielleicht kann ich einen der Schwarz-Weiß-Vögel mit dir in eine Geschichte schreiben und du erzählst ihm darin, dass wir Hilfe brauchen. Und vielleicht können sie uns ja einfach hier abholen.«

»Das ist echt eine gute Idee! Wer weiß, ob es funktioniert, aber was bleibt uns schon übrig«, entgegnete er mit einem Blick in den Himmel.

Fabila holte die Karte aus ihrem Bündel und zückte den Kugelschreiber. Und dann schrieb sie, während die Sonne sich in der Ferne bereits anschickte, hinter Wäldern und Wiesen zu versinken.

10

»Herr Zipfelsberger, das kann so wirklich nicht weitergehen. Lisa schwänzt ständig die Schule.« Die Stimme der Lehrerin drang durch das Telefon und hallte in seinem Ohr. Er hatte Lehrerinnen noch nie ausstehen können. Und diese hatte es eben geschafft, ihn zu stören, als er einen grandiosen Einfall hatte.

»Ich kümmere mich darum«, sagte er und machte sich eine Notiz, damit ihm die Idee nicht entschlüpfte.

»In Ordnung. Und kommen Sie nächste Woche zum Elternabend. Mit Ihrer Frau.«

»Ja ja. Mit meiner Frau –?« Den erstaunten Unterton in seiner Stimme hatte die Lehrerin wohl nicht mehr wahrgenommen, als sie das Telefon auf den Hörer fallen ließ. Eine leichte Veränderung in der Tonart, als die Worte in sein Bewusstsein vordrangen. Doch die Verwunderung hielt nicht lange an, der Einfall, er musste gerettet werden und gehegt und gepflegt, so dass er gedeihen konnte. Es machte klack, klack, klack, maschinengewehrartig, als er in die Tastatur des alten Computers schlug.

»Papa, ich bin wieder zu Hause.«

Das junge Mädchen stand im Türrahmen und lächelte den Mann mit den strähnigen braunen Haaren an, der konzentriert seine Tastatur bearbeitete. Die Brille saß so schief auf der knochigen Nase, dass sie nicht sonderlich hilfreich sein konnte, doch er machte keinerlei Anstalten, sie gerade zu rücken. Manchmal dachte sie, dass seine Finger an den Stellen, an denen sie immer und immer wieder auf den Tasten aufschlugen, inzwischen quadratisch sein mussten, sie gehörten mehr zur Tastatur als zu ihm. Oder zu sonst jemandem. Sie machte ein paar Schritte vor und drückte ihm einen Kuss auf die eingefallene Wange.

»Hallo Liebes, schön«, sagte er und wandte sich seiner Tochter zu. Wie ähnlich sie ihr sah. Das blonde Haar, so geflochten, wie es ihre Mutter auch immer getragen hatte. Und sie hatte die gleichen klugen, strahlend blauen Augen. In ein paar Jahren würde sie genauso schön sein. Dunkel erinnerte er sich, dass er ihr etwas sagen sollte.

»Ich mache uns etwas zu essen. Hast du gefrühstückt?«, fragte Lisa. Er schüttelte den Kopf und blickte ihr hinterher, als sie ihren Schulranzen ablegte und mit entschlossenen Schritten durch den Flur zur Küche lief. Sie ging – wie früher – auf der linken Seite des Flurs, wie um Platz zu lassen für die Person, die an ihre Seite gehörte und einfach nicht mehr da war.

***

Bulu rannte auf sie zu. Seine Füße schienen kaum das Gras zu berühren, geschweige denn den Boden. Ein paar Folfe, die gerade am Lagerfeuer saßen, als er vorbei flitzte, zogen behutsam ihre Stockbrote aus der Glut und wandten sich um, um das Spektakel zu beobachten. Keiner von ihnen hatte Bulu wohl je so schnell laufen sehen. Wahrscheinlich hätten sie sogar alle gewettet, dass Folfe allgemein überhaupt gar nicht so schnell laufen konnten. Schließlich entschieden sie sich, aufzustehen und ihm hinterher zu gehen – natürlich in angemessenerem Tempo. Bulu selbst hatte inzwischen sein Ziel erreicht. Er machte auf dem Hügel Halt und schloss Fabila in die Arme.

»Ist das Fabila? Ist Fabila wieder da? Los kommt, das muss Fabila sein.«

Fröhliche Rufe flogen zu Fabila, wärmten ihre Ohren und brachten ihre Augen zum Strahlen. Sie packte Bulus Hand und lief der Truppe entgegen. Einem nach dem anderen drückte sie ein Küsschen auf die samtene Wange.

Francis beobachtete das bunte Fellknäuel zu Füßen des Hügels zufrieden. Er hatte sie sicher wieder nach Hause gebracht. Wenn auch mit etwas Hilfe.

»Danke«, flüsterte er den beiden großen Vögeln zu, die gerade ihre Flügel ausbreiteten und sich mit einem Nicken in die Lüfte erhoben.

In Windeseile trommelten die Folfe den Rest des Dorfes zusammen. Hallibert ließ vor Freude seinen Stock fallen, versäumte es aber nicht, Fabila eine zärtliche Backpfeife zu verpassen, bevor er sie in den Arm nahm. Dann wies er an, Vorbereitungen für ein Fest zu treffen, um Fabilas Rückkehr zu feiern. So kam es, dass die Folfe schon bald in alle Richtungen auseinanderstrebten. Holz musste geholt, Speisen und Getränke aufgetragen werden, an nichts sollte es mangeln in dieser sternenklaren, lauen Sommernacht.

***

Auf der anderen Seite des Meeres war ein anderes feierfreudiges Völklein nicht annähernd so glücklich. Eng gedrängt standen die Elfen inmitten eines Kreises aus ungepflegten Füßen und pressten sich aneinander, um den dolchähnlichen Fußnägeln zu entgehen. Mütter hielten nach ihren Kindern Ausschau, aber sie wussten nicht, ob sie sich freuen sollten, wenn sie diese in dem Gewimmel entdeckten. Vielleicht war es besser, wenn sie sich irgendwo im Wald versteckten. Wer nicht nach seinen Liebsten suchte, blickte hinauf zum Anführer der Elfen, der gerade wie eine Rassel geschüttelt wurde.

»Ich weiß nicht, wo sie sind.« In der Stille, die seinen Worten folgte, konnte Besel, der geschüttelte Elf, deutlich hören, wie seine Rippe knackte. Die

Faust, die sich um seinen Brustkorb geschlossen hatte, nahm ihm die Luft zum Atmen. Hätte er doch nur nicht Anweisung gegeben, Wachen aufzustellen. Und hätte dieser dumme Junge doch nur nicht geschossen, als der Vampir auf ihn zu kam. Er hatte es mit dem Leben bezahlt. So wie vielleicht bald viele von ihnen, wenn er nicht die richtigen Worte fand.

»Wir sind ihnen ein Stück gefolgt, aber nur, weil wir sie nicht einordnen konnten, und ich muss schließlich versuchen, unser Volk gegen Gefahren zu schützen. Deshalb haben wir auch Wachen aufgestellt, wir wussten ja nicht, ob mehr von ihnen kommen und was sie im Schilde führen. Der Junge hat sich erschreckt, wir würden es nie wagen, gegen euch die Waffen zu erheben. Bitte, so glaubt mir doch.«

Das Gesicht der rothaarigen Vampirfrau zeigte keinerlei Reaktion auf seine Worte, stattdessen blickte sie interessiert an ihm vorbei. Ein ängstliches Wimmern ließ auch den Elfen herumfahren – soweit das mit seiner eingeschränkten Bewegungsfreiheit möglich war. Er sah noch, wie einer der anderen Vampire an Fredel schnüffelte, als denke er darüber nach, ihn wie einen Apfel zu verspeisen. Das musste doch ein schlechter Traum sein? Es konnte doch einfach nicht wahr sein, dass sein Neffe gleich von einem Vampir gefressen würde? Seit Generationen hatten sie keinen Ärger mit ihnen gehabt. Seine Vorgänger hatten ihr Volk geschützt. Nur er versagte vollkommen. Dem Elfen nahm die Panik die Kontrolle und ließ dicke

Tränen über seine Wangen rollen. Er würde niemanden schützen können. Doch der Vampir verzog das Gesicht und schleuderte Fredel mit einer abwehrenden Handbewegung in den Busch. Dann rieb er sich die Nase.

»So was Scheußliches hab ich ja noch nie gerochen!«, schimpfte der Übeltäter. Die Rothaarige, deren Griff sich etwas gelockert hatte, lachte:

»Hab ich dir doch gesagt. Wer nicht hören will, muss fühlen.« Dann drehte sie sich um und wandte ihre Aufmerksamkeit wieder Besel zu: »Und jetzt zu dir, mein Freund. Entweder du erzählst uns etwas, das uns hilft, die beiden zu finden, oder dein kleines Völkchen hier wird den morgigen Tag nicht mehr erleben. Damit es uns aber auch ein bisschen Spaß macht, reißen wir bei jeder Lüge, die du uns erzählst, einem deiner Leute ein Beinchen aus.«

Mit einem Nicken bedeutete sie ihrem Kumpan, die Opfer auszuwählen. Dieser ging in die Hocke und blickte gemächlich von einem zum anderen, tätschelte hier eine Wange mit dem Zeigefinger und befühlte dort eine Hand.

»Die fühlen sich witzig an, Karolina, sie sind so klein. Ich glaube, ich nehme die zwei hier, die haben hübsche Haare.«

»Sie waren schon einmal da«, ertönte da tonlos die Stimme des Elfenanführers. »Das Mädchen ist ein Folf, sie kommen von einer Insel im Meer ein paar Tagesreisen von hier. Sie sind hierhergekommen, um jemanden zu suchen, der entführt wurde.« Und so erzählte er alles, was er über die beiden wusste, und als er nichts mehr wusste, erzählte er von anderen Dingen, bis die Vampire schon längst über alle Berge waren, und er hörte auch nicht auf, als die beiden Mädchen, deren Haar der Vampir gelobt hatte, kaltes Wasser über ihn leerten. Er erzählte, bis der Schlaf ihn übermannte, und dann erzählte er noch im Traum weiter.

***

Fabila reckte sich mit geschlossenen Augen. Schlaftrunken schlang sie ihre Arme um das weiche Federkissen und begeisterte sich an der kühlen Geschmeidigkeit des Stoffes. Sie beschloss, noch ein paar Minuten in ihrem lange vermissten Bett liegen zu bleiben, und ließ ihre Gedanken zu den Freuden des gestrigen Festes schweifen. Mit wie viel Liebe sie empfangen worden war. Alle hatten sich gefreut, sie wiederzusehen, und hatten sich unheimlich Mühe gegeben, ein tolles Fest zu ermöglichen. Ein Lächeln breitete sich auf ihrem Gesicht aus. Doch als ihr Bewusstsein aufklarte, kam auch der Stich im Herz zurück, der sie quälte. Sie sollte in diesem Bett nicht alleine liegen. Kärlchen fehlte. Sie öffnete die Augen und sprang mit einem entschlossenen Satz in den Tag.

Hastig durchwühlte sie ihr Bündel.

»Da ist er ja«, murmelte sie vor sich hin.

»Na, auch schon wach?« Fabila drehte sich erschrocken um. Der kleine Fee saß mit baumelnden Beinen auf dem Fenstersims und schmunzelte. »Es ist schon Mittag, du hast den halben Tag verschlafen.«

»Du hättest mich ruhig wecken können.«

»Wieso sollte ich, nach so einem Abenteuer tut dir ein bisschen Erholung gut.« Er stieß sich ab und machte einen dreifachen Salto in der Luft, bevor er vor Fabilas Nase Halt machte und – von einer Tanzeinlage begleitet – zu singen begann:

»Es gab einmal Vampire,
die wollt'n uns an die Niere,
doch wir sind helle,
im Geiste sehr schnelle,
mit ein bisschen Glück – zurück
auf uns'rer Insel,
Vampire, ihr seid Pinsel,
ihr könnt uns jagen,
doch ohne Verzagen,
können wir fliehn – ziehn
unbemerkt von dannen,
heben ab von schwarzen Tannen,
fliegen übers Meer
freuen uns sehr,
sehen euch nimmermehr.«

Der Fee beendete die Show mit einem gekonnten Knicks und wartete wie ein Schauspieler auf seinen Applaus. Doch Fabila blickte ihn mit hochgezogenen Augenbrauen an.

»Warum sind Vampire Pinsel?«, fragte sie schelmisch. »Weil es sich reimt?«

»Sei doch nicht so kleinlich. Du musst einem auch jeden Spaß rauben.« Ein kleiner Schmollmund wuchs auf Francis' Gesicht.

»Ich hoffe nur nicht, dass du Djamila jemals ein Liebesgedicht schreibst. Da müsstest du noch etwas üben.«

Francis wurde rot.

»Na komm schon her, nicht jeder muss gut dichten können. Ach, würde ich dich gerne umarmen!« Fabila nahm den Fee behutsam in ihre Hände. »Schade, dass du nicht ein bisschen größer bist, dann würde das auch richtig funktionieren.« Sie drückte ihm einen vorsichtigen Kuss auf den Kopf und ließ ihn dann wieder fliegen.

»Francis, auch wenn wir jetzt in Sicherheit sind – Kärlchen ist es nicht. Wir müssen unbedingt weiter nach ihm suchen.«

Francis nickte ergeben. »Ich wusste, dass du weitermachen willst.« Sein Blick wanderte zu dem Kugelschreiber, der aus Fabilas Bündel herausragte. »Damit, oder?« Fabila nickte.

»Na dann mal los, schreib mich fort,« seufzte der Fee.

***

Wie jeden Morgen schmierte Lisa sich ein Brot und eines für ihren Vater, das sie auf einem Teller auf seinen Schreibtisch stellte – und oft genug abends unangerührt wieder abräumte – zog sich die Sommerjacke über, die Mama noch für sie ausgesucht hatte und die inzwischen an den Ärmeln zu kurz war, setzte ihren fast leeren Schulranzen auf, rief ein paar Abschiedsworte in die stille Wohnung und schloss mit einem lauten Knall die Tür. Die Nachbarn hatten sich schon beschwert, sie möge die Tür doch bitte leiser schließen, doch sie wollte sicher gehen, dass er aufstand. Sie erinnerte sich noch daran, als sie in den ersten Wochen von der Schule nach Hause kam und ihn noch im Bett fand, die Nase in das Kopfkissen ihrer Mutter gepresst. Sie legte sich dazu und beobachtete still und leise, wie ihre Tränen auf den Bezug tropften und ihren Geruch wegwuschen. Das war der Moment, in dem sie begriff, dass sie ab jetzt auf ihn aufpassen musste. Nach einem halben Jahr begann er zum Glück wieder zu arbeiten. Mit noch größerer Besessenheit als zuvor. Er schrieb und schrieb und schrieb, vergaß darüber sein Versprechen, mit ihr in den Zoo zu gehen, sie von der Schule abzuholen, sogar zu essen. Aber nie beendete er eine Geschichte. Die Anfänge stapelten sich neben seinem Schreibtisch, nur die Enden konnte er nicht ertragen. Doch sie konnte ihm nicht böse sein, denn sie wusste, wie sehr es schmerzte. Und im Gegensatz zu ihm war sie ja nicht alleine.

Sie verließ das Haus auf dem Weg, den sie auch einschlug, um zur Schule zu gehen. Aus der Wohnungstür hinaus, drei Stockwerke durch den Hausflur mit den kalten Steintreppen, vorbei an den grauen Türen der Nachbarn mit den abgerissenen Namensschildern, die Straße entlang, bis sie die Fenster des steinernen Kolosses mit den grünen Balkonen nicht mehr wie Augen im Rücken spürte. Nach links abbiegen, an den sechs Reihenhäusern mit den glänzenden Fenstern vorbei und an den Müttern, die ihre Kinder mit einer letzten Umarmung für den Tag verabschiedeten. Dann schräg nach rechts, den Hügel hinauf, auf dem das Schulgebäude thronte und die Kinder in den umliegenden Siedlungen dazu ermahnte, fleißig zu lernen, um ihren Platz im Leben zu finden. Die Straße schlängelte sich an einem Wäldchen vorbei, und genau in dieses Wäldchen schlüpfte Lisa Zipfelsberger, genauso unauffällig und von den anderen Kindern unbemerkt, wie sie sich auch sonst bewegte. Sie konnte einen ganzen Tag in der Schule verbringen, ohne dass die anderen Kinder ihre Anwesenheit überhaupt bemerkten. Und so beschloss sie in letzter Zeit des Öfteren, dass ihre Anwesenheit nicht notwendig war. Sie hielt kurz hinter einem Baumstamm inne und beobachtete die drei Jungs, die noch kurz zuvor lärmend hinter ihr gelaufen waren. Sie waren in ihrer Klasse. Der mit den leichten O-Beinen hatte sie vor kurzem nach einem Stift gefragt. Er sah sie dabei so nett an, dass sie vor Schreck keinen Ton rausbrachte und ihm aus Versehen ihren Lieblingsstift gab, ein Geschenk ihrer Mutter. Als sie ihn am Ende des Schultages nicht zurückbekam, konnte sie die ganze Nacht nicht schlafen. Aber am nächsten Tag lag er einfach wieder auf ihrem Tisch. Seitdem ging sie wieder etwas öfter in die Schule, ließ ihren Blick unter gesenkten Wimpern von der Tafel zu seinem Platz auf der rechten Seite des Klassenzimmers wandern und hoffte, ihn selbst bei einem versteckten Blick zu ertappen. Er war der schnellste Junge in ihrer Klasse. Der, der im Sportunterricht immer als erster gewählt und mit dem besonderen Handschlag begrüßt wurde, der den coolen Kids vorbehalten war – besiegelt mit zwei Fäusten – während sie schon am Anfang wusste, dass sie bis zum Schluss auf der Bank sitzen würde. Bis beide Teams eigentlich schon vollständig waren und es nur noch um das Auffüllen mit Statisten ging.

Sie blickte ihm hinterher. Natürlich hatte er sie nicht gesehen. Sie machte sich auf zu ihrem Versteck, wo ihr geheimer Freund auf sie wartete. Zumindest er wartete immer auf sie.

***

Lisas Vater wunderte sich. Was war nur mit ihm los? Dass er Konzentrationsprobleme hatte, war für ihn nichts Neues, aber jetzt hatte er schon wieder komplett den Faden verloren und von diesem dicken Fee geträumt. Es war doch wohl ein Traum? Ein leises Gefühl redete ihm ein, dass es mehr war als das – vielleicht eher eine Eingebung. Vielleicht eine Idee für ein neues Buch? Wenn er genauer darüber nachdachte – der kleine Fee würde eine super Figur für ein Kinderbuch abgeben. Er erinnerte ihn ein wenig an den Hauptcharakter aus einem Buch, das er als Kind sehr gerne gelesen hatte. Mit einem Anflug von Glanz in den Augen öffnete er geschwind eine neue Datei, benannte sie »Francis, der fette Fee«, und begann zu tippen.

∗∗∗

Es klopfte im Stakkato an die Tür. Fabilas Blick wanderte zu der großen Uhr, die neben ihrem Bett an der Wand hing. Francis war schon seit Stunden verschwunden. Gleich nachdem sie ihre Geschichte beendet hatte – er war nur ganz kurz wieder hier gewesen – hatte er sich in Luft aufgelöst. Seitdem hatte sie sich nicht von der Stelle bewegt. Vielleicht wollte der Schriftsteller ja mehr wissen und hatte Francis deshalb einbestellt. Oder er hatte schon etwas herausgefunden und berichtete ihrem Freund gerade davon. Oder auch Francis war jetzt einfach entführt worden und sie hatte einen weiteren Freund verloren. Sie konnte unmöglich zu den anderen gehen oder Gäste empfangen, bevor er wieder sicher zurück war.

»Ich habe Kopfschmerzen. Kommt später wieder«, rief sie.

»Fabila, hier ist aber ganz besonderer Besuch.« Es war Bulu, in seiner Stimme klang so viel Stolz, dass sie förmlich durch die Tür hindurch sehen konnte, wie er mit geschwellter Brust dastand.

Kärlchen, dachte die Folfin, Kärlchen ist wieder da! Mit einem Satz war sie an der Tür und riss sie auf. Doch kein Kärlchen weit und breit.

»Was willst du?«, rutschte es ihr verärgert über die Lippen. Bulu schaute erstaunt.

»Ich habe Besuch für deinen Freund mitgebracht. Francis' Familie. Sie sind gekommen, weil sie sich Sorgen gemacht haben.« Er deutete auf die Feen, die links und rechts auf seiner Schulter saßen und die Fabila gerade vollkommen übersehen hatte. Jetzt war es an Fabila, erstaunt zu schauen.

»Francis' Familie?«

»Ja.« Der Feenmann, der Francis mit seinem dichten braunen Haar und seinem Spitzbart nicht im Geringsten ähnelte, antwortete: »Ich bin sein Onkel Jacob, und das hier sind meine Söhne Alex und Benjamin. Die hübsche Dame hier ist Djamila, eine Freundin von Francis.«

»Djamila«, wiederholte Fabila ausdruckslos.

»Willst du uns nicht hereinbitten?«, fragte Bulu.

»Ja, also, Francis ist gerade gegangen. Er wollte einen Spazierflug machen, etwas die Insel erkunden. Ich kann nicht sagen, wann er wiederkommt. Es tut mir leid, aber ich habe schreckliche Kopfschmerzen und muss mich hinlegen.« Schnell schloss sie die Tür und drückte sich von innen dagegen. Das hatte gerade noch gefehlt.

»Sie ist sonst nicht so, ich weiß auch nicht, was los ist. Kommt, ich mache euch erst einmal etwas zu essen«, hörte sie Bulu noch gedämpft durch die Tür hindurch sagen, während seine Schritte leiser wurden.

Fabila schritt im Zimmer auf und ab. Warten machte sie wahnsinnig. Sollte sie den Feen sagen, dass Francis entführt worden war? Aber er kam doch sicher gleich wieder? Sie blickte zur Uhr. Der Schriftsteller würde doch wohl keine fünf Stunden brauchen, um eine Antwort zu schreiben? Nein. Das musste bedeuten, dass er sie nicht verstanden hatte. Schnell setzte sie sich an ihren Schreibtisch und setzte eine neue Geschichte auf. Sie würde so klar sein, dass sie auch der letzte Trottel verstehen müsste:

Der Mann mit dem strähnigen braunen Haar und der knochigen Nase setzte sich an den Schreibtisch, um an seiner Geschichte zu schreiben. Er nahm ein neues Blatt Papier und spannte es in seine Schreibmaschine. Doch plötzlich tippte die Schreibmaschine los, ganz ohne sein Zutun. Verwundert las er die Wörter, die vor ihm erschienen: ›Du hast den dicken Fee nicht erfunden. Du hast ihn entführt. Beende deine

Geschichte. Lass ihn frei. Unbeschadet. Und hilf uns,
Kärlchen, den Folf, zu finden.‹ Die Schreibmaschine
konnte seit Neuestem sogar zeichnen, denn auf dem
Blatt Papier erschien ein Bild des Folfs. Er war
knuffig und stark, klein wie ein Zwerg und hatte
leuchtend blaues Fell. Und gütige Augen. Die gütigs-
ten Augen der Welt. Der Schriftsteller riss das Blatt
aus der Maschine und setzte ein neues ein. Doch bei
jedem Blatt, das er einspannte, geschah dasselbe. Die
Maschine wollte ihm wohl etwas mitteilen, und er
musste ihr glauben. Es war Realität. Plötzlich wurde
er das Gefühl nicht mehr los, dass sein Leben davon
abhing, der Maschine zu glauben. Ende.

Fabila setzte den Stift ab. Und wartete.

***

Es wurde Zeit aufzubrechen. Die Sonne hatte ihren
höchsten Stand längst überschritten und es ging bereits gegen Nachmittag. Lisa sah auf ihre Uhr. Die
Schule war schon seit zwei Stunden zu Ende. Sie war
sich zwar recht sicher, dass ihr Vater die Schulzeiten
nicht im Geringsten im Auge hatte, aber dennoch
wollte sie natürlich nicht, dass er sich Sorgen machte
oder gar in der Schule anrief. Sie verabschiedete sich
von ihrem Freund, klappte das kleine Büchlein zu,
dem sie ihre Welt anvertraute, hakte den Stift an der
dafür vorgesehenen Halterung ein, strich einmal seuf-

zend darüber und verstaute es vorsichtig in einem kleinen Geheimfach in ihrem Schulranzen. Dann faltete sie ihre Decke zusammen und machte sich auf den Heimweg.

Schon als sie den Schlüssel im Schloss drehte, bemerkte sie die ungewöhnliche Stille. Kein Tak Tak Tak der Tastatur, kein genervtes Seufzen, weil die Worte gerade ausgegangen waren. Nur Stille.

»Papa!«

Eilig warf sie ihren Schulranzen in die Ecke und öffnete die Tür zum Arbeitszimmer. Der Stuhl stand einsam vor dem Schreibtisch, auf dem ein dünner Stapel beschriebener Blätter lag, der Papierkorb quoll über von zerknüllten Gedanken und ein halb beschriebenes Blatt war in die Schreibmaschine eingespannt. Eine Tasse Kaffee hatte braune Kreise auf dem Tisch hinterlassen. Lisa fasste sie an, sie war kalt. Wo er wohl war? Es war selten, dass er ausging, ohne ihr vorher davon zu erzählen, genau genommen war es überhaupt selten, dass er ausging. Sie warf einen Blick über die Schulter und griff nach dem Stapel Papier, um zu sehen, was er schrieb. Seit Langem hatte er sie keine Geschichte mehr lesen lassen, da er der Ansicht war, nur fertige Geschichten verdienten Aufmerksamkeit, und seit dem Tod ihrer Mutter hatte er keine Geschichte mehr fertig geschrieben. Doch da saß er plötzlich wieder auf seinem Stuhl. Erschrocken sprang sie zurück.

»Hallo, meine Kleine. Ich muss wohl eingedöst sein. Wie war's in der Schule?«

Lisa hielt sich die Hand vor den Mund, um nicht zu schreien.

»Du warst gerade weg. Und jetzt bist du plötzlich wieder da.«

Lächelnd sah er sie an.

»Ach was. Ich saß gerade an meinem Schreibtisch und hab ein Nickerchen gemacht. Ich habe geträumt, dass meine Schreibmaschine von selbst schreibt.«

Er warf einen Blick auf das Blatt Papier. Die Buchstaben erzählten von dem kleinen Fee, genauso, wie er es geschrieben hatte, bevor dieser seltsame Traum ihn übermannt hatte. Er streckte die Hände nach seiner Tochter aus. Sie war wohl etwas verwirrt. Kein Wunder, sie hatte viel durchgemacht in letzter Zeit.

»Komm her, mein Schatz. Wollen wir heute Abend ins Kino gehen?«

»Papa! Du warst gerade weg! Der Stuhl war leer. Und wie aus dem Nichts bist du wieder aufgetaucht. Du musst mir glauben!« Sie stapfte fest mit dem Fuß auf den Boden.

»Ach Kleines, das ist doch Unsinn.« Er legte die Hand an ihre Stirn. »Fieber hast du nicht. Aber am besten legst du dich trotzdem ein bisschen ins Bett.«

»Nein. Ich schwöre, dass du nicht da warst. Wieso glaubst du mir nicht?« Eine Träne rollte ihr über das Gesicht.

»Weil solche Sachen nicht passieren, Schatz. Du hast eine rege Fantasie. Das hast du von mir.« Etwas Stolz schwang in seiner Stimme mit. Dann legte er die Stirn in Falten. Dunkel erinnerte er sich, dass die Ärzte gesagt hatten, es könne passieren, dass sie sich in eine Fantasiewelt zurückzog, wenn es ihr nicht gut ginge. Vielleicht sollte er sie doch zu einem dieser Psychologen bringen. Aber zunächst einmal erinnerte er sich an die perfekte Kur für traurige Kinder.

»Komm, ich lese dir etwas vor.« Er griff nach dem Stapel Papier auf dem Tisch und begann mit der Stimme, die Lisa aus glücklicheren Zeiten so vertraut war, und die sie so liebte, zu lesen:

»Es war einmal ein außergewöhnlich dicker Fee, der sich in der Menschenwelt verirrt hatte. Er war ganz allein dort und kannte nichts und niemanden. Die Menschen waren alle riesengroß und tollpatschig. Sie konnten nicht einmal fliegen, es sei denn, sie setzten sich in Maschinen, die so groß waren, dass sie dem kleinen Fee wie Berge vorkamen …« Und er las vor und erzählte, und Lisa lauschte und vergaß sowohl ihren Ärger als auch das seltsame Verschwinden und Auftauchen ihres Vaters.

»Und so fand er schließlich den Weg zurück in seine Heimat, die Feenwelt, und alle freuten sich so sehr, dass sie ein Fest zu seinen Ehren veranstalteten und bis spät in die Nacht hinein gemeinsam tanzten.«

Der Mann strich seiner Tochter über die Haare und küsste sie auf die Stirn. Die andere Hand spielte aufgeregt mit dem Stapel Papier auf seinem Schoß. Das Ende stand dort nirgendwo geschrieben. Es schwebte in der Luft, lebte nur in seinen Worten, die schon wieder begannen, sich zu verflüchtigen. Er musste es sofort aufschreiben, es verewigen.

»Kleines, ich muss –«, murmelte er und vergaß den Satz zu beenden, als er sich der Schreibmaschine zuwandte und in rasendem Tempo die Tasten tanzen ließ.

***

Fabilas Blick wanderte unablässig durchs Zimmer. Sie hatte sich keinen Zentimeter bewegt, seit sie den Stift abgesetzt hatte. Nur ihre Kiefer mahlten und ließen ihre Zähne knirschen, als könnte sie die Wut auf den Schriftsteller nicht anders im Zaum halten. Es schien ihr, als verginge eine Ewigkeit. Doch dann baumelten Francis' Füße vom Fenstersims, als wäre er nie weg gewesen. Mit einem Satz war sie bei ihm. Sie hätte ihn gerne umarmt und richtig fest gedrückt, doch wie immer hielt sie sich zurück, um ihn nicht zu verletzen. Sie bremste vor ihm ab und nahm ihn behutsam in die Hand.

»Geht es dir gut? Wieso hat das so lange gedauert? Was für eine Botschaft hat er dir übermittelt?«

»Hallo Fabila.« Er blickte an sich herunter. »Alles noch dran.«

»Und sonst?«

»Ich glaube nicht, dass er mir eine Botschaft mit-geben wollte. Ich hatte mich verirrt in der Men-schenwelt. Aber irgendwann hab ich heimgefunden, und alle haben sich so gefreut.« Ein Lächeln erschien auf seinen Lippen. »Keiner hat mich mehr ausgelacht, sondern alle haben mit mir und mir zu Ehren gefeiert.«

Fabila ließ sich auf die Bettkante sinken.

»Keine Botschaft?«, murmelte sie. »Wie soll er uns dann helfen? Vielleicht ergeht es Kärlchen gerade so, wie es dir ergangen ist. Und das will er uns sagen.«

»Ich weiß ja nicht, Fabila. Vielleicht sollten wir es mit einem anderen Schriftsteller versuchen? Es gibt bestimmt mehrere, und vielleicht hat dieser eine ja gar nichts mit Kärlchen zu tun.«

»Ja, vielleicht ist er mir nur eingefallen, weil ich im Geiste nach jemandem gesucht habe, der Ähnlich-keit mit dem Menschen von Heinrich hat.« Fabila grübelte, zupfte mit den Fingern an ihrer Lippe. »Da war auch noch ein Mädchen.«

Sie schloss die Augen, um sich zu konzentrieren, öffnete sie, griff nach dem Stift und setzte sich an den Tisch.

»Aber sie scheint so klein und unschuldig zu sein, wieso sollte so jemand Kärlchen entführen?«

Francis zuckte hilflos mit den Schultern.

»Wieso nicht, wenn sie nicht weiß, was sie da tut?«

Fabila nickte.

»Okay, dann probiere ich es mal mit ihr.« Sie formte den ersten Buchstaben, und noch einen, doch dann ließ sie den Stift sinken und wandte sich um.

»Francis, deine Djamila ist da. Und dein Onkel. Und noch zwei Feen. Sie haben dich gesucht, und ich musste sie fortschicken, weil ich nicht wusste, wo du bist und ob du zurückkommst.«

»Djamila ist hier? Und Onkel Jacob? Und das sagst du mir erst jetzt?« Er blickte Fabila noch entgeistert an, als sein Körper sich bereits im Sprintflug Richtung Tür bewegte.

11

»Djamila. Onkel Jacob. Benni. Alex – ihr seid alle wegen mir hier?« Francis' Augen leuchteten, als er einen nach dem anderen umarmte. »Ich hätte nie gedacht, dass mich jemand sucht.«

Sein Blick blieb an Djamila hängen. Ihre Wangen schimmerten in lieblichem Rosa und ließen die ansonsten alabasterweiße Haut noch zarter erscheinen. Die dunkle Haarsträhne, die sich vor ihre großen, braunen Augen gestohlen hatte, strich sie verlegen hinters Ohr. Wie schön sie war. Wie von selbst fuhr seine Hand über ihre Wange, streichelte sein Daumen die kleinen Grübchen, die sich auf ihr Gesicht gezaubert hatten, als sie ihn sah und zu strahlen begann. Und sie ließ es geschehen. Ein klein wenig fühlte es sich sogar so an, als schmiegte sich ihr Gesicht in seine Handfläche, als hätte sie sich auch lange nach dieser Berührung gesehnt.

»Wir haben uns wie verrückt Sorgen gemacht, mein Junge! Was hast du nur für Flausen im Kopf, einfach so fortzugehen, ohne uns Bescheid zu geben?«, unterbrach Onkel Jacob den Augenblick.

Francis' Hand sank hinab, gemeinsam mit seinem Herzen. Was hatte er sich dabei gedacht? Er hatte gedacht, es interessiere niemanden, wenn er nicht mehr da wäre. Wieso auch? Seinen Vater hatte es nicht interessiert, dass er da war. Und seine Mutter auch nicht, sie hatte ihn regelmäßig vergessen, bis sie sich selbst vergaß. Aber er hatte eine Familie. Und sie war ihn suchen gekommen. Eine Träne der Rührung purzelte aus seinem Auge.

»Es tut mir leid, Onkel Jacob«, flüsterte er, ehe die Freude das schlechte Gewissen durchbrach und er seinen Onkel vor Glück fest umarmte.

»Wie habt ihr mich denn gefunden?«, fragte Francis schließlich neugierig.

»Wir sind wochenlang durch die Wesenwelt geirrt. Wir waren bei Zwergen, bei Kugelköpfen und Ohrenseglern, aber niemand konnte uns Hinweise geben. Bis wir eines Tages auf ein paar Schwarz-Weiß-Vögel getroffen sind. Sie haben uns hierher gebracht«, erzählte Benjamin und schickte sich an, in die Details zu gehen, als sein Vater ihn dezent am Ärmel zupfte.

»Mir fällt gerade ein – Hallibert hat uns zu einem kleinen Männerabend nach Folfmanier eingeladen, und ich würde seine Gastfreundschaft ungern enttäuschen. Für die ollen Geschichten ist doch noch jede Menge Zeit.«

Mit einem Augenzwinkern drehte er sich zu Francis und drückte ihn einmal fest, bevor er seinen anderen beiden verdutzt dreinschauenden Söhnen winkte, ihm zu folgen.

Francis und Djamila blieben sprachlos zurück, dann fasste sich der kleine Fee und streckte seiner hübschen Angebeteten schüchtern die Hand hin.

»Soll ich dir meinen Lieblingsplatz hier zeigen?«

Djamila erwiderte sein Lächeln, ließ ihre Hand in seine gleiten und setzte die Flügel in Bewegung. Und so flogen sie Seite an Seite, Hand in Hand, zunächst durch die Ortschaft, dann über die grünen Hügel, dem sich orangerot verfärbenden Himmel entgegen. Schließlich setzte Francis auf einer Klippe zur Landung an. Das Meer erstreckte sich schwarz und undurchdringlich unter ihnen, nur ein paar Schaumkronen tanzten auf den sanft in die Bucht einlaufenden Wellen.

»Ich hatte dich so vermisst, ich wollte schon fast wieder ins Feenland zurück. Aber ich war auf der Suche nach irgendetwas, nur nach was, das war mir gar nicht so richtig klar. Doch dann kam ich hierher auf die Insel. Und hier ergab alles dann einen Sinn. Fabilas Verlobter wurde entführt. Dort unten, an diesem Strand. Es war die Nacht vor ihrer Hochzeit, sie wollten sich das Ja-Wort schon früher geben, ganz für sich allein und nur mit ihrem Trauzeugen Bulu, an diesem magischen Ort. Doch ganz plötzlich war Kärlchen, Fabilas Verlobter, verschwunden. Vor ihren Augen. So als würde ich jetzt verschwinden, während du neben mir sitzt. Fabila war am Boden zerstört. Und ich hatte eine Idee, zu helfen. Ich hatte das erste Mal in meinem Leben wirklich das Gefühl, ich könnte etwas tun, das wichtig ist. Und ich brauchte das. Wie sonst sollte ich mir anmaßen, dass du –«, Francis schluckte, »dass ich ein Feenmann sein könnte, der dir gerecht wird.«

Er suchte die Augen der Fee. Ein unbekanntes Glitzern darin verlieh seiner Hand den Mut, ihr das Haar aus dem Gesicht zu streichen. Wieder schmiegte sich ihre Wange sanft gegen seine Handfläche.

»Du bist so wunderschön, und ich –«, setzte der kleine Fee an, doch Djamila legte ihm den Finger an die Lippen:

»Psst«, hauchte sie, »nicht weiter reden. Du bist toll, so wie du bist.« Dann fanden sich ihre Lippen und sie küssten sich, während die Sonne langsam ins Meer sank.

»Bist du je auf die Idee gekommen, dass dein Vater vielleicht auch entführt wurde?« Djamila lag in Francis' Armen und lauschte dem Rauschen des Meeres. »Dein Onkel meinte, es gab nie einen Hinweis darauf, dass er weg wollte. Er sei total in dich vernarrt gewesen. Jacob konnte sich überhaupt nicht vorstellen, dass er dich alleine gelassen hätte.«

»Schon möglich«, erwiderte Francis nachdenklich. Seit er Fabila kannte und von Kärlchens Verschwinden wusste, kreiste dieser Gedanke immer wieder durch seinen Kopf. »Aber ich werde es wohl nie wirklich herausfinden.«

»Das mag sein. Aber es ist doch recht wahrscheinlich. Und ich finde, du solltest aufhören, zu denken,
du seist nicht liebenswert, weil deine Eltern dich
nicht geliebt haben. Du bist der liebenswerteste Junge, den ich kenne. Ganz egal, was mit deinen Eltern
war.«

Die Worte wärmten Francis.

»Du bist toll.« Er drückte Djamila einen Kuss auf
die Stirn. »Ach hab ich dich vermisst. Ich hab sogar
ein Gedicht für dich geschrieben, weil du mir so gefehlt hast. Willst du mal hören?«

Djamila nickte. Francis räusperte sich:

»Ich bin hier,
und du bist dort.
Ich wollte hier sein,
doch nun bin ich fort,
von dir.
Die Welt erkunden, erleben,
erstaunen wollte ich.
Gedanken, Geschichten gebären,
sie dir zu erzählen.
Doch die Sehnsucht sucht,
schreit nach dir.
Ich bin süchtig,
mich suchend nach dir zu sehnen.
Und so träume ich,
nicht des Nachts,
sondern des Tages.

Statt die Augen zu öffnen
für die Wunder der Welt,
suche ich in mir,
nach meinem größten Wunder,
nach dir.«

Er setzte ab.

»Gefällt es dir, oder denkst du jetzt, ich bin komisch?«

Sie lachte glücklich.

»Es ist wunderschön. Jedes Feenmädchen im ganzen Feenreich wäre jetzt gerade neidisch auf mich.«

Francis vollführte einen kleinen Freudentanz, dann kuschelte er sich an seine hübsche Freundin, bis die beiden Arm in Arm einschliefen.

Djamila wachte auf, ihr war kalt geworden. Francis lag nicht mehr neben ihr. War er aufgestanden? Er hatte sie doch wohl jetzt nicht alleine gelassen? Der Mond stand voll und hell am Himmel und malte einen silbernen Kegel auf die Wasseroberfläche, so als rolle er ihr einen Teppich aus. Vielleicht war Francis dort? In den letzten Wochen waren so viele unglaubliche Dinge geschehen, dass sie nichts mehr erstaunen konnte. Sie flog gerade los, auf das silberne Glänzen zu, als sie plötzlich festgehalten wurde. Sie schrie auf, doch der Griff war zärtlich und als sie sich umdrehte, sah sie im Mondschein das Gesicht ihres Freundes.

»Wo warst du denn? Ich hab mich ganz schön gefürchtet hier alleine.«

»Entschuldige bitte, ich wollte das nicht. Fabila hat mich mit ihrem Zauberstift in eine Geschichte geschrieben.«

»Zauberstift? Wovon sprichst du?«

Und so erzählte Francis Djamila von dem Stift aus der Menschenwelt.

»Das heißt, Fabila kann jeden von uns jederzeit entführen?« Der Gedanke entsetzte Djamila.

»Ja genau. Toll, nicht?«, erwiderte Francis.

Djamila dachte nach.

»Sag mal, vor kurzem hatte ich einen seltsam real wirkenden Traum. Du warst halbtot und bist zu mir ins Krankenhaus gekommen. Ich war Krankenschwester, und ich konnte dich gesund pflegen. Ich habe dir Blut gespendet. Als ich am nächsten Tag aufgewacht bin, habe ich mich ganz schwach gefühlt, auch den ganzen Tag noch, so als hätte ich tatsächlich Blut verloren.« Ihre Brauen verengten sich fast zu einem Strich, als sie Francis fragend anschaute.

»Du erinnerst dich daran! Du hast mir das Leben gerettet. Moskitos hatten mich überfallen und fast bis auf den letzten Tropfen leer gesaugt. Fabila hat mich und den Stift gefunden, und dann damit diese Geschichte geschrieben. Und die ist wahr geworden. Letztendlich hast eigentlich du mich gerettet.« Er lächelte und schmiegte sich an sie. »Ich habe dein Blut in mir. Wir sind miteinander verbunden. Morgen erzähle ich dir alles in Ruhe, aber jetzt bin ich unendlich müde.« Mit diesem Satz fielen Francis die Augen zu. Djamila hingegen lag noch lange mit offenen Augen da und starrte in den Himmel. Dieser Zauberstift – niemand sollte solche Macht besitzen. Niemand sollte einfach so in der Lage sein, anderen ihre Liebsten zu stehlen. Sie kaute auf ihren Lippen herum, bis sie bluteten und bis sie einen Entschluss gefasst hatte.

***

Lisa erwachte schlecht gelaunt. Noch sah sie die Bilder klar vor sich, doch sie wusste, dass sie schon bald verschwimmen und nur noch ein fades Gefühl von etwas hinterlassen würden, das sie nicht vergessen sollte. So war es schließlich immer mit den Träumen. Manchmal tauchte ihre Mutter im Traum vor ihren Augen auf, doch am nächsten Morgen verblasste das geliebte Gesicht, obwohl sie so sehr wünschte, sie könnte es greifen und für immer bei sich tragen. Ohne ihre Fotos regelmäßig anzuschauen, fiel es Lisa bereits schwer, sich an die Details ihrer Gesichtszüge zu erinnern, und sie hatte unglaubliche Angst davor, dass sie aus ihrer Erinnerung verschwinden würden und sie dann gar keine Mutter mehr hätte. Heute beim Aufwachen schwebte ein weiterer Verlust über ihr. In ihrem Traum war ihr der Fee aus Vaters Geschichte erschienen. Er hatte sie um Hilfe gebeten, Kärlchen zu finden. Als sei dieser in Not. Dabei sollte er doch eigentlich an seinem gewohnten Platz im Wald unter der Eiche schlafen, sie wollten sich später treffen. Ohne Kärlchen – sie konnte sich nicht vorstellen, wie sie die Tage verbringen sollte. Wie sie es überstehen könnte, alleine zu sein.

***

Djamila flog von Fenster zu Fenster und spähte ins Innere des Hauses. Das Herz schlug ihr bis zum Hals vor Aufregung, aber sie war überzeugt, dass ihr Vorhaben richtig war, ein wichtiger Beitrag, um wieder Ordnung in die Dinge zu bringen. Gegen etwas Magie hatte sie grundsätzlich nichts einzuwenden, aber dieser Zauberstift war ihrer Ansicht nach eine echte Bedrohung für die Existenz der Wesenwelt. Dass Francis das nicht auch so sah, wunderte sie, aber sie schob seine unerklärliche Begeisterung für die Fähigkeiten des Stifts auf die Ausnahmesituation, in der er sich jetzt schon seit geraumer Zeit befand. Wer wäre da auch noch in der Lage, klar zu denken! Bald würde er sie verstehen. Sie atmete tief durch. Wenn ihr Leben wieder zur Normalität zurückgekehrt war, im Feenreich, dann würde er zu schätzen wissen, was sie für ihn und für sie alle getan hatte. Und warum. Denn sie wollte ihn einfach nicht noch einmal verlieren, und das konnte er ihr ja wohl kaum übel nehmen.

Sie war überrascht gewesen, festzustellen, wie sehr sie ihn vermisste. Einfach mal so bei ihm vorbei zu gehen und bei einem Kaffee zu plaudern, oder mit ihm gemeinsam durch die Blumenwiesen zu fliegen, Verstecken zu spielen und herumzublödeln, das fehlte ihr. Francis war immer für sie da gewesen, wenn sie etwas brauchte, er hatte sie immer zum Lachen bringen können, wenn sie traurig war. Und als er fort war, wurde ihr klar, welche Rolle er in ihrem Leben gespielt hatte. Das Selbstverständliche, es war nicht selbstverständlich. Sie war so glücklich gewesen, gestern, als er sie geküsst hatte. Eine Milliarde kleiner Stromschläge durchzuckten ihren Körper, als ihre Lippen sich berührten, und ihr wurde wohlig warm ums Herz, als ihre Finger sich ineinander verschränkten. Doch genauso erschrocken war sie, als er plötzlich fort war, und auch, als sie von Fabilas Zauberstift hörte. Keiner hatte das Recht, ihr Francis einfach wieder wegzunehmen. Niemand sollte die Macht haben, so Gott zu spielen! Vor allem niemand, der ihr so verantwortungslos vorkam wie diese Folfin, die ihnen einfach die Tür vor der Nase zugeschlagen hatte. Und deshalb ignorierte Djamila ihr schlechtes Gewissen, als sie ein gekipptes Fenster zu Fabilas Wohnzimmer fand, und flog hindurch, um den Stift zu suchen und zu zerstören.

Francis wusste nichts von Djamilas Plänen, doch auch ihn zog es nach dem Aufwachen als erstes zu

Fabilas Haus. Er hatte mit der Folfin ein Hühnchen zu rupfen. Wie konnte sie ihn in seiner ersten Nacht mit Djamila entführen? Er fand sie tief schlafend in ihrem Bett vor. Kein Wunder, hatte sie ja auch die Nacht damit verbracht, Geschichten zu schreiben. Auf ihrem Nachttisch stand ein Glas Wasser. Mit beiden Händen packte er es, und schüttete es ihr ins Gesicht. In einem Sekundenbruchteil saß sie aufrecht im Bett.

»Spinnst du? Was soll das denn?«, beschwerte sie sich und wischte sich mit dem Arm die Nässe aus dem Gesicht.

»Genau das wollte ich dich gestern Nacht auch fragen. Was zum Teufel sollte das?«

»Was denn?«, fragte sie irritiert.

»Du hast mich entführt. Einfach so. Ohne zu fragen.«

»Na und? Du hast mir schließlich versprochen, mir bei der Suche nach Kärlchen zu helfen. Und bisher hattest du auch nie etwas dagegen.«

»Bisher war auch nicht die Nacht, auf die ich mein ganzes Leben lang gewartet habe! Stell dir doch mal vor, Kärlchen würde heute wiederkommen, und gerade nachdem ihr ins Bett gegangen seid, würde dich dann jemand entführen. Würde dir das gefallen?«

»Boah, ich würde toben vor Wut. Das soll mal jemand probieren! Ach, ich glaube, ich würde mich so sehr dagegen sträuben, dass niemand das schaffen könnte. Und wenn doch, würde ich danach dafür sorgen, dass es demjenigen leid täte.« Fabila hatte sich in Rage geredet. Jetzt blickte sie den Fee an. »Aber was hat das denn mit gestern Nacht zu tun?«, fragte sie erstaunt, ehe man ihrem Gesicht förmlich ansah, dass jetzt auch bei ihr der Groschen fiel.

»Du und Djamila – ihr – sie liebt dich auch?« Ein Grinsen breitete sich auf ihrem Gesicht aus, das so ansteckend war, dass auch Francis nicht anders konnte, als zu grinsen.

»Ja, ich glaube schon.«

»Oh das freut mich so für dich, Francis.« Die Folfin drückte dem kleinen Fee einen schmatzenden Kuss aufs Gesicht.

»Aber sie war echt ganz schön entsetzt, als ich plötzlich verschwunden war.«

Fabila schlug sich die Hand vor den Mund.

»Francis, das tut mir so leid. Ich habe einfach gar nicht darüber nachgedacht, dass es einen Grund geben könnte, dich nicht in meine Geschichte zu schreiben.«

»Ach, schon gut. Oh Mann, ich kann dir echt nicht böse sein.« Francis seufzte. »Aber du solltest es Djamila erklären. Du schuldest ihr – und meiner ganzen Familie – eh noch eine Entschuldigung für deinen Auftritt gestern, als sie angekommen sind.«

»Du hast ja recht, Francis«, sagte Fabila und schlug die Bettdecke zurück. »Das machen wir gleich.«

Francis lächelte erleichtert und kuschelte sich in die Hand der Folfin. »Weißt du, es wäre mir echt wichtig, dass sie verstehen, warum ich dir helfen will.«

»Riechst du das auch?«, unterbrach Fabila ihn da. Sie schnüffelte und rannte dann los, aus dem Schlafzimmer, den Flur entlang, bis ins Wohnzimmer, wo sie erst vor dem Kamin zum Stehen kam. Darin brannte ein Feuer und aus dem Feuer ragte der fürchterlich stinkende, deformierte Kugelschreiber.

Francis sah gerade noch, wie ein Flügel, den er unter tausenden von Flügeln erkennen würde, durch das Fenster entschwand. Schnell blickte er zu Fabila, doch sie schien den Eindringling nicht gesehen zu haben und machte keinerlei Anstalten, die Verfolgung aufzunehmen. Stattdessen stürzte sie sich auf den Kamin und senkte ihre Hände in die noch glühende Asche, um die Überreste des Stiftes zu bergen. Doch der war zu nichts mehr zu gebrauchen. Vollkommen verformt und angeschmort, zerbrach der Stift in seine Einzelteile. Als wäre mit ihrer Hoffnung auch ihre Muskelkraft geschwunden, ließ Fabila sich zu Boden sinken und vergrub das Gesicht im angekokelten Fell ihrer Hände. Ihre Tränen bildeten kleine Ascheseen. Francis stand stocksteif da und fühlte sich unfähig zu handeln. Wieso hatte Djamila das getan? Er blickte abwechselnd zum Fenster und zu seiner am Boden zerstörten Folfenfreundin. Wie sollte er Fabila jetzt helfen? Und wie konnte er es anstellen, dass die beiden Frauen, die die wichtigste Rolle in seinem Leben spielten, sich nicht bis aufs Blut hassten?

***

Langsam drang das Klopfen in sein Bewusstsein. Es hatte keinen Rhythmus, den er annehmen konnte, er konnte die Worte, die er schrieb, nicht damit in Einklang bringen. Er lauschte kurz. Klopf, klopf, klopf, klopf. Es hatte etwas Erzürntes, Aufdringliches. Er beschloss, es zu ignorieren, und versuchte, sich wieder seiner neuen Geschichte zu widmen. Doch dann drang eine Stimme durch die Tür.

»Herr Zipfelsberger! Ich weiß, dass Sie da sind. Ich kann Sie hören. Ich muss mit Ihnen reden.«

Sie klang resolut, die Stimme. So als könne er vor ihrer Besitzerin nichts verbergen. Langsam rollte er mit seinem Stuhl rückwärts, vom Schreibtisch weg, und stand auf. Wer ihn wohl besuchen kam und so dringend mit ihm reden musste? Seit Wochen war da nur Lisa gewesen. Als er die Tür öffnete, stand ein mageres, recht kleines Persönchen vor ihm. Die Dame hatte ihr braungelocktes Haar zu einem praktischen Dutt gebunden, in ihrem Gesicht war keine Spur von Schminke zu erkennen, und die Kleidung, die sie trug, erinnerte ihn an die Schwarz-Weiß-Fotos seiner Eltern. Dennoch stand eine Dame vor ihm, das konnte er auf den ersten Blick erkennen. Ihre Haltung sprühte vor Aufrichtigkeit und Kampfgeist, so als hätte sie es aufgrund ihrer kleinen Statur schon immer schwerer gehabt als die anderen.

»Sie waren nicht beim Elternabend«, bemerkte sie.

»Elternabend?«

»Ich hatte Sie angerufen.«

»Angerufen«, wiederholte er und versuchte, sich das Gespräch in Erinnerung zu rufen.

»Veräppeln Sie mich nicht«, sagte sie und legte ihm den Finger auf die Brust, als sie an ihm vorbei durch die Tür schlüpfte, sich umsah und in Richtung Wohnküche marschierte.

»Ah, Sie sind die Lehrerin.« Die Erinnerung leuchtete in seinen Augen auf. »Ich war beschäftigt.« Doch irgendetwas an ihrem Blick trieb ihn dazu, noch mehr zu sagen: »Ich habe es vergessen«, fügte er leise hinzu.

»Ist Ihre Tochter Ihnen denn gar nicht wichtig?« Ihre zusammengezogenen Augenbrauen bildeten einen Strich, dem die aneinander gepressten Lippen in nichts nachstanden. Doch es wirkte nicht bösartig, sondern schien einfach nur Ausdruck aufrechter, unschuldiger Empörung. Es rührte ihn.

»Lisa –«, er verlor sich in der Vorstellung seiner Tochter, »sie ist das Wichtigste überhaupt. Sie ist alles, was ich habe.«

Er setzte sich an den Küchentisch und umfasste mit seinen Händen eine leere Müslischale, als könne er sich daran festhalten.

»Seit ihre Mutter fort ist, ist sie alles.« Den Nachsatz flüsterte er so leise, dass schon die kleinste

Windböe ihn übertönt hätte, doch in der abgestandenen Luft der Küche regte sich kein Lüftchen, und die Worte hingen schal und unverdaulich im Raum.

»Ihre Mutter ist fort?« Die Lehrerin blickte ihn ungläubig an. »Davon weiß ich gar nichts. Seit wann? Was ist denn passiert?«

»Sie wissen das nicht?«, fragte er erstaunt. »Ach ja, ich habe mich ja schon bei Ihrem Anruf gewundert, wieso Sie das gesagt haben«, murmelte er mehr zu sich, als zu seinem Gast. »Sie ist letztes Jahr gestorben. An Krebs. Lisa scheint es ganz gut zu verkraften. Aber mir fällt es schwer, ohne meine Frau zurechtzukommen. Sie war immer die praktisch Veranlagte, wissen Sie? Ich bin doch nur ein Dichter.«

»Lisa ist ein Kind. Wie soll ein Kind besser mit dem Verlust seiner Mutter zurechtkommen als der Vater? Sie verschätzen sich gehörig, mein Lieber.« Die Lehrerin richtete sich auf. Ihre Haltung, die Fäuste in die Seiten gestemmt, die Schultern gerade, das Kinn erhoben, wuchs an zu einer einzigen Herausforderung. Vielleicht lag es daran, vielleicht war es aber auch einfach das erste Mal, dass ihm jemand diese einfache Wahrheit so direkt gesagt hatte: Die Worte der Lehrerin bahnten sich den Weg in sein Bewusstsein. Und von da aus machten sie sich auf, ihm das Herz zu brechen.

»Sie schwänzt die Schule. Immer häufiger. Sie denkt, es merkt keiner, aber ich merke es. Und wenn sie da ist, ist sie in einer Traumwelt versunken, in die sie niemanden hineinlässt. Sie isoliert sich von ihren Mitschülern. Da ist niemand, den sie ihren Freund nennen könnte. Und Sie denken, sie kommt gut damit klar? Hätte ich das gewusst, hätte ich mich ganz anders um sie gekümmert. Kinder, die ihre Eltern verlieren, brauchen Unterstützung. Wie konnten Sie das nicht melden?«

Mit tonloser Stimme antwortete er:

»Ich dachte wohl irgendwie, Lisa würde Ihnen schon Bescheid geben. Sie hat sich doch auch hier zu Hause so toll gekümmert. Sie hat nie Schwäche gezeigt.«

»Wissen Sie, das macht es noch schlimmer. Wenn sie denkt, dass sie keine Schwäche zeigen kann.«

»Nein, das hätte sie gekonnt. Sie – ich –«, doch er hatte nichts mehr zu seiner Rechtfertigung zu sagen. Sie hätte es gekonnt, und dann wären sie gemeinsam in das Loch gefallen, in dem er sich befand. Ob er dann irgendwann für sie Frühstück gemacht hätte? Er wusste es nicht. Aber er begriff, dass er nicht nur seine Frau verloren hatte, sondern auch Gefahr lief, seine Tochter zu verlieren.

»Sie haben wohl recht. Ich bin ihr kein guter Vater. Aber vielleicht kann ich es ändern?« Mit hochgezogenen Brauen richtete er den Blick auf die zierliche Brünette. »Werden Sie mir helfen? Ich glaube nicht, dass ich es alleine schaffen kann. Vielleicht brauche ich jemanden, der mir ab und an in den Hintern tritt.«

231

Die Lehrerin zögerte, doch dann nahm sie seine Hand und ein Lächeln wanderte über ihr Gesicht.

»Passen Sie nur auf, was Sie sich wünschen. Hinterntreten ist meine Spezialität.«

12

Francis saß neben Djamila auf der Klippe. Wie an ihrem ersten Abend auf der Insel beobachteten sie, wie die Sonne im Meer versank. Wieder leuchtete der Himmel rotorange. Doch der Zauber der ersten Nacht wollte sich nicht einstellen. Seit Tagen diskutierten sie über den Kugelschreiber. Francis war der Einzige, der wusste, dass Djamila ihn verbrannt hatte, und er bestand darauf, dass es so blieb. Fabila würde komplett ausrasten, wenn sie es erführe, er war sich nicht sicher, wie weit sie gehen würde. Wenn es heraus käme, bliebe ihnen sicher nichts anderes übrig, als die Folfinsel sofort zu verlassen. Djamila und seiner Familie war das gleich, sehnten sie sich doch eh nach der Heimat.

»Wieso sagen wir ihr nicht einfach die Wahrheit? Ich finde, sie sollte verstehen, warum ich es getan habe. Ich weiß gar nicht, wie man das nicht verstehen kann. Vor allem sie. Sie müsste eigentlich am ehesten wissen, was man mit dieser Macht anrichten kann.«

»Ich habe es doch schon hundert Mal gesagt, Djamila. Es war ihre einzige Chance, Kärlchen wiederzufinden. Ansonsten magst du ja recht haben. Aber wie soll es denn jetzt weitergehen? Sie hat alle Hoffnung verloren. Und ich weiß auch nicht mehr, wie ich ihr helfen kann.«

»Wenn du ihr nicht mehr helfen kannst, wieso gehen wir dann nicht endlich nach Hause? Ich vermisse meine Familie.«

»Ich habe es ihr versprochen. Und ich werde mein Versprechen halten. Ich werde ihr helfen mit allem, was ich habe.«

»Sogar, wenn es bedeutet, mich zu verlieren?« Djamilas Mundwinkel zuckten. Francis ahnte schon, was folgen würde, obwohl er ihrem Blick auswich. Gleich würde sie anfangen zu weinen, und wie jedes Mal, wenn er Tränen über ihre hübschen Wangen kullern sah, würde er den starken Drang verspüren, sie in den Arm zu nehmen und ihr alles zu versprechen, was sie hören wollte. Doch er musste jetzt für Fabila da sein. Es würde ihn ewig verfolgen, wenn er seine Gefährtin im Stich ließe. Ein Versprechen war ein Versprechen. Und Versprechen musste man halten. Er seufzte.

»Djamila. Ich liebe dich. Schon immer. Und ich möchte dich nicht verlieren. Aber wenn du gehen musst, dann ist es so. Ich muss bleiben und Fabila helfen. Sie braucht mich jetzt.«

Ein klein wenig bewunderte Djamila ihren Freund für seine Geradlinigkeit und Loyalität. Doch die Abfuhr trieb ihr die Tränen in die Augen. Um sich ihm nicht in ihrer ganzen Verletzlichkeit auszuliefern, wandte sie sich ab und flog davon.

Francis blieb sitzen und starrte auf das Meer hinaus. Der Mondschein warf ein fahles Licht auf die schäumende Gischt. Dass die Wellen so endlos tanzten und niemals müde wurden. Er selbst fühlte sich unendlich müde. Doch er wusste, dass Schlaf gegen diese Form der Müdigkeit nicht half. Vielleicht sollte er ein Bad in den kühlen Wellen nehmen, so wie die Fische, deren Köpfe er immer wieder auftauchen sah. Sie kamen stetig näher. Seltsam, er hatte so nahe am Ufer noch nie so große Fische gesehen. Der Fee schirmte seine Augen ab, um sie besser beobachten zu können. Sie waren schon fast auf Höhe der Brandung, als er schließlich erkannte, was er wirklich vor sich sah. Vampire!

Er sprang auf. Wo war Djamila nur hingeflogen? Er musste sie warnen! Und Fabila musste er auch warnen. Oh nein, seine Familie und die ganzen Folfe!

»Djamila!«, rief er so laut er sich traute, während er in die Richtung flog, in der er seine Geliebte vermutete. Doch keine Antwort. Und die Vampire kletterten bestimmt bereits das Kliff hinauf. Seine Augen suchten rastlos die Küste ab, doch er konnte das Feenmädchen nicht finden. Wenn sie gut versteckt war, war sie vielleicht auch gut geschützt. Er entschloss sich, Richtung Dorf zu fliegen. Vielleicht war sie ja bei seiner Familie. So schnell er konnte, bewegte er die Flügel, doch schon nach kurzer Zeit hörte er in seinem Rücken das Zischen der Vampirstimmen. Und ehe er sich versah, fand er sich zwischen zwei schwieligen Fingern wieder.

»Was haben wir denn da?«, spuckte ihn ein von einer wulstigen Narbe entstellter Mund an, als der Vampir ihn vor den Augen wendete. Francis wurde schlecht vom faulen Gestank ranzigen Bluts, der ihm entgegen schlug.

»Ist das der Fee, den wir suchen?« Der Vampir drehte sich zum Rest der Gefolgschaft um.

»Wie soll man das denn erkennen?«, erwiderte der Vampir mit dem mächtigen Schnauzbart.

»Die sehen doch alle gleich aus«, stimmte der Hüne schulterzuckend zu.

»Lasst sehen«, erklang die scharfe Stimme der rothaarigen Vampirin. Sofort traten die Männer beiseite und machten Platz, so dass ihre Anführerin einen Blick auf den Fee werfen konnte. Doch auch sie schien sich nicht sicher zu sein.

»Egal. Einpacken.« Und so steckte der narbengesichtige Vampir Francis in einen ledernen Beutel, den er am Gürtel trug, und knotete ihn zu.

Djamila lag versteckt in einer Blume am Wegesrand und ließ sich vom Wind in den Schlaf schaukeln, als sie Francis' Ruf hörte. Traurig blieb sie liegen. Er würde seine Meinung nicht ändern. Und sie brauchte etwas Zeit, das zu verdauen. Sie wollte nicht schon wieder anfangen zu weinen, waren ihre Tränen doch eben erst versiegt. Doch er rief wieder und schien dabei näher zu kommen. Etwas in seiner Stimme beunruhigte sie. Seine Rufe waren verhalten, aber sie meinte einen panischen Unterton zu vernehmen. Und so richtete sie sich in der Pflanze auf, um vorsichtig über den Rand der Blütenblätter zu schauen. Was sie sah, ließ sie den Atem anhalten. Riesige Wesen huschten schnell durch die Nacht. Dort, wo sie eben noch Francis' Stimme gehört hatte, hielten sie an und versammelten sich. Es waren vier, nein, fünf von ihnen. Ihre Kleidung war abgewetzt und klebte tropfnass an ihren Körpern. Da hörte sie einen Schrei aus ihrer Mitte. Es klang so gruselig, dass ihr Körper automatisch in Fluchtmodus versetzt wurde und sie rückwärts flog. Doch sie wehrte sich gegen den Impuls, sammelte allen Mut, den sie auftreiben konnte, zauberte sich unsichtbar und flog geradewegs auf das Geschehen zu. So konnte sie gerade noch Francis erkennen, bevor er im Lederbeutel verschwand.

Ihre Gedanken jagten sich. Das mussten die Vampire sein, von denen Francis erzählt hatte. Sie musste die anderen warnen. So schnell sie konnte, flog sie los. Doch schon nach Sekunden überholten die Vampire sie, ohne sie zu bemerken. Und nur wenig später hörte sie die ersten Schreie im Dorf.

Unbeirrt flog sie weiter, bis sie schließlich an der Folfsiedlung angelangt war. Türen und Fenster waren eingetreten, Blumen und Sträucher in den sonst so gepflegten Vorgärten umgeknickt und zeigten an, wo ein Folf durchs Beet gezerrt worden war. Es krachte und heulte, und wenn gerade nichts zerbarst, konnte man die Schreie der verängstigten Folfe hören. Djamila flog geradewegs zu Halliberts Haus, wo sie die Feenfamilie vermutete. Als Dorfoberhaupt hatte er sie eingeladen, dort zu nächtigen. Ein Stein fiel ihr vom Herzen, als sie sie eng aneinander gedrängt in einem Baum vorm Haus sitzen sah, leicht durchsichtig, was andeutete, dass sie für Nichtfeen unsichtbar waren. Schnell flog sie zu ihnen und umarmte sie heftig.

»Sie haben Francis«, flüsterte sie und musste zusehen, wie das Gesicht seines Onkels aschfahl wurde.

»Kennt er denn den Zauberspruch nicht?«, fragte er ungläubig.

»Doch, ich habe ihm davon erzählt. Er hat wohl nicht daran gedacht. Was machen sie mit ihnen?«, fragte die Fee und deutete auf einen Folf, der über der Schulter des schnauzbärtigen Vampirs hing und aus seinem Haus fort getragen wurde.

»Sie bringen sie alle in das große Haus am Marktplatz. Benjamin ist hinterher geflogen, als sie Hallibert mitgenommen haben. Was da drinnen passiert, wissen wir nicht«, sagte der Onkel.

»Außer, dass sie schreien«, fügte Benjamin leise hinzu.

»Wir müssen hin! Wir müssen ihnen helfen«, drängte Djamila. Die Jungs schauten ihren Vater an, der bedächtig nickte.

»Ja, jetzt, wo Francis auch dort ist, müssen wir das wohl. Aber ich lasse nicht zu, dass ihr euch in Gefahr bringt, hört ihr? Keiner geht mir in das Haus rein. Wir bleiben unsichtbar und versuchen zu lauschen, was passiert. Und dann warten wir ab, ob es eine Gelegenheit gibt, sie zu befreien.« Er blickte Djamila und Benjamin an. »Keine überstürzten Aktionen, klar?«

Die beiden nickten schweren Herzens.

»Okay, dann los. Mir nach«, sagte der Onkel, und so machten sie sich auf zum Marktplatz, um ihre Spähposten einzunehmen.

***

»Papa, es war schön heute im Zoo.« Lisa schmiegte sich an ihren Vater, als er sie ins Bett brachte. »Die Elefanten mag ich am liebsten. Es hat total gekitzelt, als der große mir mit seinem Rüssel die Möhre aus der Hand genommen hat.« Begeisterung schwang in ihrer Stimme mit. Der Vater dankte still der Lehrerin, die ihn zur Besinnung gebracht hatte. Er hatte seine Tochter seit Ewigkeiten nicht mehr so strahlen sehen. Und auch er selbst erwischte sich bei einem Lächeln. Dabei hatte er gedacht, es wäre für ihn unmöglich geworden zu lächeln. Aber es war einfach wunderbar, die Kleine ausgelassen zu erleben.

Er hatte sich die Worte der Lehrerin zu Herzen genommen, sich jeden Tag den Wecker gestellt und

Lisa ein Frühstück zubereitet. Dann schickte er sie zur Schule, passte auf, dass sie ihre Hausaufgaben machte, und wenn sie fertig war, ging er mit ihr spazieren. Gestern hatten sie sogar ein Picknick im Wald veranstaltet, bevor sie ins Kino gingen. Und heute hatte er beschlossen, dass einmal mehr oder weniger Schule schwänzen jetzt auch nicht mehr wichtig war, weckte sie gleich morgens, mit geschmierten Broten im Rucksack, und ging mit ihr in den Zoo. Da die meisten Leute arbeiten mussten oder in der Schule waren, hatten sie die Tiere fast für sich alleine. Lisa war so begeistert von deren Vielfalt, dass sie überhaupt nicht mehr aufhörte, Fragen zu stellen. Und ihm selbst fiel zu jedem Tier eine Geschichte ein. Dass diese selten der Realität entsprachen, machte beiden nicht das Geringste aus. Und so verließen sie den Zoo erst wieder, als die Tierpfleger bereits alles für die Nachtruhe vorbereiteten, und der Tierpark seine Pforten für Besucher schloss.

Er deckte das Mädchen zu und drückte ihr einen Kuss auf die Stirn. Ihre goldenen Locken breiteten sich über das weiße Kopfkissen aus, so wie die seiner Frau früher. Er lächelte, knipste das Licht aus und schloss leise hinter sich die Tür. Dann ergriff er den Telefonhörer und rief bei der Lehrerin an, um sich zu bedanken.

Lisa fiel derweil schnell in einen wohligen Halbschlaf, doch vorher, nur einen Sekundenbruchteil lang, fragte sie sich, ob Kärlchen wohl traurig war, weil sie diese Woche gar keine Zeit für ihn gehabt hatte.

**

Rund um Francis war es stockduster. Er befand sich immer noch in seinem ledernen Gefängnis und hatte sich ergeben hingesetzt, da er jedes Mal, wenn er versuchte aufzustehen, wieder durchgeschüttelt wurde und hinfiel. Er saß da und bemühte sich, die verängstigten Schreie der Folfe auszublenden, doch sie drangen ihm durchs Mark, war er doch dafür mitverantwortlich. Seine Lippen waren bereits blutig, so fest kaute er darauf herum, als wolle er sich selbst bestrafen, als könnte der Schmerz, den er empfand, den Folfen erlassen werden. Nie hätte er gedacht, dass die Vampire sie auf der Folfinsel finden würden, keinen Gedanken hatte er mehr an sie verschwendet, ab dem Moment, als die Schwarz-Weiß-Vögel sie von den Baumwipfeln gerettet hatten. Töricht, wie sich nun herausstellte. Er musste den Folfen zur Hilfe kommen, irgendwie, sie vor diesen spitzen Zähnen retten. Seine Finger spielten mit dem rauen Leder, zupften an einer Faser, seine Fingernägel krallten sich fest, seine Fäuste droschen darauf ein, bis er erschöpft abließ. Dann kam dem kleinen Fee eine Idee: Auch er hatte kräftige Zähne, sie waren zwar klein, aber Leder konnte ihnen sicher nicht lange widerstehen. Und so begann er zu knabbern.

Das Leder erwies sich als zäh und fest, doch nach einiger Zeit hatte Francis ein Loch hinein gekaut, das immerhin groß genug war, um hindurch zu spähen. Er erhaschte einen Blick auf ein Zimmer, in dem dicht gedrängt die Folfe standen. Sie hielten sich aneinander fest, wohl um sich zu beruhigen und auch, um so wenig Platz wie möglich einzunehmen. Immer wieder wurden ihnen Kameraden entgegen geschubst. Schließlich änderte sich Francis' Sichtfeld, er hörte, wie eine Tür ins Schloss fiel, und die Geräusche der Folfe leiser wurden. Dann vernahm er die Stimme der rothaarigen Vampirin und brachte sich wieder in Position, um aus seinem Gefängnis herauszuspähen.

»Habt ihr sie entdeckt?«, fragte sie. Als Antwort breitete sich nur Stille aus, bis sie fluchte.

»Scheiße!«

»Es gibt hier überhaupt keine grünen Folfe«, warf der Hüne ein. »Vielleicht ist es eine andere Art und die Elfen haben gelogen?«

»Das glaube ich nicht. Der hat sich doch in die Hosen gemacht vor Angst, der Elf. Der hätte nie den Mumm gehabt, uns etwas vorzulügen.« Die Anführerin legte die Stirn in Falten. »Könnte es nicht trotzdem eine von ihnen sein?«, fragte sie dann.

Schulterzucken, Schweigen. Wieder fluchte sie.

»Ihr seid echt zu nichts nutze! Was für ein Haufen Versager.«

»Du weißt es selbst nicht, und jetzt sollen wir wieder schuld sein?« Der narbengesichtige Vampir, an dessen Gürtel Francis hing, fauchte und machte dabei einen so schnellen Schritt, dass Francis das Gleichgewicht verlor.

»Kommt doch mal zu Sinnen, Leute. Wenn wir nicht wissen, ob sie dabei ist, müssen wir es eben herausfinden.«

Das war die Stimme des Hünen. Francis rappelte sich wieder auf.

»Na gut, dann knöpfen wir sie uns jetzt eben vor. Wir fragen, wer es war, und genehmigen uns dann so lange von jedem ein Schlückchen, bis sie vor Angst umfallen und uns alles erzählen, was wir wissen wollen«, sagte das Narbengesicht.

»Toller Vorschlag, Rudolf. Und was ist, wenn Johanna etwas davon mitbekommt? Du erinnerst dich an ihr Versprechen, uns bei einem Übergriff in die Kerker zu sperren, nicht wahr? Und ist dir auch bewusst, dass sie ihre Versprechen immer hält?« Die Rothaarige klang gereizt.

»Und wie soll sie das herausfinden? Sie weiß doch gar nicht, dass es diese Insel und die Folfe gibt.«

Der Hüne blickte auf.

»Du hast recht, Rudolf. Und wo ich so darüber nachdenke, eröffnet uns das ganz neue Möglichkeiten. Schaut mal: Entweder sie helfen uns, das Problem mit den Schriftstellern zu lösen, oder wir bleiben einfach hier auf der Insel und halten die Folfe als Blutspender, so wie die Kreuznaser.«

Der Milchbubi war begeistert:

»Manfred, du bist so klug! Dann können wir trinken, so viel wir wollen!«

»Das finde ich auch toll!«, stimmte der Schnauzbärtige zu. »Endlich mal keinen Hunger mehr haben.«

Die Rothaarige trommelte mit den Fingerspitzen gegeneinander.

»Es könnte natürlich sein, dass Johanna mehr weiß, als wir denken, und die Insel doch kennt. Wir sollten die Folfe auf jeden Fall erst verhören. Aber wenn wir nichts aus ihnen herausbekommen, ist das noch einmal eine Überlegung wert.«

»Einverstanden, Karolina.« Die umstehenden Vampire nickten und folgten der Rothaarigen nach nebenan, wo die Folfe dicht gedrängt und verängstigt auf ihr Schicksal warteten.

Fabila rang mit sich. Ob sie die anderen wohl retten könnte, wenn sie sich stellte? Aber sie konnte den Vampiren ja noch nicht einmal helfen. Sie wägte unschlüssig ihre Optionen ab, als diese eintraten, und die Rothaarige das Wort ergriff.

»Entschuldigt die Grobheit meiner Truppe. Ich hatte sie gebeten, euch hier zusammen zu holen, das haben sie etwas falsch verstanden. Wir wollen euch nichts Böses, wir wollen nur mit Fabila sprechen«, sagte die rothaarige Vampirfrau mit weicher Stimme. Sie schaffte es, ihre Lippen so zu bewegen, dass die langen Eckzähne beim Sprechen nicht auffielen, und lächelte dann freundlich in die Runde. Fast konnte Fabila erkennen, dass der ein oder andere Folf seine Anspannung löste, sich sicherer fühlte. Doch Fabila stellten sich die Nackenhaare auf. Sie blickte um sich. Schluckte trocken. Sie musste es tun. Es ging hier schließlich um sie. Sie ballte gerade ihre Faust, um den Mut zu finden, den dazugehörigen Arm in die Höhe zu recken, als sie Hallibert vortreten sah.

»Hier gibt es keine Fabila. Was wollt ihr von uns?«, fragte er mit versucht fester Stimme.

»Du lügst.« Das Narbengesicht sprang vor und zischte Hallibert an. Sein hässliches Gesicht wurde durch das wilde Flackern in seinen Augen und die hochgezogene Oberlippe, die seine Eckzähne freilegte, noch furchteinflößender.

Die Rothaarige zog ihn mit einem heftigen Ruck zurück und sprach wieder mit butterweicher Stimme:

»Wir sind Freunde von Fabila und müssen sie unbedingt sprechen. Wir benötigen dringend ihren Rat und werden euch reich belohnen, wenn ihr uns helft.«

Hallibert tat so, als dachte er nach.

»Es gab hier einmal eine Fabila. Aber sie ist fortgegangen, um nach ihrem Verlobten zu suchen. Bis heute hat niemand sie wiedergesehen. Richtig?« Er drehte den Kopf zu den verwirrten Folfen, die alle auf sein Zeichen hin nickten und bestätigende Kommentare murmelten. Die Vampire blickten sich an. Die Rothaarige nickte. Dann trat der Hüne vor und tätschelte Hallibert freundlich den Rücken.

»Da du uns nicht mit einer Auskunft helfen kannst, hast du doch sicher nichts dagegen, uns anderweitig behilflich zu sein.«

»Natürlich, ich tue alles, was ich kann. Aber bitte lasst mein Volk frei.«

»Den Gefallen kann ich dir leider nicht tun«, entgegnete der Hüne und warf sich Hallibert über die Schulter. Dieser schrie entsetzt auf und versuchte sich dem Griff zu entwinden. Doch der Hüne lachte nur und trug den Folf zur Rothaarigen, die sich über die Lippen leckte und ihre Zähne in seinen Hals bohrte.

Fabila ertrug den Anblick nicht.

»Halt! Ich bin die Folfin, die ihr sucht!« Mit vorgerecktem Kinn sah sie die Rothaarige an, die sofort von Hallibert abließ. Die Vampirin durchquerte blitzschnell den Raum und legte die Hand seitlich an Fabilas Hals, ganz leicht nur, doch der Folfin war die Drohung, die unmittelbare Gefahr der starken Hand, nur allzu bewusst. Die Rothaarige lächelte bemüht freundlich.

»Du brauchst dich doch nicht vor uns zu verstecken«, sagte sie sanft. »Wir möchten lediglich deine Hilfe. Und wenn du uns hilfst, gehen wir wieder.«

Fabila überlegte fieberhaft. Würden sie das wirklich tun, oder log die Rothaarige? Den Kugelschreiber hatte sie ja nun nicht mehr. Und Peter hatte solche

Angst davor gehabt, dass die Vampire die Wahrheit erfuhren. Aber irgendetwas musste sie erzählen. Etwas, das nicht wirklich schadete.

»Was wollt ihr wissen?« Sie versuchte, sich Zeit zu kaufen, und warf einen Blick auf Hallibert, der sich den Hals hielt, aber ansonsten munter zu sein schien.

»Kanntest du Heinrich?«

»Ja.«

»Also hast du das letzte Mal gelogen.«

Fabila senkte den Blick.

»Ja«, sagte sie. »Es tut mir leid.«

»Das wirst du nicht wieder tun. Sonst wird das einer deiner Freunde hier zu spüren bekommen. Ist das klar?«

Fabila presste die Lippen zusammen und nickte. Oh je, was hatte sie nur getan. Wie konnte sie diese Monster nur auf ihre Insel locken.

»Also, was weißt du über den Menschen und die Schriftsteller?«

Fabila atmete einmal tief durch. Dann sah sie der Vampirfrau in die Augen und begann zu erzählen.

»Wir haben Heinrich gesucht, da mein Verlobter verschwunden ist und wir Kontakt mit den Schriftstellern aufnehmen wollten. Aber damit konnte Heinrich mir nicht helfen. Er hatte es selbst lange erfolglos versucht. Aber dann hat er einen anderen Weg gefunden, sich zu ernähren, und seine Versuche aufgegeben.«

Die Vampire hörten ihr gebannt zu.

»Er hat bei einer Sonnenfinsternis einen Menschen aus der Menschenwelt entführt. Er meinte, er habe ihn einfach nicht umgewandelt. Und dann konnte er hier immer wieder von ihm trinken.« Fabila biss die Zähne zusammen und hoffte, dass ihre Geschichte plausibel klang.

Das Narbengesicht schaltete sich ein.

»Das ist unmöglich. Kein Vampir widersteht im Sonnentunnel dem Impuls, den Menschen zu beißen. Und wenn man das tut, wird der Mensch zum Vampir. Ich sage, sie lügt.«

Die Rothaarige dachte nach.

»Heinrich traue ich das sogar zu. Aber selbst wenn sie die Wahrheit sagt, ist das nicht wirklich hilfreich. Wir könnten auch einen Folf gefangen nehmen und immer wieder von ihm trinken. Mit dieser Geschichte können wir nicht zu Johanna gehen.«

Fabila sank der Mut. Sollte sie doch das mit dem Stift erzählen? Aber den hatte sie ja nun nicht mehr. Vielleicht war das sogar besser so, wenn sie daran dachte, was die Vampire damit wohl anstellen würden.

»Rudolf, hol mal den Fee raus. Vielleicht weiß der ja noch was.«

Das Narbengesicht öffnete das Ledersäckchen und stülpte es über seiner Hand aus. Doch da war kein Fee. Fabila seufzte erleichtert. Zumindest Francis war in Sicherheit. Auf dem Gesicht des Narbengesichts hingegen breitete sich Verwirrung aus. Er schüttelte den Beutel heftig und führte ihn dann an sein Auge.

»Komisch, das verstehe ich nicht«, sagte er, da stand die Rothaarige schon vor ihm und verpasste ihm einen Hieb in die Magengrube, so dass er wie ein Taschenmesser zusammenklappte.

»Das ist dafür, dass du nicht einmal auf einen Fee aufpassen kannst«, zischte sie mit gefletschten Zähnen. »Immer hast du große Sprüche auf Lager, und dann kannst du einfach nichts richtig machen.«

Sie wandte sich zu den anderen.

»Wir werden uns jetzt etwas umsehen.« Sie zeigte auf Fabila und nickte dem Schnauzbärtigen zu. »Nimm sie mit, sie soll uns das Dorf zeigen.« Dem Narbengesicht sagte sie: »Und du bleibst hier und passt auf die Folfe auf. Wenn mir auch nur einer fehlt, bin ich nicht mehr so freundlich, wenn ich wiederkomme.«

Francis konnte nicht schnell genug reagieren, um Fabila zu folgen. Als die Tür zuschlug, befand er sich im Zimmer mit all den anderen Folfen und einem wütenden Vampir, der einen nach dem anderen musterte, als überlege er gerade, wen er zur Vorspeise und wen er zum Hauptgang verzehren sollte. Zum Glück hatte Francis sich an den Unsichtbarkeitszauber erinnert, den Djamila ihm beigebracht hatte. Die Gesichter der Vampire, als sie dachten, er wäre geflohen – er wünschte sich, sie noch ganz oft so ratlos und wütend zu sehen. Vielleicht konnte er ihnen ja ein Schnippchen schlagen in seiner Unsichtbarkeit. Und Fabila und die anderen Folfe retten. Der Fee setzte sich auf den Fenstersims, um zu überlegen, als es ganz leise von außen ans Fenster klopfte. Er drehte sich um und blickte geradewegs in das leicht durchscheinende Gesicht seines Cousins Alex. Sekunden später sah er auch seinen Onkel Jacob und Djamila am Fenster auftauchen. Sie lebten also! Und sie waren frei! Hastig versuchte er ihnen zu signalisieren, Fabila und die Vampire zu verfolgen. Sein Onkel nickte. »Benjamin«, formten seine Lippen tonlos. Djamila begann zu gestikulieren. Trotz der Situation lächelte Francis. Früher hatten sie sich oft von Fenster zu Fenster verständigt, abends vor dem Schlafengehen, oder wenn seine Mutter ihn eingesperrt hatte, weil er unartig gewesen war. Dabei hatten sie ihre eigene geheime Zeichensprache entwickelt. Und die war jetzt durchaus nützlich.

»Benjamin ist ihnen gefolgt.«

Francis nickte. Gut. Benjamin konnte zwar sicher nichts ausrichten, aber so wussten sie wenigstens Bescheid, was die Vampire taten, und ob es Fabila gut ging. Er überlegte ein Weilchen, dann begann er ebenfalls zu gestikulieren, und Djamila übersetzte.

Und so flogen die Feen auf Francis' Anweisung hin los, um die Silberwaffen zu holen, die unbenutzt in einer Schublade in Fabilas Schlafzimmer lagen. Doch als sie, die Gesichter rot von der schweren Last, wiederkamen, wusste Francis nicht weiter. Die Waffen waren nicht unsichtbar, wie sollten sie also nahe genug an das Narbengesicht herankommen?

Er beratschlagte sich weiter mit seinen Cousins, als er sah, dass Djamilas Blick etwas hinter ihm fixierte, und ihre Lippen sich zu einem stummen Schrei formten. Dem folgte dann auch direkt ein deutlich hörbarer Schmerzensschrei. Das Narbengesicht hatte eine junge Folfin gepackt und versenkte seine spitzen Eckzähne in ihren Hals. Voller Wonne schloss er die Augen, um seine Sinne ganz auf diesen Genuss zu konzentrieren. Die Folfe schrien entsetzt. Kurzentschlossen nutzte Francis den Tumult und öffnete das Fenster. Seine Cousins verstanden sofort und stürzten mit dem Silbersäbel hinein und auf den Vampir zu. Ein paar der Folfe sahen den Säbel wie von Geisterhand getragen durchs Zimmer schweben und folgten ihm mit erstaunten Blicken, doch Bulu, dem Fabila und Francis einiges erzählt hatten, begriff sofort. Er schnappte sich die Waffe, hechtete mit der Klinge voran auf den Vampir zu und bohrte sie ihm ins Herz. Dann fiel der Säbel scheppernd zu Boden. Der Vampir hatte sich in Luft aufgelöst. Das Mädchen, das eben noch in den Fängen des Vampirs gefangen war, plumpste zu Boden und blickte verwirrt zu den anderen Folfen auf, die in lauten Jubel ausbrachen.

***

»Papa, ich kann nicht schlafen.« Lisa rüttelte sanft an der Schulter ihres schnarchenden Vaters und krabbelte zu ihm ins Bett, ihren Lieblingsteddy, dem schon ein Ohr fehlte, fest an die Brust gepresst. Er öffnete ein Auge und strich ihr übers Haar.

»Ich hatte einen Albtraum.«

»Wovon träumst du denn, mein Kind?«

»Von meinem Freund.«

»Deinem Freund?«

»Ja, von Kärlchen. Ich habe schon seit ein paar Tagen den gleichen Traum. Er ist gefesselt, eingesperrt, und er versucht verzweifelt, sich zu befreien. Weil er ganz, ganz dringend irgendwohin muss. Aber ich bin doch immer gut zu ihm.«

»Hmm. Woher kennst du Kärlchen denn? Aus der Schule?«

»Nein, von Mama. Sie hat mir damals immer von ihm erzählt, im Krankenhaus. Weißt du, er ist total mutig. Und witzig. Und sie hat gesagt, wenn ich genauso stark bin wie Kärlchen, dann kann mir nichts passieren, auch wenn sie nicht mehr da ist.«

»Ist er ein Junge, den Mama kannte?«

Lisa lachte.

»Nein, Papa! Er ist ein Folf. Er kommt aus einer anderen Welt. Da gibt es alle Wesen, die man sich vorstellen kann. Folfe sind so klein wie Kinder und haben buntes Fell. Total knuffig. Ein bisschen wie mein Teddy, nur schon viel größer und mit spitzen, großen Ohren.«

»Seltsam«, murmelte der Vater vor sich hin. »Ich hatte auch vor kurzem einen Traum, da hat man mir von so einem Wesen erzählt. Ich habe geträumt, dass ich jemanden benachrichtigen soll, wenn ich ihn finde.« Er verharrte. »Wo ist er denn jetzt, dein Freund?«

»Im Wald, schätze ich. Es gibt da eine Hütte unter einer großen Eiche, in der schläft er gerne.«

»Und da ist er eingesperrt?«

Lisa dachte nach. »Ich glaube nicht. Die Hütte hat gar keine Tür.«

»Na dann hat das sicher bis morgen Zeit. Wir schlafen jetzt noch eine Runde und morgen früh sehen wir gleich als allererstes nach ihm, in Ordnung?«

Das Mädchen nickte, kuschelte sich an ihren Vater und begann, Schäfchen zu zählen.

***

»Ist alles in Ordnung mit ihr?« Francis schwirrte neben Hallibert, der die gebissene Folfin untersuchte.

»Ich glaube schon. Er hat nicht lange getrunken. Sie hat einen Schock, aber nichts, was die Zeit nicht heilen kann«, sagte Hallibert.

Francis nickte erleichtert. »Und dir geht's auch gut?«

»Gut ist etwas anderes.« Hallibert seufzte. »Aber ich lebe noch.«

»Dann müssen wir jetzt überlegen, wie wir Fabila befreien können.«

Hallibert blickte ihn zweifelnd an.

»Mein Junge, ich kann mich jetzt nicht um eine einzelne Folfin kümmern. Ich bin der Gemeinschaft verpflichtet. Siehst du die ganzen panischen Folfe hier, die keineswegs in Sicherheit sind?«

»Ich überlasse sie nicht den Vampiren!« Francis blickte Hallibert entrüstet an. Doch der schüttelte nur den Kopf. Der Fee beschloss, keine Zeit auf lange Diskussionen zu verschwenden und flog ohne weitere Worte in Richtung Fenster. Die anderen Feen folgten ihm.

»Was willst du denn jetzt tun?«, fragte Djamila und fasste Francis an der Schulter.

»Ich will –« Er setzte zur Antwort an, doch Onkel Jacob unterbrach ihn:

»Können wir nicht einfach abhauen? Ist das wirklich unser Problem? Wir haben doch auch eine Familie und Freunde zu Hause, die sich um uns sorgen.«

»Nein, können wir nicht. Sie brauchen Hilfe. Und ich habe eine Idee.«

Er erläuterte seiner Familie seinen Plan.

»Okay, ich bin einverstanden«, stimmte Onkel Jacob nach etwas Nachdenken zu.

»Ich auch«, sagte Djamila.

»Ich auch«, nickte Alex. »Aber ich bleibe hier und warte auf Benjamin.«

Und so machten die Feen sich auf den Weg zum Vogelberg.

Erst ein paar Folfe hatten es geschafft, den Ort des Grauens durch das offene Fenster zu verlassen, als sie in der Ferne einen Warnruf vernahmen. Die Vampire kamen zurück! Diejenigen, die bereits draußen waren, nahmen die Füße in die Hand und rannten so schnell wie nie zuvor davon, und diejenigen, die am Fenster standen, sprangen mutig ins Gebüsch, färbten sich blattgrün und hielten die Luft an. Doch der Großteil der Bewohner des Folfdorfes war noch im Zimmer gefangen, als der Schlüssel im Schloss gedreht wurde. Hallibert sprang vor und riss den Silbersäbel an sich. Gerade noch rechtzeitig ließ er ihn in sein dichtes Fell gleiten und hoffte, dass die Vampire ihn dort nicht bemerken würden.

»Wo ist Rudolf?« Die kalte Stimme der Rothaarigen klang durch den Raum. Ihre Nasenflügel zuckten, als nähme sie Witterung auf, während sie ihre Augen über die dezimierte Zahl der Folfe schweifen ließ.

»Madame, er hat sich über uns her gemacht. Unser Blut getrunken. Und dann hat er sich ein paar von uns als Wegzehrung auf die Schulter gepackt und ist aus dem Fenster verschwunden.« Hallibert liefen Tränen über die Wangen, sein Fell war ganz bleich, als hätte er die Kraft verloren, Farbe zu zeigen. Es kostete ihn nicht viel Anstrengung, verzweifelt zu wirken.

»Warum sollte er das tun?«, fragte die Vampirfrau und warf einen zweifelnden Blick auf ihre Kumpane.

»Das wissen wir nicht. Aber bitte verschont uns. Wir helfen euch, so gut wir können.« Hallibert ließ sich auf die Knie fallen und betete, sie würden die Geschichte glauben. Breitschultrig, geradezu allmächtig, standen sie in der Tür und diskutierten.

»Auf jeden Fall hat er eine kleine Mahlzeit eingenommen«, lachte der Schnauzbärtige. »Ich rieche Blut.« Seine Oberlippe kräuselte sich, während er sich genüsslich über die Lippen leckte.

Die Rothaarige verpasste ihm einen Klaps auf den Hinterkopf. Er fletschte die Zähne und seine Hand schoss vor, um ihr an die Gurgel zu gehen, doch sie parierte. Für einen Moment starrten die beiden sich an, jede Faser ihres Körpers angespannt und bereit zu kämpfen. Doch dann senkte der Schnauzbärtige den Kopf, und die Rothaarige schnaubte überlegen.

»Du solltest es besser wissen, als dich mir zu widersetzen«, sagte sie.

»Und du solltest mal über deinen verdammten Führungsstil nachdenken. Kein Wunder, dass Rudolf abgehauen ist.«

Sie stand stocksteif da und überlegte. Dann packte sie Hallibert am Kragen.

»Er ist also abgehauen, sagst du? Hat er gesagt, wohin?« Der Folf schüttelte ängstlich den Kopf.

»Nun gut.« Die Vampirfrau ließ von Hallibert ab, so dass dieser zu Boden plumpste. Er blieb benommen sitzen und rieb sich die Kehle. Dann gab sie dem Milchgesicht ein Zeichen, woraufhin er ein Bündel zu Boden warf, das er die ganze Zeit über seiner Schulter getragen hatte. Das herabsinkende Tuch gab den Blick auf Fabilas Gesicht frei. Es war von Schlägen geschwollen, ein Ohr war eingerissen, Blut verklebte das Fell. Sie lag reglos am Boden. Die Vampirfrau lachte gehässig.

»So werdet ihr auch aussehen, wenn ihr uns anlügt oder euch uns widersetzt. Ist das allen klar?«

***

Fünfzig Schafe, einundfünfzig Schafe, zweiundfünfzig Schafe. Lisa seufzte genervt. Es wollte einfach nicht funktionieren. Und ihr Vater schnarchte gleichmäßig vor sich hin. Ganz leicht rüttelte sie an seiner Schulter. Vielleicht schlief er ja doch noch nicht? Mit einem Grunzen drehte er sich, seine Augenlider flatterten, doch dann schnarchte er gleichmäßig weiter. Sie gab der Sache noch eine Chance. Ein Folf, zwei Folfe, drei Folfe, vier Folfe, … vierundsechzig Folfe, fünfundsechzig Folfe. Nein, es ging wirklich nicht.

»Papa. Papa!« Sie rüttelte etwas stärker, bis er langsam ein Auge öffnete. »Ich kann immer noch nicht schlafen. Willst du mir nicht eine Gutenachtgeschichte erzählen?«

Ihr Vater gähnte und streckte sich. Dann setzt er sich auf und legte einen Arm um sie.

»Eine Geschichte? Na gut.« Er strich ihr übers Haar. »Es war einmal ein kleines Mädchen –«

»Mit goldblondem Haar? Das sie immer in zwei Zöpfen trug?«

Der Vater lachte. »Genau so. Und wunderhübsch. Also, das Mädchen konnte nicht schlafen und ging nachts hinaus in den Garten, um frische Luft zu schnappen. Dabei sah sie plötzlich in der Ecke des Gartens einen Pandabären. So einen schwarz-weißen Bären, wie der aus dem Zoo. Erinnerst du dich?« Lisa nickte.

»Und der Pandabär wurde ihr Freund?«

»Kleines, du musst mich schon ausreden lassen.«

»Entschuldigung.« Das Mädchen kicherte in die Kuhle über seiner Achselhöhle hinein, in der sie es sich bequem gemacht hatte.

»Zunächst hatte sie Angst vor dem Pandabären. Er war riesengroß, viel größer als sie selbst. Doch dann sah sie, dass der Pandabär weinte. Aus seinen großen, schwarz umrahmten Augen quollen dicke Tränen. Zögerlich näherte sie sich dem Bären, der zwischen zwei Sträuchern auf dem Boden saß.

›Bär, warum bist du traurig?‹, fragte sie. Der Bär blickte erstaunt auf. Er hatte sie nicht kommen sehen und wunderte sich, dass er ihre Worte verstehen konnte. Er machte einen Satz rückwärts und stieß gegen den Zaun, der das Grundstück umgab. Er prallte zurück und wollte weglaufen, doch sein Fuß verheddterte sich in einer Schlingpflanze und er landete mit der Schnauze direkt vor dem kleinen Mädchen.«

»Hat er geweint, weil seine Mama tot ist?«

»Nein, der Pandabär ist verliebt.«

»Verliebt?«

»Genau. Aber das Panda-Mädchen wollte nicht mit ihm Eis essen gehen. Und deshalb war der Bär traurig.«

»Mensch Papa. Pandas essen doch gar kein Eis.«

»Ist das jetzt deine Geschichte oder meine? In meiner Geschichte essen Pandas Eis.«

»Na gut.«

»Also, der Panda landete mit der Schnauze direkt vor den Füßen des kleinen Mädchens. Das Mädchen bückte sich und kraulte ihm das Fell hinter dem linken Ohr. Genau da, wo der Panda es am liebsten mochte. ›Du brauchst doch vor mir keine Angst zu haben‹, sagte das Mädchen. ›Du bist doch dreimal so groß wie ich‹. Und wieder wunderte sich der Panda, dass er das Mädchen verstand. Erwachsene Menschen und das Kauderwelsch, das sie von sich gaben, verstand er nie. Er setzte sich auf seinen dicken, zotteligen Hintern und reichte dem Mädchen die Pranke. ›Ich bin Max‹, sagte er. ›Und ich bin Mona‹, entgegnete sie und ergriff mit ihrer schmalen Hand den Daumen des Bären. Er lächelte sie freundlich an, bevor er sie mit beiden Tatzen packte, an einem Stück in seinen Rachen schob und hinunter schluckte.«

»Hey!«

»Was?«

»Das ist aber gemein.«

»Du weißt doch noch gar nicht, wie es ausgeht.«

»Er hat sie doch gefressen.«

»Er hat sie geschluckt. Aber vielleicht ist sie ja gar nicht tot. Vielleicht ist der Rachen des Pandas ja das Eintrittstor zum Panda-Wunderland.«

»Zum Panda-Wunderland? Was ist denn das?«

»Ein magischer Ort, in dem Pandas die Herrscher sind. Sie haben Superkräfte und können meterweit springen, blitzschnell laufen und durch reine Gedankenkraft Dinge durch die Gegend fliegen lassen. Manchmal denkt man, sie liegen einfach nur in der Sonne herum und faulenzen, aber in Wirklichkeit lassen sie gerade mit ihren Freunden Blätter um die Wette fliegen.«

»Und da ist Mona jetzt?«

»Vielleicht. Das ist nur eine von unzähligen Möglichkeiten. Es kommt ganz auf deine Fantasie an.«

»Aber das ist doch deine Geschichte.«

»Dafür hast du dich zu viel eingemischt. Jetzt ist es auch deine.«

Der Vater schaute seine Tochter ernst an.

»Du kannst selbst bestimmen, wie es Mona ergeht.«

»Ich will, dass es ihr gut geht!«

»Okay, dann geht es ihr gut. Wie gut denn genau?«

Lisa dachte nach.

»Total gut. Der Panda baut für sie ein Boot aus Bambusstöcken und lässt sie darin über sein Reich fliegen, um ihr alles zu zeigen. Sie spielen so lange, bis Mona ganz arg müde ist. Dann bringt er sie zurück in den Garten und trägt sie in seinen Armen ins Bett. Gar nicht so leicht für einen Panda, auf Zehenspitzen durchs Treppenhaus zu schleichen und Türen leise zu schließen. Aber am nächsten Morgen, als Mona von ihrer Mutter geweckt wird, erinnern nur seltsame Fußabdrücke im Flur an das Abenteuer ihrer letzten Nacht.«

Der Vater lachte.

»Du hast einiges an Fantasie. Es ist toll, wenn alles passieren kann, was man will, nicht wahr?«

»Es wäre noch toller, wenn es in Wirklichkeit so wäre.«

»Ja, das kann man sich leider nicht immer aussuchen.«

Sie schwiegen einen Moment.

»Aber ab und an kann man ja in seine Geschichten fliehen. Und dann schöpft man auch wieder Kraft für die Wirklichkeit.«

»Papa?«

»Ja, meine Kleine?«

»Woher weiß man eigentlich, wann etwas Wirklichkeit ist, und wann nicht?«

»Da fragst du den Falschen, Lisa. Ich war nie besonders gut darin, das zu verstehen. Bei mir haben

261

sich schon immer die Welten vermischt. Ich habe gelernt, dass man sich recht sicher sein kann, wenn man etwas nicht nur sehen, sondern auch hören, fühlen und riechen kann. Aber selbst das ist manchmal nicht zuverlässig, wenn man zu viel Fantasie hat.« Er seufzte. »Jetzt kann ich nicht schlafen. Magst du mir noch eine Geschichte erzählen?«

Das Mädchen zögerte einen Augenblick. Dann schlüpfte sie geschwind aus dem Bett und zu ihrem Zimmer. Der Vater blickte ihr wehmütig nach. Das weiße Nachthemd, das sie trug, erinnerte ihn an seine Frau. Es hatte einst ihr gehört, und wenn Lisa es nun trug, schleifte es am Boden, so dass sie es vorne hochraffen musste, wenn sie schnell laufen wollte. Und Lisa schien es eilig zu haben. Kurz darauf kam sie zurück, ein in Leder geschlagenes Buch fest an die Brust gepresst.

»Hey, das ist doch mein Notizbuch.«

»Ich hab es mir geschenkt«, erwiderte das Mädchen herausfordernd. »Du hast meinen Geburtstag vergessen.«

Der Vater hob abwehrend die Hände um zu zeigen, dass er sich geschlagen gab.

»Okay, okay. Dann ist es dein Notizbuch. Was steht denn da drin?«

»Die Geschichte von Kärlchen.«

»Na dann lies mal vor.«

Und so schlug das Mädchen die Seiten auf und erweckte die sorgfältig gemalten Buchstaben zum Leben.

»Das ist eine schöne Geschichte«, drangen die Worte des Vaters durch die Stille, nachdem Lisa aufgehört hatte vorzulesen. »Überlebt er es denn?«

»Das weiß ich noch nicht.« Das Mädchen zuckte mit den Schultern. »Eigentlich wollte ich ihn sterben lassen. Du weißt schon, es heißt doch so oft, in guten Geschichten muss am Ende jemand sterben. Damit es so ist wie im wahren Leben. Da sterben ja auch Leute, obwohl man sie mag.« Sie sprach nicht weiter, starrte stattdessen einen unsichtbaren Punkt an der Wand an. Der Vater strich ihr übers Haar.

»Ja, leider kann man das nicht verhindern. Sie fehlt mir auch.« Sie schwiegen eine Weile. »Aber weißt du was, es ist deine Geschichte, du kannst sie gestalten, wie du möchtest. Und ich finde, in deinem Leben gab es schon viel zu viel Unglück. Mehr als du brauchst. Es ist doch auch mal okay, etwas Fröhliches zu schaffen. Auch wenn es dem wahren Leben nicht entspricht.« Er kletterte aus dem Bett, ging zu seinem Regal und zog ein zerfleddertes Buch hervor.

»Das war mein Lieblingsbuch, als ich ein Junge war, so alt wie du ungefähr. Ich hatte es überall dabei, habe es immer wieder gelesen, weil ich den Protagonisten, einen dicklichen Fee, so beeindruckend mutig fand. Der sah so ähnlich aus wie Francis, der Fee in der Geschichte, die ich dir vor kurzem vorgelesen habe. Wenn ich es mir genau überlege, könnten sie super Vater und Sohn sein. Vielleicht hat mich die alte Geschichte unbewusst inspiriert. Aber egal. Was ich dir sagen möchte: Ich habe mir immer wieder gewünscht, es wäre anders ausgegangen. Denn jedes Mal, wenn ich zu der Stelle kam, als er starb, war ich unendlich traurig.«

»Aber wäre es auch dein Lieblingsbuch gewesen, wenn er nicht gestorben wäre?«

»Natürlich! Ich habe es doch nicht gelesen, weil er starb, sondern weil er tolle Abenteuer erlebt und so viel Gutes getan hat. Ein Stück weit war er mir ein Vorbild als Kind. Aber wie traurig ist es, wenn dein Vorbild sterben muss? Vielleicht ist es ja viel hoffnungsvoller für deine Leser, wenn er überlebt. Vielleicht kannst du sie dadurch ermutigen, die Welt als schönen Ort zu sehen.«

»Meine Leser?« Das Mädchen blickte erstaunt seinen Vater an. »Wer soll das denn lesen?«

Er schmunzelte.

»Mein Verlag richtet einen Literaturwettbewerb für Kinder aus. Ich finde, du solltest deine Geschichte da einreichen. Was meinst du?«

Langsam nickte das Mädchen.

»Dann muss ich sie aber schnell zu Ende schreiben!«

»Das mach mal, meine Kleine«, sagte der Vater und gähnte hinter vorgehaltener Hand. »Du kannst das Licht ruhig anlassen. Ich mach nur mal eben die Augen zu. Weck mich, wenn du etwas brauchst.«

Doch Lisa war bereits tief in ihr Vorhaben versunken und ließ den Stift über das Papier ihres Notizbuches flitzen. Sie blickte erst auf, als die letzte Herausforderung gemeistert, der letzte Punkt gesetzt war. Dann legte sie das Notizbuch behutsam auf den Nachttisch, schmiegte sich in die Armbeuge ihres Vaters und fiel sofort zufrieden in einen tiefen, erholsamen Schlaf.

13

Kärlchen fand sich im nassen Sand wieder. Die Wellen rauschten bedrohlich, und schwarze Wolken verdunkelten den fast vollen Mond. Ein Schauder lief ihm über den Rücken. Er versuchte, das seltsame Gefühl abzuschütteln, und machte sich auf, den Pfad die Klippen hinaufzuklettern. Doch das Gefühl blieb. Als wäre jemand in Gefahr, der ihm wichtig war. Ob es Fabila wohl gut ging? Er konnte es nicht erwarten, sie wieder in seinen Armen zu halten. Und so flogen seine Beine über Wiesen und durch Wälder, bis er etwas außerhalb des Dorfes anhielt, um kurz durchzuatmen.

»Psst.«

War da etwas? Er lauschte.

»Psst, hier. Schnell«, flüsterte es aus dem Busch. Er kniff die Augen zusammen, dann schließlich erkannte er einen perfekt getarnten Artgenossen.

»Was ist denn? Wieso bist du mitten in der Nacht hier draußen?«, fragte er. Der andere Folf winselte ängstlich und zog ihn am Arm in den Busch. »Nicht so laut!«, flüsterte er so leise, dass Kärlchen die Ohren spitzen musste, um ihn zu verstehen. Dann stutzte der andere Folf. »Oh – Kärlchen? Du bist ja wieder da!«

Auch Kärlchen hatte jetzt seinen Artgenossen erkannt.

»Peti! Was ist denn hier los?«

»Wir wurden überfallen. Ein paar von uns konnten abhauen und verstecken sich hier im Wald. Aber die meisten sind noch in Gefangenschaft. Wir alle schweben in großer Gefahr.« Schnell fasste er die Geschehnisse der Nacht zusammen.

»Und was ist mit Fabila?«

»Das weiß ich nicht«, erklärte Peti tonlos. »Ich weiß nur, dass sie sie mitgenommen haben.«

»Wir müssen sie retten.«

»Du hast keine Vorstellung davon, was das für Wesen sind. Sie sind fast doppelt so groß wie wir und unheimlich stark. Und sie trinken Blut. Was können wir da schon ausrichten?«

»Wir können auf jeden Fall nicht nur hier herumsitzen und warten. Wo sind die anderen?«

»Weiß nicht.«

»Peti!«

Der Folf setzte zu einer Erwiderung an, doch dann schloss er den Mund wieder und blickte an Kärlchen vorbei. »Schau mal da!« Er zeigte mit ausgestreckter Hand auf eine Lichtung im Wald, die sie von ihrem Standort aus gut sehen konnten, die aber vom Dorf aus geschützt lag. Drei andere Folfe standen dort und lauschten einem kleinen Wesen, das vor ihnen herumflatterte.

»Komm mit«, hauchte Kärlchen Peti zu, während er sich bereits von den tarnenden Zweigen des Busches löste und von Baumstamm zu Baumstamm zur Lichtung schlich. Er war schon fast angekommen, als Peti sich schließlich aufraffte, den sicheren Busch zu verlassen, und zu ihm aufschloss. »Das sind doch unsere Freunde«, raunte Kärlchen Peti zu. »Denen können wir uns doch zeigen, oder?«

Peti nickte zustimmend und so traten sie aus dem Schatten heraus auf die Lichtung.

Am nächsten Morgen flog Francis auf den Schultern eines Schwarz-Weiß-Vogels zur Lichtung. Er lächelte erleichtert, als er sah, dass seine Feenfamilie und einige Folfe ihn bereits erwarteten. Er hatte es geschafft, die Unterstützung der Vögel zu sichern und sie hinter sich zu versammeln. Da die Vampire tagsüber nicht hinaus konnten, bemühten sich die Ankömmlinge nicht im Geringsten, unauffällig zu sein. Wie Wolken verdunkelten sie den Himmel und zogen die Aufmerksamkeit der Inselbewohner auf sich, so dass auch die geflohenen Folfe, die bisher noch nicht den Weg zur Lichtung gefunden hatten, sich nun hervorwagten und zu ihnen gesellten. Als er landete, trat Benjamin vor und erstattete Bericht:

»Fabila ist wieder bei den anderen Folfen. Sie hat versucht, alle zu retten, und hat den Vampiren für den Tag ein Haus mit Schiebedach vorgeschlagen. Da hätten wir dann bei Sonnenschein einfach das Dach aufmachen können. Leider haben die Vampire sie sofort durchschaut und sie übel zugerichtet. Die Folfe und die Vampire sind jetzt alle gemeinsam im Keller des Rathauses. Sie haben sich dort eingeschlossen. Wir haben keine Möglichkeit, in Erfahrung zu bringen, was dort vor sich geht, es gibt ja keine Fenster.«

Er hielt inne. Dann lächelte er.

»Und ich habe eine Überraschung für dich. Darf ich dir Kärlchen vorstellen?«

Ein unbekannter Folf trat hervor. Francis traute seinen Augen nicht. Das also war der Folf, für den sie die halbe Welt durchquert hatten. Beherzt flog er auf ihn zu, und drückte ihm einen Kuss auf die Wange.

»Du kennst mich nicht, aber ich habe dich gemeinsam mit Fabila überall gesucht. Es ist so schön, dass du wieder da bist.« Sein Gesicht wurde ernst. »Jetzt müssen wir nur noch Fabila retten. Und die anderen.«

»Ja, Benjamin hat mir das alles erzählt. Ich tue alles, was ich kann. Hast du denn einen Plan?«

Francis seufzte. Dann erhob er die Stimme und richtete sie an alle, die sich auf der Lichtung versammelt hatten.

»Folfe! Die Vögel werden uns helfen, eure Freunde zu befreien! Wir werden kämpfen!« Er hielt inne und wartete auf Jubel, doch die Folfe blickten ihn nur fragend an. »Ich habe die Vampire belauscht. Sie wollen die Insel besetzen, euch versklaven und sich von eurem Blut ernähren. Wenn ihr nicht kämpft, ist das das Ende eurer Freiheit.«

Noch immer erhielt er keine Reaktion. »Ihr wisst schon, dass ihr kämpfen müsst, um euch zu retten, oder?«

Die meisten Folfe nickten zögerlich. Doch einer schüttelte den Kopf.

»Woher willst du denn wissen, dass sie nicht einfach wieder gehen? Was sollen sie denn hier? Und wieso sollten sie uns etwas antun?«

Francis seufzte. »Dass sie durchaus bereit sind, euch etwas anzutun, haben sie ja schon bewiesen. Wieso hätten sie euch denn sonst gefangen nehmen sollen? Diese Vampire sind Ausgestoßene. Sie sind brutal, kennen kein Mitgefühl und weigern sich, sich den Regeln zu unterwerfen, die für Vampire auf dem Festland gelten, um ein friedliches Miteinander zu gewähren. Aber sie haben es dort zu weit getrieben. Kehren sie zurück, droht ihnen der Tod. Hier können sie sich etwas Neues aufbauen. Auf eurem Blut.«

Francis fiel die Geschichte ein, die ihm die Elfen erzählt hatten. Er wandte sich noch einmal an den skeptischen Folf. »Es ist ja schön und gut, dass du an das Gute glaubst. Aber diese Naivität hat schon einmal zur Vernichtung einer Folfkolonie geführt. Das haben wir auf unserer Reise erfahren. Dort auf dem Festland gab es auch einst Folfe, doch im Krieg wollten sie nicht kämpfen und am Ende sind sie wohl alle gestorben.«

Der Folf lauschte mit offenem Mund. Am Ende nickte er langsam.

»Ich verstehe. Was ist also dein Plan, Fee?«

»Schaut her.« Francis wies auf ein riesiges Nest, das die Vögel gerade vorsichtig zu Boden ließen. »Unsere Freunde haben eine geheime Sammelleidenschaft, die uns jetzt hoffentlich zugutekommt. Sie sammeln alles, was glitzert. Und da ist zum Glück auch viel Silber dabei.« Er flog zum Rand des Nestes, fischte eine Silbergabel heraus und reckte sie in die Höhe. »Silber ist neben Sonnenlicht die einzige Waffe, die wir gegen die Vampire haben. Wir müssen –« Doch er wurde mitten im Satz unterbrochen: Ein Vogelschnabel umschloss das Silber, und ehe Francis sich versah, entschwand die Gabel mit dem Vogel in die Lüfte, immer weiter empor. Bis ein Krächzen des Vogelanführers ihn im Flügelschlag stocken ließ und der Dieb im Sturzflug auf Francis zuschoss, um erst im letzten Moment elegant am Rand des Nestes zu landen. Entschuldigend scharrte der Vogel mit seinen Klauen und senkte den Kopf, um dem kleinen Fee die Gabel darzubieten.

»Man könnte sagen, die Sammelleidenschaft unserer Freunde ist fast etwas zwanghaft. Ich hoffe, sie haben sie für unseren Einsatz besser unter Kontrolle«, sagte Francis mit einem Seitenblick zum kleinsten der Vögel, ihrem Anführer. »Jedenfalls müssen wir uns mit dem Silber bewaffnen und die Vampire überrumpeln, wenn sie bei Anbruch der Nacht aus ihren Löchern kriechen. Silber auf der Haut tut ihnen weh, und ein versilberter Dolch direkt ins Herz tötet sie. Mit Hilfe der Vögel sind wir ihnen zahlenmäßig überlegen und können sogar aus der Luft angreifen.«

Ein Murren ging durch die Reihe der Folfe.

»Wir sollen mit Gabeln gegen übermächtige Gegner kämpfen? Das ist dein Plan?«, fragte einer der Folfe.

»Es sind schon auch ein paar Messer dabei«, stellte der Fee klar.

»Aber was ist, wenn wir sie nicht treffen, oder wenn ihre Kleidung das Silber abhält?«, ergänzte ein anderer.

»Sie töten uns wahrscheinlich schneller, als wir überhaupt angreifen können«, warf ein Dritter ein.

Francis sank erschöpft auf dem Rand des Nestes nieder. Sie hatten ja recht, es war gefährlich und alles andere als ein wasserdichter Plan. Aber es war ihre einzige Chance, sie mussten kämpfen. Er hatte es hin und her gewälzt: Ihre Alternative war, abzuwarten, sich zu verstecken und zu hoffen, dass die Vampire irgendwann eine Schwäche zeigten. Aber bis dahin konnten sie schon viel Unheil angerichtet haben. Und das wollte er nicht riskieren. Er wollte tun, was er konnte, um seine Freunde und Fabila zu retten. Entschlossen straffte er die Schultern und schob sein Kinn vor. Seine Stimme war fest und herausfordernd, als er antwortete:

»Wenn ihr euch lieber feige verstecken und abwarten wollt, bis die Vampire euch versklaven und zu Blutlieferanten machen, dann tut das. Wir Feen und die Vögel werden den Plan umsetzen.«

»Ihr habt ja auch leicht reden, ihr könnt ja fliegen. Uns dagegen werden sie kriegen«, entgegnete einer der Folfe beleidigt.

»Genau«, stimmte ein anderer zu.

»Wir sind nicht feige«, widersprach auch Peti. »Wir wollen nur einen guten Plan. Es hilft doch nichts, wenn wir uns in einem Kampf niedermetzeln lassen.« Er brach in ein leises Schluchzen aus. »Wir sind nun mal keine Krieger«, flüsterte der schmächtige Folf noch tonlos. Da erklang Kärlchens Stimme:

»Wir mögen vielleicht keine Krieger sein, aber wir sind doch Künstler.« Er kletterte auf das Nest hinauf. »Und wir wissen, wie man die schönsten Eisenknäufe und Silberringe schmiedet, nicht wahr?«

Die Folfe begannen zustimmend zu nicken. Francis blickte sich um. Was wollte Kärlchen bezwecken? Die anderen hingen förmlich an seinen Lippen, als er weiterredete.

»Wenn wir sicherstellen wollen, dass unsere Silbergeschosse die Vampire verletzen, müssen wir sie so schmieden, dass sie spitz sind und ihre Kleidung durchschneiden. Und wir könnten ein Netz knüpfen, so wie für die Pavillons in unseren Rosengärten, und die Vampire damit festhalten. Knüpfen und Schmieden können wir doch besser als alle anderen, nicht wahr?«

Zustimmendes Murmeln drang über die Lichtung. Und nur Minuten später huschten bereits Folfe durch die Gassen des Dorfes, um Werkzeug und Öfen zu holen, während die Vögel eifrig Schlingpflanzen sammelten, die die Folfe dann geschickt zu einem engmaschigen Netz knüpften. Hinein flochten sie dünne Fäden von Silber und kleine silberne Speerspitzen, in der Hoffnung, dies könne die Vampire verletzen und sie davon abhalten, das Netz zu zerreißen oder von sich zu werfen. In Windeseile war es fertig, und auch die Waffen ließen nicht lange auf sich warten. Die Folfe befestigten die spitz zulaufend geschmiedeten Silberstücke an dicken Stöcken, um das Werfen zu erleichtern, und begannen zu üben. Das Netz händigten sie den Vögeln aus. Francis flatterte herum und überwachte den Fortschritt. Er war begeistert von der Kunstfertigkeit der Folfe – und unglaublich aufgeregt. Denn sobald die Nacht begann, war es an ihm, den nächsten Schritt zu wagen. Er musste vordringen in die Höhle des Löwen und die Vampire herauslocken.

Francis spähte durch das Schlüsselloch in den Keller. Kerzen warfen ein schummriges Licht in den Raum, und er sah schemenhaft Gestalten, doch viel konnte er nicht erkennen. Er lauschte. Es war ruhig, nur ein leises Flüstern hier und dort. Immerhin keine Schreie.

Entschlossen tastete er das Schloss ab, setzte Finger und Flügel an die richtigen Stellen, zählte bis drei, um Mut zu sammeln, und bat seinen Onkel, ihn zu drehen. Dann gab er seiner unsichtbaren Familie das Kommando, die Tür zu öffnen, während er die Klinke niederdrückte. Sie stemmten sich gegen den Holzrahmen und hielten die Tür gerade so weit auf, dass Francis hindurch schlüpfen konnte. Er landete sachte auf der anderen Seite und blickte sich um. Niemand schien etwas bemerkt zu haben. Dennoch schüttelte er sich. Im schwachen Kerzenlicht sah Francis zunächst hundert geisterhafte Augenpaare, die alle in eine Richtung blickten. Mausgrau gefärbt, als versuchten sie, ihre pure Existenz zu verstecken, drückten sich die gefangenen Folfe eng aneinander, so weit entfernt von den Vampiren wie nur möglich und beobachteten, wie diese unschlüssig diskutierten, erschöpft herumsaßen oder sich mal wieder gegenseitig an die Gurgel gingen. In einer Ecke konnte Francis mehrere Folfe ausmachen, die bewegungslos dalagen. Ob sie schliefen oder verletzt waren? Francis' Augen schweiften hin und her, dann fand er, wen er suchte: Hallibert. So leise wie möglich ließ er sich auf dessen Schulter nieder und flüsterte ihm ins Ohr. Ein kurzes Zucken lief durch den Körper des Folfes, als er die Berührung spürte, doch dann blickte er nur stoisch geradeaus, während er lauschte. Unauffällig nickte er, als Francis fertig war. Der Fee flog in die Mitte des Raumes. Dann atmete er tief durch. Die Zeit war gekommen. Er machte sich sichtbar und ließ sich zu Boden fallen, wobei er extra mit der Hand fest aufschlug, um Aufmerksamkeit auf sich zu ziehen. Die Vampire fuhren herum.

»Da ist ja der Fee wieder«, sagte der Milchbubi verwundert.

»Ach wahrscheinlich haben wir ihn zwischen den Folfen nur nicht gesehen«, brummte der Schnauzbärtige in seinen Bart.

»Hey!« Der Hüne richtete das Wort an Francis. »Wo warst du?«

Francis schluckte. Jetzt kam der wichtigste Teil. Sie mussten überzeugend sein.

»Also – ich weiß auch nicht wirklich.« Er blickte scheinbar verwirrt zu Boden, während er rückwärts flog, bis er mit dem Rücken die Tür berührte. Doch die Rothaarige trat vor und packte ihn. Ihre Finger pressten seinen Brustkorb zusammen, so dass er kaum Luft bekam. Seiner Vorstellung würde es wohl sogar helfen.

»Wo warst du?«, herrschte sie den Fee an. Francis stellten sich die Nackenhaare auf.

»Ich – ich war ganz plötzlich im Nachbardorf am anderen Ende der Insel. Und jetzt bin ich plötzlich wieder hier. Ich verstehe das gar nicht.«

»Hä? Das ist doch Schwachsinn.« Der Milchbubi verzog spöttisch das Gesicht. Doch die Rothaarige blickte nachdenklich. Sie winkte ihre Kollegen heran und flüsterte ihnen vermeintlich leise zu, die Hand noch immer um Francis geschlossen:

»Vielleicht war das ja ein Schriftsteller. Das würde erklären, wie er so plötzlich verschwinden konnte.«

»Aber −«, wandte der Milchbubi ein, hielt aber mitten im Wort inne. »Ach so«, nickte er verstehend. Die Rothaarige verdrehte die Augen. Sie wandte sich an die Folfe.

»Was ist das für ein Dorf?«

»Eine andere Folfsiedlung. So ähnlich wie unsere«, entgegnete Hallibert wie verabredet und blickte zu Boden.

»Eine Folfsiedlung? Wieso habe ich das Gefühl, dass du lügst? Schau mich an.« Sie packte Hallibert mit der freien Hand am Kinn und zwang ihn, ihr in die Augen zu sehen. »Du willst etwas vor mir verbergen, nicht wahr?«

»Nein«, presste er hervor.

Die Rothaarige stieß ihn zurück und wandte sich wieder Francis zu.

»Und was hast du in dem Dorf gemacht?«

»Das war ganz seltsam. Ich war in einer Art Klassenzimmer. Da saßen Wesen an Pulten und haben etwas aufgeschrieben. Und ich habe auf so einem Pult getanzt. Ich weiß gar nicht wieso.«

»Das war sicher der Schulunterricht«, warf Hallibert ein.

Die Rothaarige warf ihm einen genervten Blick zu. Sie verstärkte den Druck auf Francis' Brustkorb.

»Waren die Wesen Folfe?«

Francis schüttelte den Kopf.

»Was dann?«

Er zuckte mit den Schultern.

»Sahen sie so aus wie wir?«, fragte sie.

Er schüttelte den Kopf. »Aber so ähnlich«, sagte er und schnappte nach Luft. Der Druck der Vampir-finger, die ihn umschlossen, ließ etwas nach.

»Er lügt«, warf Hallibert da ein.

Mit einem schnellen Schritt war die Rothaarige bei ihm und boxte ihm fest in den Magen, so dass er zusammensank.

»Er lügt«, wiederholte Hallibert noch einmal schwach und blieb am Boden liegen.

»Ich weiß nicht wieso, aber du willst ganz offen-sichtlich nicht, dass wir dort hingehen. Und genau deshalb werden wir das tun.«

Francis jubilierte innerlich. Hallibert hatte einen Orden verdient für seine Schauspielkunst. Und er war ein wenig stolz auf sich, dass er die Rothaarige rich-tig eingeschätzt hatte. Diese gab in der Zwischenzeit Befehl zum Aufbruch.

»Bruno, Manfred, wir gehen uns dieses andere Dorf einmal anschauen.« Sie nickte dem Schnauzbär-tigem und dem Hünen zu. »Du bleibst hier und passt auf die Folfe auf«, wandte sie sich dann an den Milchbubi.

Und schon wurde Francis in der Hand der Vampi-rin gefangen durch die Tür getragen.

278

Kärlchen hatte die Truppe der Folfe hinter sich versammelt. Mit Speeren ausgestattet und farblich perfekt getarnt, waren sie in die Bäume rund um das Rathaus geklettert und erwarteten die Vampire. Ab und zu warfen sie einen Blick in den Himmel zu ihren fliegenden Komplizen, die das Netz bereithielten. Schließlich sahen sie drei Gestalten aus der Tür huschen. Es sollten eigentlich vier sein. Doch sie konnten es sich nicht erlauben, zu zögern. Mit ihrer Truppe und ihrem Werkzeug konnten sie nicht die ganze Insel abdecken. Und so gab Kärlchen das Signal zum Angriff.

Während die Vögel draußen ihr Netz auswarfen und die Folfe ihre Speere abfeuerten, begann Hallibert mit letzter Kraft den verbliebenen Vampir zu beschimpfen. Die anderen Gefangenen blickten ihn erstaunt an, und auch der Vampir runzelte zunächst nur die Stirn. Doch schon nach wenigen Sekunden wurde es ihm zu viel und er ging auf den alten Folf los. Hallibert spürte etwas knacken, als die Faust des Vampirs ihn traf, doch er zeterte mit aller Kraft weiter, wusste der Vampir doch nichts von dem Silbersäbel, den der Folf seinem Nachbarn anvertraut hatte. Er lächelte, als das Silber sich von hinten in das Herz des Vampirs bohrte und dieser sich in Luft auflöste. Dann fiel der alte Folf in Ohnmacht.

Draußen derweil zappelten die anderen drei Vampire im Netz und ergingen sich in hässlichen Schimpftiraden. Das Überraschungsmoment hatte den Folfen nicht zu entscheidenden Treffern verholfen, und das ins Netz eingearbeitete Silber reichte nicht aus, um die Vampire bewegungsunfähig zu machen. Nun wehrten die Vampire die Speere, die auf sie einprasselten, geschickt ab. Immer wieder bäumten sie sich auf, um das Netz abzuwerfen, während die Folfe versuchten, es an den Seiten zu packen und enger zu ziehen. Francis hatte Atemnot. Er hatte sich unsichtbar gemacht und die Rothaarige schien ihn im Eifer des Gefechts sogar vergessen zu haben, doch ihre Finger pressten sich so fest um seinen Leib, dass er kaum Luft bekam. Da sah er Djamila. Sie flog, ebenfalls unsichtbar, mit einer Nadel auf die Vampirin zu und bohrte sie in deren Daumen. Und da kamen auch Onkel Jacob, Benjamin und Alex und taten es ihr gleich. Die Vampirin fluchte und blickte irritiert auf die Silbernadeln. Doch da kam ein Speer angeflogen und sie musste sich ducken, um nicht getroffen zu werden. Francis nutzte den Moment und biss ihr kräftig in den Finger. Sie schrie auf und schüttelte die Hand. Francis hieb noch ein letztes Mal seine Zähne in die Wunde, dann schlüpfte er durch die Maschen des Netzes und flog davon. Die anderen Feen umkreisten ihn erleichtert.

»Ein Glück, mein Junge.« Sein Onkel umarmte ihn. Und auch Djamila drückte ihm im Flug einen

Kuss auf die Backe, ehe sie zum nächsten Einsatz weiterflog. Francis begutachtete die Situation. Es schien nur eine Frage der Zeit zu sein, bis die Vampire sich befreien würden. Die Folfe wurden am Rand des Netzes immer wieder in die Luft geschleudert. Die Vögel sammelten abgelenkte Speere und andere Silberteile zwar wieder ein, doch sie wagten sich nicht zu nah an die Vampire heran, und so wurde auch der Waffenvorrat langsam weniger.

Da hörte er Kärlchens Stimme:

»Lass uns alles Silber über sie leeren. Dann haben sie vielleicht keine Kraft mehr, sich zu wehren.«

Die Vögel taten wie ihnen geheißen. Wütende Schreie waren die Antwort. Doch tatsächlich schienen die Vampire geschwächt, und endlich gelang es den Folfen, das Netz eng zusammenzuziehen und zuzuknoten.

»Fabila, Fabila«, wimmerte Kärlchen.

Kaum hatten sie die Vampire im Netz gefangen, war er losgestürmt, um seine Geliebte zu suchen. Jetzt saß er in einer Ecke des Zimmers und hielt ihren schlaffen Körper in seinen Armen, während die anderen Folfe nach draußen drängten. Tränen rannen über seine Wangen. Wie sie aussah. So sanft er konnte, fuhr er mit dem Finger über die Schwellung in ihrem Gesicht. Ein Stöhnen, der Versuch einer Bewegung.

»Psst, rühr dich nicht. Ich bin jetzt wieder da. Ich kümmere mich um dich.«

Die Folfin sank zurück. Mit aller Kraft öffnete sie ein Auge und schielte durch das geschwollene Lid. Dann verzogen sich ihre Mundwinkel zu einem schiefen Lächeln, und sie schlief wieder ein.

Francis beobachtete die gefangenen Vampire unruhig. Noch immer wanden sie sich im Netz und zappelten. Was sollten sie nun mit ihnen tun? Er beschloss, dass die Folfe das zu entscheiden hatten, bat die Vögel, sie zu bewachen, und machte sich auf die Suche nach Hallibert. Er fand ihn erst nach einer Weile, unter den Verletzten, die notdürftig versorgt ins Spital gebracht worden waren. Dort traf er auch Kärlchen, der zusammengesunken am Bett der bewusstlosen Fabila saß.

»Wird sie wieder?«

»Ich hoffe. Es bricht mir das Herz, sie so zu sehen.«

»Und Hallibert?«

»Unser Arzt sagt, er weiß es nicht. Es geht ihm schlecht. Das war alles zu viel für ihn.«

»Kärlchen, wir müssen entscheiden, was wir mit den Vampiren machen.«

Der Folf seufzte.

»Gibt es einen Weg, sie fortzuschicken und sicherzustellen, dass sie nie wieder zurückkommen?«, fragte er. Francis zuckte skeptisch mit den Schultern.

»Selbst wenn sie uns das versprechen, glaube ich nicht, dass sie sich daran halten. Kaum sind sie frei, greifen sie uns bestimmt –«

Ein Schrei unterbrach ihn im Satz. Schnell sprang Francis auf und flog hinaus, dicht gefolgt von Kärlchen. Der Anblick ließ ihnen das Entsetzen in die Glieder fahren. Die Rothaarige hatte es geschafft, das Netz zu zerreißen, und war hinausgeklettert. Wild rannte sie nun auf den am nächsten stehenden Folf zu. Doch dieser ergriff nicht die Flucht, er stellte sich der Vampirin mit erhobenem Speer. Und auch die umstehenden Folfe zückten ihre Speere, schleuderten sie auf die Rothaarige und zwangen sie in die Knie. Sie zischte hasserfüllt, während sie versuchte, sich wieder aufzurappeln.

»Ihr elenden Kreaturen. Euer Blut wird –«

Da traf sie der Speer des Folfes, den sie angegriffen hatte, ins Herz und brachte sie für immer zum Schweigen. Die beiden männlichen Begleiter, die sich ebenfalls befreit hatten und der Rothaarigen zu Hilfe eilten, schafften auch nur ein paar Schritte, bevor die Folfe sie mit gezielten Speerwürfen aufhielten und dafür sorgten, dass sie sich in Luft auflösten.

»Ich schätze, um die müssen wir uns keine Gedanken mehr machen«, seufzte Kärlchen.

Francis staunte.

»Ihr seid ja doch Krieger.«

Kärlchen wackelte mit dem Kopf.

»Soweit würde ich jetzt nicht gehen. Aber es steckt wohl doch mehr in uns Folfen, als wir uns manchmal zutrauen. Man wächst wohl mit seinen Aufgaben.«

14

Langsam drang die Stimme in ihr Bewusstsein. In tiefer Tonlage besang jemand grüne Wiesen und goldene Blumen. Ihr Lieblingslied. Genauso wie Kärlchen es immer gesungen hatte. War das etwa Kärlchen? Er war doch wieder da, oder hatte sie das nur geträumt? Sie musste sich vergewissern. Doch ein stechender Schmerz durchzuckte sie, als sie versuchte, ihre Augen zu öffnen. Vorsichtig hob sie ihren Arm, um zu ertasten, was los war. Auch das schmerzte. Ein dicker Verband bedeckte ihr rechtes Auge und die Hälfte ihres Kopfes. Links fühlte sich alles normal an. Sie konzentrierte sich darauf, nur das linke Auge zu öffnen. Nun konnte sie verschwommen Gestalten wahrnehmen, die vor ihrem Bett standen.

»Sie ist wach.« Die Stimme war ihr bekannt. Sie gehörte doch Francis? Und da schwebte der kleine Fee auch bereits heran und ließ sich auf ihrer Bettdecke nieder.

»Hey«, sagte er liebevoll.

»Hey«, entgegnete sie.

»Ich hab dir jemanden mitgebracht. Er sitzt schon seit Tagen an deinem Bett.«

Langsam drehte sie ihren Kopf und blickte den Folf an, der ihre Hand hielt. Für eine kurze Ewigkeit versank sie in seinem warmen Lächeln, ein goldener Schauer des Glücks eroberte von ihrem Herzen aus ihren Körper. Nicht einmal die Verletzungen taten mehr weh. Dann fiel ihr etwas auf, das der Fee gesagt hatte.

»Wie lange habe ich denn geschlafen?«

»Ach schon ein paar Tage. Du hast ganz schön Prügel bezogen und musstest dich erholen. Wir haben dir ein paar Schlafmittel gegeben.«

Mit der Erinnerung trat die Sorge in ihren Blick.

»Die Vampire. Sind sie tot? Wie geht es den anderen?«

»Die Vampire sind alle tot. Wir haben sie zurückgeschlagen«, lächelte Kärlchen. Dann wurde sein Gesicht ernst. »Wir haben ein paar Verletzte, hauptsächlich Knochenbrüche und Prellungen. Nur um Hallibert steht es wirklich schlecht. Es hat ihn wohl schlimmer erwischt, als wir zunächst dachten. Gut, dass du jetzt wach bist, er hat nach dir gefragt.«

»Was ist mit ihm?« Fabila setzte sich ruckartig auf, ohne ihre Verletzungen zu beachten. Schmerz durchzuckte sie, doch sie biss die Zähne zusammen und schwang entschlossen ihre Beine über die Bettkante.

»Langsam, langsam!«, beruhigte Kärlchen sie. »Wir haben schon alles vorbereitet.« Behände sprang er von seinem Sitz und schob einen Rollstuhl zu Fabila. Dann hob er sie hoch und setzte sie vorsichtig hinein.

»So, jetzt bringen wir dich zu Hallibert.«

Kaum hatten sie den Rollstuhl durch die Tür in den hell beleuchteten Krankenhausflur geschoben, stürmte ihnen ein Krankenpfleger entgegen. Als der weiße Folf Fabila erreichte, stemmte er die Beine in den Boden und blieb stehen. Erleichterung machte sich auf seinem Gesicht breit.

»Gut, dass du wach bist. Hallibert hat schon wieder nach dir gefragt. Und ganz ehrlich, ich glaube nicht, dass er noch lange hat.«

Fabila setzte an, etwas zu erwidern, doch die Worte blieben ihr im Hals stecken. Sie schluckte schwer und konnte nicht verhindern, dass Tränen ihre Wangen hinabrollten. Haltsuchend griff sie nach der Hand ihres Verlobten. Kärlchen nahm die Aussage des Krankenpflegers als Anlass, seine Beine in Bewegung zu setzen und den Rollstuhl schnellstmöglich bis ans Ende des Flures zu schieben. Dort standen die Folfe dicht gedrängt, die meisten hatten Blumen in den Händen und warteten betreten darauf, ins Zimmer vorgelassen zu werden. Doch als Fabilas Rollstuhl ankam, traten sie alle schweigend zur Seite und machten Platz.

Hallibert saß, von Kissen gestützt, aufrecht im Krankenhausbett. Seine Wangen wirkten eingefallen und seine Fellfarbe war gräulich fahl. Man sah ihm an, wie sehr er sich bemühte, stark zu erscheinen, so wie ein Anführer nun mal wirken sollte. Doch er vermochte es kaum, die Hände zu ergreifen, die sich ihm entgegen streckten. Die Folfe mussten sich zu ihm hinbeugen, um seine kraftlos geflüsterten Worte zu verstehen. Als er Fabila sah, hielt er inne. Für einen Augenblick hätte man meinen können, er lächelte. Der Folfin hingegen flossen die Tränen in Strömen über die Wangen. Sie hatten ihr kurzes, samtiges Gesichtsfell zu Bahnen verklebt und purzelten hinab, bis sie ungeduldig beiseite gewischt wurden.

»Es tut mir so leid, Hallibert«, schluchzte Fabila, als sie am Bett anlangte. »Es ist alles meine Schuld. Hätte ich auf dich gehört und wäre nie aufgebrochen, dann wären die Vampire niemals hierher gekommen. Und dann wärst du quicklebendig und gesund. Oh Gott, ich hätte doch niemals damit gerechnet, dass uns solche Wesen begegnen, und dass sie uns dann auch noch verfolgen.«

Sie verbarg ihr Gesicht in den Händen, konnte sie dem Folf, für dessen Zustand sie sich verantwortlich fühlte, doch nicht länger in die Augen schauen. Aber dann fühlte sie eine Hand an ihrem Arm.

»Fabila, ich wollte dich sehen, um dir zu sagen, dass ich inzwischen verstehe. So wie du dich für uns opfern wolltest, die Verantwortung für die Situation übernehmen wolltest, so hast du auch für Kärlchen Verantwortung übernommen. Alles getan, was du konntest, um ihm zu helfen. Ich bin stolz auf dich.« Sein Blick wanderte zu Francis. »Und auf deinen kleinen Freund, der uns mit seinem Mut und seinem Kampfgeist gerettet hat. Du und deinesgleichen, ihr sollt immer willkommene Gäste auf unserer Insel sein.« Damit ließ er sich erschöpft in die Kissen fallen und schloss die Augen. Als der Krankenpfleger gerade Anstalten machte, die Gäste aus dem Zimmer zu komplimentieren, um dem sterbenden Folf Ruhe zu verschaffen, öffnete er sie noch einmal.

»Bevor ich jetzt abtrete, möchte ich aber noch wissen, wie ihr Kärlchen eigentlich gefunden habt?«

Francis und Fabila blickten sich an. Dann blickten sie zu Kärlchen.

»Ich glaube, wir haben ihn gar nicht gefunden. Er ist einfach wieder zurückgekommen«, sagte Fabila.

Kärlchen nickte nachdenklich.

»Ja, ich glaube, das Mädchen, das mich entführt hatte, hat mich einfach nicht mehr gebraucht.«

Als die beiden den Blick voneinander lösten und sich wieder Hallibert zuwanden, sahen sie gerade noch, wie ein leises Lächeln über sein Gesicht schlich. Dann wurde sein Blick leer und seine zitternde Hand fand Ruhe.

***

Fabila schritt über ihre Lieblingswiese. Ihr Körper war so leicht, dass es ihr vorkam, als würde sie schweben, doch gleichzeitig hatte sie das Gefühl, jeden einzelnen Grashalm, den ihre Füße berührten, spüren zu können. Jeden Sonnenstrahl, der auf ihr Fell traf und ihren Hochzeitsschmuck zum Funkeln brachte. Und die Bewegungen in ihr. Behutsam strich sie sich über den Bauch. Es war natürlich viel zu früh, sie konnte das Baby noch gar nicht wirklich spüren. Aber heute konnte sie alles. Heute bewegte sich alles um sie herum in Zeitlupe, heute hatte sie überfolfische Kräfte. Denn heute ging endlich ihr Traum in Erfüllung. Heute heiratete sie Kärlchen. Das ganze Dorf hatte sich versammelt, um mit ihnen zu feiern. Bis auf Hallibert. Eine kleine Trauerträne mischte sich in die Glückstränen, die in ihren Augen warteten, bis sie blinzelte und sie loskullern konnten. Fabila tupfte sie unauffällig ab. Sie konnte noch immer nicht fassen, dass er ihr vergeben hatte. Wieder strich sie sich über den Bauch. Und beschloss, dass ihr Kind, sollte es ein Junge sein, Hallibert heißen würde. Dann machte sie die letzten Schritte und fasste die ausgestreckte Hand ihres Geliebten.

Auch Francis drückte Djamilas Hand, als er sah, wie sich Tränen der Rührung in ihre Augen schlichen. In ein paar Jahren würden sie vielleicht auch vor einem Altar stehen und sich ewige Treue schwören. Doch alles zu seiner Zeit. Heute wollte er sich einfach nur für Fabila und Kärlchen freuen. Und nächste Woche würden sie aufbrechen. Zurück ins Feenreich, zurück in die Heimat.

Tausend Dank

Danke, liebe Leser, dass ihr euch die Zeit genommen habt, meinen kleinen, fetten Fee kennenzulernen und mit ihm auf Abenteuerreise zu gehen. Ich hoffe, es hat Spaß gemacht!

Danke an alle, die sich die Mühe gemacht haben, mir ehrliches Feedback zu geben, darunter auch die Teilnehmer meiner Lovelybooks-Leserunde der Erstauflage (Die Abenteuer von Francis, dem Fee). Ich habe sehr viel von euren Kommentaren mitgenommen und in diese überarbeitete Version einfließen lassen.

Großer Dank geht an meine Lektorin, die Textehexe Susanne Pavlovic. Es war mir eine Freude!

Einen Riesendank an meine Eltern, die immer für mich da sind, wenn ich sie brauche. Ich hab euch lieb!

Und letztendlich: Christoph, danke, dass du du bist, dass du mit mir zusammen träumst. Ich könnte mir nichts Schöneres vorstellen.